Der Mörder packt die Rute aus

Weihnachts-Krimis

Herausgegeben von Leo P. Ard

grafit

0696

Chemnitzer Str. 31, D-44139 Dortmund
e mail: grafit@knipp.de
Internet: http://www.grafit.de

Umschlaggestaltung: Peter Bucker
Druck und Bindearbeiten: Fuldaer Verlagsanstalt
ISBN 3-89425-084-4

Inhalt

Edith Kneifl

Alle Jahre wieder

Eigentlich ist es viel zu kalt, um auf der Straße zu stehen und auf Kunden zu warten, die ohnehin nicht kommen werden. Nur wenige Männer sind um diese späte Stunde noch unterwegs. Bei diesen frostigen Temperaturen verkriechen sie sich lieber zu Hause in ihren Ehebetten, schmiegen sich an die fülligen Leiber ihrer Frauen und sehen sich einen drittklassigen Softporno auf Video an.

Die letzte Tankstelle vor der Autobahnauffahrt hat noch offen. Schwacher Lichtschein schimmert durch die kahlen Bäume. Der Parkplatz auf der anderen Seite der Straße liegt völlig im Dunkeln.

Die klammen Finger in den Taschen ihrer kurzen Webpelzjacke vergraben, stapft sie im Schutz einer immergrünen Tanne auf und ab. Nasses Laub raschelt unter ihren Füßen, und der feuchte Nebel kriecht unter ihren kurzen Rock. Aber wenigstens bleiben ihre Beine in den langen, roten Stiefeln warm. Sie zieht die Schäfte über die Knie, bis ihre schwarze Glitzerstrumpfhose fast völlig bedeckt ist.

Ihr bevorzugter Arbeitsplatz sind die Ausfahrtsstraßen der Stadt. Früher, am Gürtel, haben sie und ihre Kolleginnen sich in solch trostlosen Nächten gegenseitig was über das schlechte Geschäft vorgejammert oder sich in einer Bar mit einem Glühwein getröstet. Seit sie auf eigene Rechnung arbeitet, sind die Standplätze am Gürtel für sie tabu. Obwohl immer noch attraktiv, ist sie nicht mehr die Jüngste. Die offenen Grenzen im Osten haben den Konkurrenzkampf verschärft. Zu viele jugendliche, slawische Schönheiten! Eine fast Vierzigjährige hat nur noch wenig Chancen, außer sie spezialisiert sich. Seit die »Bumsbomber« täglich Bangkok anfliegen, lieben es die Herren fernöstlich, schön exotisch und minderjährig. Trotzdem mangelt es ihr nicht an Freiern.

Viele Männer, vor allem ältere Semester, wissen nach wie vor reifere, weibliche Rundungen zu schätzen.

An ihrem kurzen, schwarzen Lederrock ist seitlich die Naht aufgeplatzt. Sie hat wieder zugenommen. Demnächst wird sie sich neue Arbeitskleidung anschaffen müssen. Für kalte Winternächte ist sie nur mangelhaft ausgerüstet.

Sie geht nur noch selten auf den Strich, ist sehr wählerisch geworden und läßt nur große Fische an sich ran. Obwohl sie neulich einen guten Fang gemacht hatte, reichten die Scheinchen nicht einmal einen Monat lang. Außerdem steht Weihnachten vor der Tür. Und wenn sie auch nicht weiß, wem sie etwas schenken könnte, läßt sie sich doch vom vorweihnachtlichen Kaufrausch anstecken.

Sie zittert vor Kälte und beschließt, sich in der Tankstelle ein bißchen aufzuwärmen. Der Tankwart wird sich bestimmt über Gesellschaft freuen. Seit sie am Parkplatz unter den Bäumen steht, hat kein Wagen mehr an seinen Zapfsäulen gehalten.

Abschätzend mustert sie den jungen Mann. Ein netter Kerl, helle freundliche Augen, ein weicher Mund, schlank, eher klein gewachsen ... Mit ihren hohen Absätzen überragt sie ihn beinahe um einen halben Kopf. Obwohl er mindestens zehn Jahre jünger ist als sie, beginnt sich sein dunkelblondes Haar bereits zu lichten.

Der Tankwart schenkt ihr ein Lächeln und fragt, ob sie einen Kaffee möchte. »Bei der Saukälte braucht man was Warmes im Bauch.«

Ein Bier wäre ihr lieber, doch sie will nicht unverschämt sein. Er begibt sich in die Kochnische. Und sie schaut sich in dem kleinen Raum aufmerksam um. Zwei elektrische Heizstrahler spucken Wärme aus, als seien sie Kraftwerke. Die Tiefkühltruhe ist vollgestopft mit vertrockneten Wurstsemmeln, Bier- und Limonadedosen, und die Kasse verschwindet hinter Bergen von Süßigkeiten. Regale voller Werkzeug, und auf dem obersten Regal thront ein kleiner Farbfernseher. Es läuft gerade ein Western mit Gregory Peck. Sie fürchtet, Genickstarre zu bekommen. Eigentlich würde sie jetzt lieber zu Hause vor ihrem eigenen Fernsehapparat sitzen …

»Machen Sie es sich ruhig bequem«, ruft der Tankwart aus der Kochnische.

Der hat Nerven! Wo soll sie es sich hier bequem machen? Der einzige Stuhl steht hinter der Kasse. Während sie noch überlegt, ob sie sich einfach auf seinen Platz setzen soll, bringt er einen schmalen Hocker aus der Küche und stellt ihn neben die Kühltruhe.

»Kann ich mir ein Bier nehmen? – Ich zahl's auch«, fügt sie leise hinzu.

»Bedienen Sie sich!«

Sie nimmt eine Dose aus der Truhe und versucht, ihren dicken Hintern auf dem wackeligen Hocker zu plazieren. Der Tankwart holt den Kaffee und bietet ihr Kekse an. »Oder mögen Sie lieber Lebkuchen?«

»Nein, nein, ist schon recht. Außer, Sie hätten vielleicht Vanillekipferl?«

Er fischt eine Schachtel aus dem Regal und reicht sie ihr mit einer galanten Verbeugung.

Seine Freundlichkeit verwirrt sie, macht sie verlegen. Sie weicht seinem treuherzigen Blick aus und starrt auf den kleinen Fernsehschirm. Den Film hat sie schon gesehen – wie fast alle Filme mit Gregory Peck.

Wenn diese beiden Idioten letztes Mal statt Kreditkarten mehr Bargeld im Sack gehabt hätten, müßte sie jetzt nicht in dieser überheizten Tankstelle hocken und sich den Hals nach Jimmy Ringo verrenken. Sie mag diesen Film nicht. Wie konnte er sich nur dazu hergeben, einen Bösewicht zu spielen? Trotzdem wird sie am Schluß wieder Tränen vergießen.

Verärgert runzelt sie die Stirn. Ihre Wangen brennen wie Feuer. Sie betrachtet sich in einem kleinen Rückspiegel. Strähniges, rotgefärbtes Haar, Schnapsnase, rotgeäderte Augen, Pickel auf Stirn und Kinn – sie ist heute wahrlich kein schöner Anblick.

»Warum ziehen Sie nicht Ihre hübsche Jacke aus? Draußen frieren Sie sonst wieder.«

Bildet sie sich nur ein, daß er ihren Busen mit einem begehrlichen Blick streift? »Eigentlich wollte ich mich ja nur kurz aufwärmen«, sagt sie und schält sich aus ihrem unechten Tigerfell.

Kein Zweifel, der Kleine starrt tatsächlich fasziniert auf ihre vielversprechenden Brüste, die sich aufreizend unter dem hautengen roten Trikot abmalen. Deswegen ist er so freundlich, der Herr Tankwart, denkt sie beinahe erleichtert. Sie glaubt zu wissen, was er im Sinn hat. Aber da ist er an die Falsche geraten, für einen Kaffee und ein paar staubige Vanillekipferl macht sie es noch lange nicht.

Das hat der hübsche Porsche-Heini damals auch geglaubt, hat gedacht mit einer kleinen Spritztour könnte er sie rumkriegen. Mit runtergelassener Hose und durchgeschnittener Kehle sah er dann plötzlich gar nicht mehr so unwiderstehlich aus. Sie muß immer noch lachen, wenn sie an das dumme Gesicht des Mannes denkt, der als nächster auf dem stinkenden Parkplatzklo sein Geschäft erledigen wollte. Vielleicht erlag er einem Herzinfarkt? – Zwei Fliegen auf einen Streich? Ganze 97 Schilling hatte dieses Schwein in der Tasche. Manchmal sind eben auch die Kerle mit den schicken Autos eine Enttäuschung. Dennoch bleibt sie bei ihrem Prinzip, nur in teure Wagen zu steigen. Mit armen Schluckern hat sie nichts am Hut.

Der nette Junge schenkt ihr einen irritierten Blick, weiß ihr versonnenes Lächeln nicht recht zu deuten.

»Prost!« Sie leert ihr Bier in einem Zug.

»Noch eins?«

»Aber immer.«

Er nimmt sich auch eine Dose aus der Truhe und streift wie unabsichtlich ihre Schenkel. Der Lederrock ist hochgerutscht und entblößt ihre Beine fast bis zur Scham.

»Scheiße.« Sie nimmt seine Hand von ihrem Knie.

Ein Wagen steht an der Zapfsäule. Der Fahrer hupt schon zum zweiten Mal.

»Beeil dich und fertig ihn draußen ab, ich möchte den Film ungestört zu Ende sehen.«

»Willst du nicht …? Ich meine, er ist allein, und es ist schließlich dein Job …«

Sie zuckt resigniert mit den Schultern und bleibt sitzen. Der Tankwart eilt im Laufschritt zu den Zapfsäulen. Sie schaut ihm grinsend nach.

VW – braver Familienvater, sowas interessiert sie nicht. Sie schielt hinüber zur Kasse. Wenn man es recht bedenkt, waren die beiden Deutschen mit dem Mercedes doch kein so schlechter Fang gewesen. Fast zwanzig Blaue in harter deutscher Währung. Die Kreditkarten faßte sie nicht an. Sie begeht keinen Fehler. Nachher tat es ihr beinahe leid um den schönen Wagen. Aber was hätte sie damit anfangen sollen? Einen Führerschein besaß sie nicht, und außerdem wäre es viel zu gefährlich gewesen, mit dieser Spezialanfertigung herumzukutschieren. Man hätte sie glatt wegen Autodiebstahls belangen können. Der kleine Feuerzauber machte großen Spaß. Daß die beiden Waffenschieber waren, konnte sie nicht ahnen. Aber wenigstens war sie dadurch aus dem Schneider. Der Anschlag wurde der PLO zugeschrieben. Die Bullen waren wirklich zu blöd. Profis hätten bestimmt keinen Fidibus verwendet – das sah doch eher nach einem dummen Jungenstreich aus. Ärgerlich war nur, daß sie es ihnen vorher hatte besorgen müssen, und zwar beiden gleichzeitig. Anschließend luden sie die zwei Angeber noch auf ein Schnäpschen in die Raststätte ein. Es war ihr letzter Schnaps. Sie ging sich die Hände waschen und kehrte nicht zurück.

Böse Männer sterben langsam. Jimmy Ringo verblutet ganze fünf Minuten lang. Sie wischt sich die Tränen von den Wangen, dreht den Fernsehapparat ab und schaltet das Radio ein.

»Ihr Kinderlein kommet …«

Ein eiskalter Luftzug streift ihre Beine. Der Tankwart stolpert über die Türschwelle. Sie empfängt ihn mit ihrem charmantesten Lächeln, ihr Blick bleibt jedoch auf dem großen Wagenheber im Regal gegenüber hängen.

Der Kleine trägt keinen Ring. Das hat zwar nichts zu bedeuten, aber er sieht auch nicht aus wie ein verheirateter Mann.

Wahrscheinlich wohnt er noch bei seiner Mutter, denkt sie, als er sich gierig auf ihren Busen stürzt. Noch immer lächelnd, läßt sie ihn gewähren. Seine Mama wird um ihn bestimmt viel weinen, vor allem morgen, am Heiligen Abend, den sie nun allein vor dem Fernsehapparat verbringen wird.

Auch ihr graut vor dem morgigen Abend, auch sie wird allein sein, und auch sie ist vor sentimentalen Anwandlungen nicht gefeit. Alle Jahre wieder sehnt sie sich nach trauter Zweisamkeit im Kerzenschein und Lichterglanz, nach selbstgebackenen Keksen und nach »Stille Nacht, Heilige Nacht« aus dem Radio zu jeder vollen Stunde …

»Hast du eine Zigarette für mich?«

Er reagiert nicht gleich. Sie stößt ihn unsanft weg. »Doch nicht hier. Jeder kann uns sehen.«

»Aber es ist … ist ja kei … keiner da.« Er errötet wie ein Schuljunge.

»Gerade war einer da.«

Vor soviel weiblicher Logik kapituliert er und begibt sich auf Zigarettensuche. Er ist Nichtraucher, wie es sich für einen anständigen Tankwart gehört, hofft aber, in der Küche noch ein Päckchen seines Kollegen zu finden.

Sie schnappt sich schnell den Wagenheber und versteckt ihn in der Kühltruhe, legt ein paar Wurstsemmeln drüber.

Der Opa mit dem Audi Quattro war auch strikt gegen das Rauchen, machte aber ihr zuliebe eine Ausnahme. Natürlich nicht, ohne zu betonen, daß sie der erste Mensch wäre, der in seinem ganz mit weißem Leder ausgekleideten Edelschlitten rauchen durfte. Sie zeigte sich dankbar und bereitete ihm das schönste Ende, das sich ein alter Mann nur wünschen kann. Die kleine Nachtfahrt hat sich auch für sie bezahlt gemacht. Zwei »Mozartkugeln« und zwei Blaue, ganz zu schweigen von dem goldenen Siegelring und der Cartieruhr. In ihrem Schmuckkästchen hat sich schon ein hübscher, kleiner Schatz angesammelt. Ihre Altersversorgung. Sie war nicht so dumm, die Kostbarkeiten gleich zu Geld zu machen. Selbst wenn sie aus dem letzten Loch pfiff, rührte sie die gefährlichen Klunker nicht an. Lieber ging sie arbeiten. Vielleicht hätte ihr wilder Ritt den Opa ohnehin ins Jenseits befördert. Er hatte ein schwaches Herz. Doch darauf konnte sie sich nicht verlassen. Als er kam, drückte sie ihm die Kehle zu – wie in diesem japanischen Film. Dann zog sie ihn wieder ordentlich an, nicht nur aus Pietät, sondern weil er so nett zu ihr war, und ließ ihn einfach sitzen in seinem schönen, weißen Sarg.

Der junge Tankwart reicht ihr stolz ein angebrochenes Päckchen Camel und gibt ihr Feuer. Sie bläst ihm den Rauch ins Gesicht.

»Ich sperr zu.«

Sie nickt nur und wirft die Asche achtlos auf den Boden. Als er ihr den Rücken zukehrt, greift sie nach dem Wagenheber.

»Oh du fröhliche, o du selige ...« Ihre tiefe, heisere Stimme übertönt die herzzerreißenden Stimmchen der Wiener Sängerknaben.

Ein lieber Junge und auch nicht unhübsch, wenn man von den Geheimratsecken absieht. Er ist zwar nicht gerade der hellste, außerdem stottert er, wenn er nervös ist ..., aber wenn die Mama nicht wäre ...? Selbst die würde ich am Heiligen Abend in Kauf nehmen, allerdings nur am Heiligen Abend.

Er hat die Lichter draußen ausgeschaltet, schließt jetzt die Tür und dreht auch drinnen das Licht ab. Im Dunkeln tastet er sich zu ihr. Sie macht ihre Zigarette aus.

Seine Küsse sind feucht, seine Umarmungen stürmisch. Sie holt aus, denkt an den Heiligen Abend und überlegt es sich plötzlich anders. »Hast du für morgen abend schon was vor?«

Den Wagenheber in der Rechten, wartet sie auf seine Antwort.

Karl-Heinz Diesmann

Tatort Nordpol

In diesem Dezember tobte über dem Nordpol wochenlang ein Schneesturm, wie ihn selbst diese Region schon seit vielen Jahren nicht mehr gesehen hatte. Massive Wände aus Schnee und Hagel jagten brüllend über das Land, und selbst wenn der Wind etwas abflaute, sprühten noch nadelspitze Eiskristalle durch die schneidend kalte Luft. In diesen Tagen blieben sogar die Eskimos zu Hause und zogen sich Sitcoms und amerikanische Orient-Schmonzetten rein. Auch die Eisbären drängten sich wärmend aneinander, und die älteren unter ihnen erzählten mit weisem Kopfnicken von früher, als das Wetter noch normal gewesen war. Einige wußten davon zu berichten, daß es jetzt über dem legendären Südpol etwas geben sollte, das sich Ozonloch nannte und an allem schuld war. Müsse man da nicht, wenn es so weitergehe, bald mit einer Flut asylsuchender Pinguine rechnen? Schaudernd starrten die Eisbären bei diesem Gedanken in die wirbelnden Schneemassen hinaus.

Nur an einem Ort der Arktis machte man sich wie immer keine Gedanken über das Wetter: in der Festung der Gemeinsamkeit nämlich, wie der Weihnachtsmann seine Weihnachtsgeschenkspielwarenproduktionsstätte etwas martialisch getauft hatte. Und zwar kümmerte man sich aus zwei Gründen nicht um diesen wie um jeden anderen Blizzard: zum einen natürlich, weil das Gelände der Spielzeugfabrik kraft göttlichen Ukasses eine eigene wetterberuhigte Zone etablierte, und zum anderen speziell jetzt, wo Weihnachten so kurz bevorstand und man nichts im Sinn hatte als das Zusammenstecken, Zusammenleimen, Zusammenhämmern von Püppchen, Nußknackern, Pferden, Puppenmöbeln, Holzautos, Hampelmännern und natürlich Heinrichs buntem Harlekin mit der gelben Violin'.

Bei all diesem emsigen Verpacken und Verkleben und Verschnüren und Verzieren von Geschenken war es auch nicht verwunderlich, daß niemand die Gestalt bemerkte, die sich im Zwielicht eines Nachmittags aus der Zone des tosenden Schneesturms heraus in die milden Lüfte der Weihnachts-Wetter-Freizone hinein abrollte, auf die Beine sprang und dann sofort geduckt auf die freundlich schimmernden Fabrikgebäude zu huschte.

»Wie Sie wissen, brauche ich selbst bei einem Mord nicht die Polizei heranzuziehen«, sagte der Weihnachtsmann verkniffen und maß sein Gegenüber abweisend. »Schließlich ist das hier exterritoriales Gebiet.«

Der grönländische Kommissar, wie üblich ein Eisbär, schüttelte unwillig seinen silbergrauen Kopf. »Und wie wollen Sie klarkommen?« brummte er.

»Wir kommen schon klar«, versicherte der Weihnachtsmann ungnädig. Er erhob sich. »Wenn Sie mich jetzt bitte entschuldigen würden?«

»Wenn Sie wünschen.« Der Eisbär setzte seufzend seinen Diensthut auf. »Ich hoffe nur, Sie machen keinen Fehler. Denken Sie an den Ruf des Weihnachtsfestes.«

»Das«, erwiderte der Weihnachtsmann scharf, »das lassen Sie mal meine Sorge sein.«

Er wartete, bis die Tür hinter dem Kripobär zugefallen war, dann wandte er sich hastig zu seinem Sekretär um. »Wann kommt dieser Schnüffler, Michail?« fragte er nervös.

Der Sekretär, ein irischer Zwerg mit rotem Haar unter der roten Mütze, legte sein Gesicht in knorrig-ernste Falten. »Wir haben ihm einen Schlitten geschickt. Er muß noch heute nachmittag hier sein«, erklärte er ruhig.

»Hm.« Der Weihnachtsmann fuhr sich nachdenklich durch den Bart. Er griff sich die Visitenkarte, die vor ihm auf dem Schreibtisch lag. Die Karte zeigte das kantige Gesicht eines Rentiers mit Deerstalker-Kappe und Pfeife und darunter die Worte *Rudolph Nutrejew Watson, Detektiv.*

»Mein Name ist Watson«, sagte das Rentier im karierten Paletot, nahm seine Deerstalker-Kappe ab, hängte sie über eine Sprosse seines Geweihs, stieß eine Wolke Tabaksqualm aus, lächelte ernst um seine Pfeife herum und streckte dem Weihnachtsmann die Hand hin.

»Ich bin der Weihnachtsmann«, sagte der Weihnachtsmann verwirrt und ergriff die Hand.

»Ich bewundere Ihre Ähnlichkeit«, lobte das Rentier.

»Bitte?« Der Weihnachtsmann zog die buschigen Brauen zu einem Fragezeichen zusammen.

»Was ist passiert?« fragte der Detektiv ohne weitere Umschweife.

»Einer meiner Vorarbeiter ist ermordet worden«, gestand der Weihnachtsmann widerwillig.

»Elfe oder Zwerg?« meinte der Detektiv.

»Elfen arbeiten hier kaum noch«, erklärte der Weihnachtsmann. »Das war einmal. Inzwischen haben wir fast nur noch Zwerge.«

»Der Trend geht zum Zwerg«, fühlte sich Michail, der Sekretär, bemüßigt zu sagen.

»Ach?« Watson fixierte den Rotschopf aus seinen unergründlichen Rentieraugen.

»Nun, früher«, holte der Zwerg aus, »früher haben die meisten Zwerge im Bergbau gearbeitet. Jetzt geht der Bergbau weltweit zurück, da müssen sie sich nach etwas anderem umsehen, vor allem die Zwerge aus Großbritannien und Deutschland. Und bevor sie in polnische oder chinesische Gruben gehen, ergreifen sie lieber einen anderen Traditionsberuf. Wie zum Beispiel eben«, er nickte wichtig, »in der Spielzeugfertigung beim Weihnachtsmann.«

»Nichts«, versicherte der Detektiv lächelnd, »ist so sexy wie die Wahrheit.«

»Äh?« Michail geriet aus dem Konzept.

Der Weihnachtsmann lief auf die Farbe seiner Jacke an. »Zur Sache bitte!« grollte er.

»Ich möchte Leiche und Tatort sehen!« forderte Watson geschäftsmäßig.

»Beides befindet sich noch beieinander«, beteuerte Michail eilfertig. »Wir haben kaum was verändert.«

»Gut.« Das Rentier wechselte die Pfeife in den anderen Mundwinkel. »Begleiten Sie mich?«

Sie fuhren mit einem lamettaverkleideten Lift zu den Fabrikationshallen hinunter. Dort, wo der Verwaltungstrakt in den Fertigungstrakt überging, hing ein gigantisches Ölgemälde, das in heroischen Farben zeigte, wie der Weihnachtsmann die Slumkinder von Entenhausen-Kummersdorf glücklich machte. Watson sah aus den Augenwinkeln hoch und saugte an seiner Pfeife. Der Weihnachtsmann lächelte bescheiden. Von dem Bild bis zur ersten Halle spannte sich ein unendlich langes, aber auf improvisiert gemachtes Transparent mit dem Schriftzug *Ihre Freude – unsere Verpflichtung!*.

»Unser Motto!« erläuterte Michail überflüssigerweise.

Sie betraten die Fabrikationshalle. Ein flinkes Hämmern und Sägen und eine süßliche Wolke von Weihnachtsmusik schlugen ihnen entgegen. Zwerge in roten Overalls und mit roten Mützen liefen mit fröhlichen rotwangigen Gesichtchen hin und her oder beugten sich über Werkbänke und feilten und bohrten selbstvergessen. Einige andere winkten dem Weihnachtsmann total happy zu. Der Weihnachtsmann lächelte huldvoll zurück.

Sie stiegen eine Metalltreppe hoch zu einem Laufsteg, der sich in einigen Metern Höhe um die Halle zog. Hier befanden sich einige große gläserne Leitstände, von denen aus Aufsichtspersonal die Halle und die Produktion überwachen konnte. An einem der Leitstände war die Glasfront mit dunkelgrünen Vorhängen zugezogen, die Tür versiegelt.

»Hier war es«, meinte der Weihnachtsmann und rieb sich unsicher das Kinn.

»Hm.« Der Detektiv versenkte die Hände tief in die Taschen seines Paletots, paffte auf seiner Pfeife herum und sah sinnend aus der Höhe auf das fleißige Gewusel an den Werkbänken herab. »Hm«, brummte er schließlich noch einmal, »sexy«, wandte sich um und setzte seine langen Beine durch die Tür, die Michail inzwischen entsiegelt und aufgesperrt hatte. Der Sekretär wollte auch die Vorhänge zur Seite ziehen, aber der Weihnachtsmann bedeutete ihm, sie geschlossen zu lassen und nur das Licht einzuschalten.

Abgesehen von den Kontrolleinrichtungen an den Wänden war der Raum fast leer. Nur auf einem kleinen Schreibtisch stand ein blutbefleckter großer Nußknacker, und neben dem Schreibtisch hatte jemand einen Nikolaussack über ein blutiges Häufchen geworfen.

Während der Weihnachtsmann und sein Sekretär völlig reglos standen und mit weitaufgerissenen Augen auf den Sack am Boden starrten, ging der Rentierdetektiv wie unbeteiligt umher, saugte an seiner Pfeife und studierte die Einrichtung des Zimmers. Plötzlich fuhr er herum und kickte den Sack zur Seite. Michail verfärbte sich zartgrün, der Weihnachtsmann wurde blaß.

»So, so«, stellte Watson gelassen fest. »Mit dem Nußknacker also.«

»Ein Produkt unseres Hauses«, nickte der Weihnachtsmann mühsam beherrscht.

»Sieht schlimm aus, nicht?« Der Detektiv verzog die Lippen und ließ seine Pfeife auf und ab wippen. »Aber immerhin waren der oder die Täter so taktvoll, am Kopf anzusetzen.«

Michail stürzte würgend nach draußen.

»Welche Funktion hatte der Getötete inne?« fragte das Rentier sachlich.

»Wie?« Der Weihnachtsmann schien sich erst konzentrieren zu müssen.

»Produktionsaufsicht im Bereich Puppenhäuser und Ritterburgen, technische Abnahme von Ritterburgzugbrücken, Holzautoladeklappen und anderer Scharnierware«, kam Michails Stimme von der Tür her. Der Zwergensekretär lehnte sich schwer gegen den Rahmen und sah immer noch ziemlich kodderig aus.

»Einer unserer besten Leute!« jammerte der Weihnachtsmann. »Das Goldene Verdienstschweißband hat er gehabt!«

Watson nahm die Pfeife aus dem Mund. »Wo?«

»Wo? In der Mütze natürlich«, entgegnete der Weihnachtsmann irritiert.

»Aber da sieht man es doch nicht?«

Der Weihnachtsmann lächelte lustlos. »Ich sehe schon, Sie kennen die Geheimnisse der psychologischen Betriebsführung nicht«, erwiderte er.

»Nichts«, konstatierte der Detektiv bescheiden, »ist so sexy wie die Wahrheit.«

Er warf noch einen sezierenden Blick in alle Ecken des Raumes, dann nickte er befriedigt. »Lassen Sie uns gehen«, bat er.

Als sie draußen waren: »Ich hätte gerne die Fabrikation gesehen. Und die Verpackung und Ihre übrigen Abteilungen.«

Der Weihnachtsmann nickte resigniert. »Kommen Sie.«

»Wo ist eigentlich«, fragte Watson, »Ihr Betriebsleiter?«

»Knecht Ruprecht?« Der Weihnachtsmann stockte kurz. »Der ist zu Geschäftsverhandlungen in Japan. Wieso?«

»Ich kann davon ausgehen, daß es sich, wenn er so kurz vor Weihnachten den Betrieb allein läßt, um sehr wichtige Verhandlungen handeln muß?« vermutete der Detektiv.

»Ja«, antwortete der Weihnachtsmann ausweichend. »Aber jetzt kommen Sie, ich zeige Ihnen alles.«

»Und hier«, murmelte der Weihnachtsmann und schleppte sich erschöpft in eine Lagerhalle, »werden die kinderspezifisch zusammengestellten Pakete geographisch vorsortiert gelagert.« Er wies auf unendliche Reihen von Regalen und unzählige Quadratkilometer von Geschenkpapier.

»Hm«, machte Watson interessiert. »Was hätte ich denn dieses Jahr so bekommen, wenn ich ein kleines, liebes Rentierkind wäre?«

»Alter?« ächzte der Weihnachtsmann.

Der Detektiv wiegte den Kopf. »Sagen wir … neuneinhalb.«

»Wohnort?«

»Lappland-Mitte.«

Der Weihnachtsmann funkelte über seine Brille hinweg einen der diensteifrig neben den Regalen stehenden Zwerge in grauen Kitteln an. »Einmal Junge, neuneinhalb, Lappland-Mitte!« kommandierte er.

Der Zwerg knallte die Häckchen zusammen und schlurfte eilig zwischen die Paketregale. Kurze Zeit darauf kam er mit einem mittelgroßen Kasten in Bildfolienpapier der Serie »Weihnachten auf Capri« zurück und hielt ihn Watson strahlend hin. Der Detektiv nahm ihn vorsichtig.

»Nun?« Der Weihnachtsmann runzelte die Stirn. »Wollen Sie es nicht aufmachen und uns Ihre Meinung sagen?«

»Das«, erklärte das Rentier selig lächelnd, »das mache ich heute abend ganz für mich allein in meinem Zimmer auf. Wo ist das überhaupt? Für heute habe ich genug gesehen.«

»Michail zeigt Ihnen Ihre Räume«, sagte der Weihnachtsmann. Er deutete eine Verbeugung an. »Mich entschuldigen Sie jetzt bitte. Ich habe noch zu tun.« Er wandte sich hastig um, bevor Watson es sich anders überlegen konnte.

»Wenn Sie mir bitte folgen wollen?« Michails beflissenes Wieseln war mittlerweile deutlich schlaffer geworden. Immerhin war die Werksführung für seine kurzen Beinchen etwas anderes gewesen als für einen Satz langer, sehniger Rentierläufe.

»Sagen Sie, Michail«, fragte Watson freundlich, als sie vor dem für ihn bestimmten Gästezimmer angekommen waren, »was macht Knecht Ruprecht eigentlich genau in Japan?«

Der Zwerg seufzte abgrundtief. »Ach, Sie finden's ja doch heraus«, rief er klagend. »Und es ist eigentlich ja auch gar kein Geheimnis. Knecht Ruprecht«, seine Miene wurde schlagartig wieder bedeutungsvoll, »Knecht Ruprecht ist in Japan, um dort Verhandlungen zu führen über die Einstellung einer bestimmten Gilde emsiger japanischer Asketenzwerge, der sogenannten Gnomikaze.«

Der Detektiv nahm die Pfeife aus dem Mund. »Gnomikaze?«

»Ich sage Ihnen, das sind Zwerge, die sind so eifrig, die schuften, bis sie umfallen, und bleiben dann mit einem höflichen Lächeln auf den Lippen liegen!« begeisterte sich der Sekretär. Seine Wangen glühten.

»Ich verstehe«, nickte der Rentierdetektiv langsam.

Und als er in seinem Zimmer war, lehnte er sich mit dem Rücken gegen die Tür, atmete tief durch, nickte dann noch einmal, lächelte, schüttelte den Kopf und murmelte grinsend: »Sexy!«

Zuerst packte er seinen kleinen Koffer aus und nahm drei abgemessen tiefe Züge aus der Flasche mit seinem geliebten alkoholhaltigen Hustensaft. Dann stellte er die Flasche auf das Nachttischchen und sah sich um.

Auf einem Sideboard eine Familienpackung Korianderkaugummi. In einem Regal zwei Bücher. Watson trat neugierig näher. Das eine Buch war ungeheuer dick und trug den Titel *Vor der Hacke singt ein Schuster. Expressionistische Bergbaugnomenlyrik aus sechs Jahrhunderten,* das andere war ein schmales, unbenutzt aussehendes Bändchen *Liebling, ich habe Schneewittchen geschrumpft. Erotische Träume von Zwergen.*

Der Detektiv schnaubte unwillig. Er nahm noch drei Schluck von seinem Hustensaft, dann wandte er sich dem Weihnachtspaket zu. Frisch aus der Fabrik also.

Er gab sich Mühe, das Capri-Weihnachtsstimmungsbild auf dem Geschenkpapier – eine Fischerfamilie ruderte mit Ochs und Esel der im Meer untergehenden Sonne nach – nicht zu sehr zu zerstören, und legte den Karton frei. Drinnen gab es erst Massen von Styroporchips, dann Holzwolle, dann kamen ein dumpf blickender Hampelmann mit Lappenkappe und offensichtlich nicht am Nordpol in Handarbeit hergestellte, sondern aus Taiwan importierte grobschlächtige Modellautos zum Vorschein und dann …

Watson zog ungläubig ein Flugblatt aus dem Paket. Es zeigte einen grausig lächelnden Weihnachtsmann, der eine

Bullenpeitsche schwang, und dann die fettschwarzen Schlagzeilen

DIE WAHRHEIT ÜBER DEN WEIHNACHTSMANN:
SKLAVENARBEIT IN DER SPIELZEUGFABRIK
ZWERGE SCHUFTEN FÜR HUNGERLOHN!
DAS WILDE LEBEN DER GNOMENKLATURA:
SEX UND PUNSCH UND JINGLE BELLS

Der Detektiv pfiff durch die Zähne. Darauf brauchte er erst einmal einen Schluck Hustensaft.

Ein zaghaftes Klopfen kam von der Tür her.

Watson sah mißmutig von seinem Buch auf. »Herein«, brummte er.

Ein goldblondes Köpfchen schob sich ins Zimmer. »Mister Watson?« piepste es.

Das Rentier legte die Stirn in Falten. »Ja?«

Das Wesen, eine elfenhafte Zwergin mit einem denkbar knappen Silberbikini und Cowboystiefeln, schlüpfte ganz herein. »Ich bin vom Hostessen-Service«, erklärte es mit einem strahlenden Lächeln. »Sie wissen schon: Macht schlaff dich deiner Pflichten Lauf, richten wir dich wieder auf!«

Der Detektiv erhob sich linkisch. Er gab sich Mühe, seine Irritation hinter einem asketischen Rentierblick zu verbergen. »Wer schickt Sie?«

»Uns braucht man nicht zu schicken«, lachte das Wesen glockenhell, »wir kommen von ganz alleine und sehen nach dem Rechten, dem Linken und dem Mittleren.« Es kicherte und senkte gespielt-verschämt den Blick.

»Meine Dame«, erwiderte der Detektiv steif, »Sie verwirren mich.«

»Ich bin doch keine Dame!« rief die Zwergin und rückte näher. Augenaufschlag. »Ich bin die rassige Brischitt«, das kam in Holzhammerfranzösisch, »zwickt und zwackt es dich im Schritt, nehm ich dein Wehwehchen mit.«

Watson fummelte verzweifelt an seiner Pfeife herum. »Hören Sie ...« stotterte er.

»Würden Sie mich bitte auf das Bett heben?« strahlte Brischitt ihn an.

Der Detektiv war zu perplex für Gegenwehr. Er machte eine ungelenke Verbeugung, murmelte »Gestatten Sie?« und hob sie hoch.

»Sehen Sie«, flötete sie, »so kann ich Ihnen doch schon fast in die Augen sehen! Sie sind aber auch groß, Sie großer Mann, Sie.«

Sie himmelte ihn an und strich bewundernd durch sein Wangenfell. Im nächsten Moment warf sie sich an seine Brust und gab kleine gurrende Laute von sich.

Watson verdrehte die Augen, rang mit sich, gab sich dann innerlich einen Ruck und drückte das Mädchen höflich von sich weg.

»Nichts«, sagte er mit heiserer Festigkeit, »ist so sexy wie die Wahrheit, und ich glaube, Sie können mir da ein gutes Stück weiter helfen.«

Ihr Blick wurde mit einem Mal starr. Watson wollte schon zu einer Entschuldigung ansetzen, da sah er, wie Brischitts Augen sich weiteten, ihre Nase sich kräuselte, und dann erschütterte ein unmenschliches Hatschiiiiiii den Raum.

Watson, ganz Kavalier, hielt ihr sofort ein quadratmetergroßes Taschentuch hin. Sie nickte ihm aus großen, tränenfeuchten Augen dankbar zu und schneuzte sich wild. »Verzeihen Sie«, piepste sie. »Die Dienstkleidung, wissen Sie«, meinte sie entschuldigend.

»Ah … ja«, brummte der Detektiv verstehend und ließ einen Gentlemanblick über ihr Leibchen schaben.

Dem Spiel ihrer Grübchen nach schien Brischitt gerade wieder etwas Liebes sagen zu wollen, da erwischte es sie zum zweiten Mal. Diesmal nieste sie so heftig, daß sie auf der schwankenden Matratze das Gleichgewicht verlor, umkippte und im Fallen auch noch Nachttischlampe und Hustensaftflasche mit zu Boden riß.

»Um Gottes willen!« rief Watson besorgt. Er stellte die Lampe wieder hoch, warf einen schwer getroffenen Blick auf die zerborstene und ausgelaufene Hustensaftflasche und half dann dem Mädchen auf die Beine. »Haben Sie sich weh getan?« fragte er.

Sie setzte sich aufs Bett, massierte ihre Schenkel, stöhnte leise, betastete ihre Brüste und sah plötzlich Watson voll in die Augen.

»Ist denn wirklich nichts so sexy wie die Wahrheit?« raunte sie.

Es bollerte wütend gegen die Tür. Watson rollte sich mit einem protestierenden Fiepen herum und sprang aus dem Bett. Er tastete nach dem Lichtschalter, dann streifte er sich mit einer wütenden Gebärde seinen altenglisch-vornehmen Herrenmorgenrock über und stapfte zur Tür.

Die Frage, ob man denn hier nie seine Ruhe finden könne, erstarb ihm auf den Lippen. Draußen stand ein kleiner, giftiger Zwerg und blitzte ihn von unten herab vernichtend an.

»Ich muß mit Ihnen sprechen!« erklärte der Gnom kategorisch und marschierte ungebeten ins Zimmer.

Watson war einen Augenblick verwirrt, dann entschied er sich für die Vorneverteidigung. »Tun Sie das!« munterte er seinen Gast auf. »Nichts ist schließlich so sexy wie die Wahrheit. Erzählen Sie mir alles!«

Das Männchen lief rot an. »He, Sie großmächtiger Mister Meisterschnüffler, tun Sie nicht so vom hohen Ren herab! Wer sind Sie denn schon ohne unsere Informationen? Was können Sie denn schon ausrichten, wenn wir Ihnen nichts erzählen?« Er drohte wild mit dem Zeigefinger. »Wir können auch schweigen, können wir auch! Alle grauen Zellen stehen still, wenn unser stummer Mund das will! Ha!«

»Bitte nehmen Sie doch Platz«, bat Watson. »Sie scheinen mich zu kennen, dürfte ...«

»Das ist ja wohl nicht weiter schwierig«, giftete der Gnom, kletterte aber auf den einzigen Sessel des Raumes. »Schließlich laufen hier nicht so viele gehörnte Sherlocks herum!«

»... dürfte ich auch um Ihren Namen bitten?« führte der Detektiv mit zähneknirschender Contenance fort.

»Ich bin Adolf Schmitt.« Der Zwerg reckte sich in die

Höhe. »Ich weiß nicht, ob der Chef von mir erzählt hat.« Und nach einer Kunstpause: »Ich bin von der Zwergengewerkschaft.«

»Oh!« Watson beugte sich überrascht vor. »Da dürften Sie sich ja hier richtig auskennen«, meinte er anerkennend.

»Das können Sie wohl glauben!« polterte Schmitt. »Daß ich hier Bescheid weiß, da können Sie aber Gift drauf nehmen! Und ich könnte Ihnen Sachen erzählen ...« Er sprang vom Sessel und begann, durch das Zimmer zu marschieren.

»Sachen ...?« machte Watson neugierig.

»Ha!« Schmitt lachte wütend auf. »Sie glauben wohl, hier am Nordpol ist alles Friede, Freude, Weihnachtskuchen, was? Denkste!« Er fuhr herum und fuchtelte mit der Faust. »Was wir hier um unsere Rechte ringen müssen! Wegen jeder Kleinigkeit liegen wir im Clinch mit den hohen Herren. Und immer der süffisante Hinweis auf den Arbeitsmarkt und auf die Japaner! Das sollten Sie mal lieber untersuchen, und nicht so eine dämliche Mordgeschichte!«

»Hmhmhm.« Der Rentierdetektiv zog seine Pfeife an. Er musterte den Gewerkschafter durch die Tabakswolke hindurch. »Herr Schmitt«, fragte er schließlich und richtete den Pfeifenstiel drohend auf den Zwerg, »Herr Schmitt, glauben Sie an den Weihnachtsmann?«

Schmitt reckte den Kopf vor und funkelte den Detektiv an. »Ich glaube an ihn«, rief er wie mit Feuerzungen, »wie ein Arbeitnehmer an seinen Arbeitgeber glauben kann!«

»Was heißt das konkret?« schoß Watson nach.

»Das heißt konkret«, verkündigte der Gewerkschafter inbrünstig, »wir hier glauben nicht an den Weihnachtsmann, sondern an Knecht Ruprecht!«

Er stampfte demonstrativ mit dem Fuß auf, zog ihn aber blitzartig wieder zurück. »Scheiße, was klebt denn hier?« rief er und betrachtete angewidert seine Fußsohle.

»Hustensaft«, antwortete Watson gelassen.

Er beugte sich über sein Bett und zog unter dem Kopfkissen das Flugblatt hervor, das er in dem Weihnachtspaket gefunden hatte. Er hielt es Schmitt hin. »Kennen Sie das?«

Der Zwerg entfärbte sich. »Himmel, was ist das?!« rief er völlig überrascht.

»Ich hoffe, Sie haben gut geschlafen?« erkundigte sich der Weihnachtsmann. Er rührte nach einem komplizierten System sein Frühstücksmüsli um.

»Danke«, entgegnete Watson wortkarg und strich sich geistesabwesend Kräuterbutter auf seine Printen.

»Ich nehme an, Sie haben über den Fall nachgedacht?« Der Weihnachtsmann ließ den ersten Löffel mit Müsli in der Tiefe seines Bartes verschwinden.

Der Detektiv ging nicht darauf ein. »Hören Sie«, fragte er, »könnten Sie mir wohl aus Ihrer Apotheke eine Flasche Hustensaft besorgen lassen, *Bronchial Comfort*? Vielleicht ist Ihr Sekretär so nett ...«

Der Weihnachtsmann sah Watson verblüfft an. »Aber wir haben hier keine Apotheke!« rief er. »Wir haben auch keinen Arzt. Haben wir nicht und brauchen wir nicht! Kraft göttlichen Erlasses«, er vollführte mit dem Löffel eine Art segnender Geste, »haben wir hier weder Wetter noch Krankheiten.«

Watson fiel die Printe aus der Hand. »Und wenn ein Kranker hierher kommt?«

»Klingt alles innerhalb von drei Tagen ab«, lachte der Weihnachtsmann fröhlich.

Der Detektiv erhob sich. »Kommen Sie, lassen Sie uns den Mörder festnehmen«, sagte er.

»Sie flieht, sie flieht!« Michail stürzte wild gestikulierend in die Zentrale.

»Nach draußen?« Der Weihnachtsmann hieb grimmig auf einen Kontrollschalter, und im nächsten Moment flackerte eine Batterie von Bildschirmen auf. Man konnte die Fassaden der Fabrikgebäude sehen und das Brachland, das sich bis zur Grenze der wetterberuhigten Zone erstreckte.

Eine kleine Gestalt setzte in weiten Sprüngen über das flache Gelände.

»Sie entkommt!« Rudolph Nutrejew Watson riß aufgeregt seine Pfeife aus dem Mund.

»Denkste!« Der Weihnachtsmann lachte dunkel auf. Er preßte einen roten Schalter und sah mit einem befriedigten Lächeln auf die Bildschirme.

Ein Schlitten mit vier schwarzen Rentieren schoß aus einem Bodenhangar heraus, zog eine genau abgezirkelte Kurve durch die Luft und kam direkt vor der Fliehenden zu stehen. Die Frau versuchte, einen Haken zu schlagen, aber sie kam nicht weit. Eine Traube stämmiger Sturm-Zwerge warf sich vom Schlitten auf sie und preßte sie an den Boden. Kurz zuckte das kämpfende Knäuel auf, dann sah man, wie die rassige Brischitt an den Füßen zum Schlitten geschleift wurde.

Der Weihnachtsmann schaltete die Monitore aus.

Knecht Ruprecht sprang zornsprühend aus dem Expreßschlitten aus Okinawa. »Scheiße«, tobte er, »stimmt es, daß bei euch ein Mord passiert ist?«

Dem Weihnachtsmann fiel das Kinn nach unten. »Woher weißt du denn davon?« stotterte er.

Knecht Ruprecht war tiefrot im Gesicht. »Ich sitz und verhandel mit den Vertretern der Gnomikaze und erzähl ihnen einen, wie toll und friedlich es hier bei uns ist«, rief er aufgebracht, »kein Wetter, keine Krankheit, kein Verbrechen, kein nix, da wirft einer von denen plötzlich so ganz gelassen ein: 'Was ist eigentlich dran an der Nachricht, daß sich gerade gestern in Ihrer Spielzeugfabrik am Nordpol ein Mord ereignet hat?'«

»Und was hast du gesagt?« fragte der Weihnachtsmann blaß.

»Ja, Scheiße!« explodierte Knecht Ruprecht. »Ich natürlich, das könnt doch gar nicht sein und das wär bestimmt ein Mißverständnis und so, aber er nur ganz cool, sie hätten sichere Informationen, und ich hätte doch sicher Verständnis dafür, daß man unter diesen Umständen kein Arbeitsverhältnis bei den Weihnachtsmann-Werken eingehen könne.

Im übrigen habe man auch von Zwergengewerkschaftsprotesten gegen die ausbeuterischen und unmoralischen Verhältnisse bei uns am Nordpol gehört, und das wäre es dann wohl.«

»Soll das heißen«, sagte der Weihnachtsmann kläglich, »wir kriegen keine Gnomikaze?«

»Verdammte Scheiße, genau das soll es heißen!« schimpfte Knecht Ruprecht unbeherrscht.

»Sehen Sie, damit ist auch das Motiv klar«, warf Rudolph Nutrejew Watson ein und hüllte sein Geweih in eine dicke Wolke Tabaksqualm.

»Wer zum Teufel ist denn die Figur?« fuhr Knecht Ruprecht herum.

»Bitte, Ruprecht!« Der Weihnachtsmann trat beschwichtigend einen Schritt vor.

»Ich«, sagte Watson höflich und nahm die Pfeife aus dem Mund, »ich bin nur ein kleiner, unbedeutender Meisterdetektiv, den anzuheuern, Ihr Chef die Güte hatte.« Er deutete eine Verbeugung an.

»So? Ich hätte Sie für ein Rentier gehalten«, machte Knecht Ruprecht giftig. »Hatten Sie wenigstens Erfolg?«

»Der Mörder ist gefaßt«, versicherte der Detektiv.

»Wo ist er? Ich will ihn sehen!« Knecht Ruprecht spannte sich sprungbereit.

»Das wird leider nicht gehen«, erklärte Watson sanft. »Die Mörderin hat es vorgezogen, sich der weihnachtlichen Gerechtigkeit zu entziehen. Sie hat in ihrer Zelle Harakiri begangen. Mit einem«, er schluckte, »mit einem Weihnachtsengel.«

»Mit einem oberschlesischen Weihnachtsengel!« bekräftigte der Weihnachtsmann empört.

»Harakiri?« machte Knecht Ruprecht ungläubig.

»Harakiri«, bestätigte der Rentierdetektiv. »Was nur die japanischen Wurzeln dieses Komplotts unterstreicht. Das Opfer des Mordes war nämlich völlig willkürlich ausgesucht, es ging einzig und allein darum, durch die Tat an sich das Image der Weihnachtsmann-Werke zu torpedieren. Genau dem gleichen Zweck dienten auch die in die Weihnachtspakete eingeschmuggelten Flugblätter. Und wer kann ein Interesse daran haben, Ihren Ruf zu ruinieren? Eben japanische Arbeitgeberkreise, um die drohende Abwerbung der Gnomikaze zu verhindern, von deren Arbeit und Lebenseinstellung sie so enorm profitieren. Ich darf nur an das alte Gnomikaze-Motto erinnern: Bleibe im Lande und nähre dich kläglich. Nun«, er nahm einen tiefen Zug aus seiner Pfeife, »soviel zu diesem Fall. Alles klar?«

»Sagten Sie nicht, die Wahrheit wäre sexy?« ächzte der Weihnachtsmann.

Abschied also. Der Detektiv wandte sich ein letztes Mal um. Gerade wechselte der Schlitten aus der wetterfreien Zone der Stille hinüber in das Heulen des polaren Sturms. Weiß wie die Wolken der Unschuld schob sich der Schnee vor die Fabrik des Weihnachtsmannes.

-ky

Drei Kugeln für McScourie

Mit Weihnachten ist es wohl nur wenig anders als mit der hohen Minne: erst das Nicht-Haben, das Nicht-Durchleben des Ganzen gibt der Sache ihren wahren Wert. Vorstellung, Sehnsucht, Wunsch und Hoffnung – dies ist das Eigentliche; wird das Ersehnte und Erträumte aber wahr, real, Realität, dann scheint es eher schal und stressig, wirkt es sehr banal. Schade drum …

Diese Gedanken waren mein Trost, als mir die automatisierte Dame am Airlines-Schalter kurz und dennoch weihnachtsfröhlich sagte, daß meine Maschine nach Las Palmas, Gran Canaria, infolge »technischer Mängel« nicht starten könne und ein Ersatzflug nicht vor dem Ersten Weihnachtsfeiertag, 8 Uhr 30, möglich sei. Meine Lieben, die mir um ein paar Tage vorausgeeilt waren, würden also vergeblich auf mich warten. Sie fern der Heimat, und ich mutterseelenallein im leeren Zuhause – welch glückliche Konstellation, Weihnachten in seiner ganzen Fülle auszukosten!

Was tun? Sollte ich in endloses Jammern verfallen oder gar zur Flasche greifen? Nein, beides liegt mir wenig, und so kam es, wie es kommen mußte: ich setzte mich an meinen Schreibtisch, denn wie sagte vormals schon Theodor Fontane: *In der Arbeit wohnt der Friede, in der Mühe wohnt die Ruh.*

Doch, wenn schon Weihnachten am Schreibtisch, dann sollte es auch wirklich eine *Weihnachts*geschichte werden, eine echte. Idee und Titel hatte ich bereits …

Weihnachten ist ja in aller Welt längst bekannt als das Fest der allergrößten Überraschungen … Das war der erste Satz meiner neuen Geschichte – und weiter kam ich auch nicht, denn gegen 16 Uhr, als die ersten Lichtlein schon entzündet wurden, klingelte das Telefon. Klaus-Dieter Donath, mein alter Schul- und Busenfreund, heute ganz in meiner Nähe angesiedelt und kaufmännischer Leiter der EUROMAG-Filialen hierzulande, hatte mich beim Heimkommen entdeckt und lud mich zu seiner Feier ein, um mir Schmerz und Einsamkeit, wie er sagte, zu ersparen.

Was blieb mir weiter übrig, als zuzusagen? Ich ging also, nachdem ich mich schnell mit Hilfe meines schwarzen Anzugs festgerecht verkleidet hatte, zu den Donaths hinüber; und dies, obwohl die Dame des Hauses (»Diese alte Zimtzicke!«) mich nie zu anderen als zu höchst unchristlichen Gedanken angeregt hatte: Die meisten meiner weiblichen Mordopfer hatten eine unheimliche Ähnlichkeit mit ihr ... Was sie allerdings nie bemerkt hatte, da sie viel zu geb*ü*ldet war, um so 'n Schund zu lesen, wie ihn Kriminalromane ihrer Meinung nach darstellten. Schließlich war sie eine überaus kompetente Kunsthistorikerin, und noch dazu eine promovierte.

Es begrüßten mich aber mit einigem Jubel die wundervollen Donath-Kinder – Benita, 15, Torsten, 13, Tobias, 11, und Benjamin, 4, unruhig und ungeduldig, wie vor jeder Bescherung, und schleppten mich sogleich in ihren Keller, wo sie, in Erwartung der neuen Lokomotiven, die der Weihnachtsmann bringen sollte, ihre riesengroße Modelleisenbahn (Spur H0) schon aufgebaut hatten, wissend, welch großer Eisenbahnfan, ja, -fetischist ich war und bin.

»Jetzt haben wir sogar zwei Trafos!« krähte Tobias.

»Mensch, Kinder, das ist doch Wahnsinn!« rief ich, mächtig erschrocken, und erklärte ihnen ausführlich, wie gefährlich das war. Wenn nämlich der eine Transformator eingeschaltet war, der andere aber nicht und die beiden an sich getrennten Schwachstromkreise oben auf der Platte durch irgendeinen Zufall, eine umgestürzte Lok zum Beispiel, kurzgeschlossen wurden, dann lag urplötzlich am lose herunterhängenden Stecker des zweiten Trafos so viel Spannung an, daß der Strom ohne weiteres einen Menschen töten konnte.

Nachdem ich die Kinder also gewarnt und pflichtgemäß aufgeklärt hatte, ging es hinauf zur weihnachtlich-frohen

Kaffeetafel, wo – so wunderbar konnte nur die deutsche Weihnacht sein! – die Großfamilie Donath in süßer Erwartung des vollbepackten Weihnachtsmannes und der Heiligen Nacht traut- und friedvoll beieinander saß. Neben den beiden Donaths und ihren Kindern waren auch die Großeltern da, alle noch überaus rüstig und durch den eben beendeten Kirchenbesuch (»Es begab sich aber zu der Zeit ...«) programmgerecht eingestimmt, sowie die liebe Tante Elfriede und – man war ja aufgerufen, seinen Nächsten zu lieben wie sich selbst – in der Tat auch jener bissig-böse Onkel, dem sie ansonsten immer die Pest an den Hals gewünscht hatten. Hans-Werner hieß er, hatte als Beruf »Kabarettist« anzugeben und war ein schlimmer Spötter. Weshalb ich auch an seiner Seite zu sitzen kam.

Bei Weihnachtsliedern von der Platte kam dann eine Konversation in Gang, die auch den sehr gehobenen Ansprüchen der Frau Dr. Donath genügte, und als ich von ihr aufgerufen ward, über meine weihnachtlichen Gefühle sehr ehrlich Bericht zu erstatten, da war man voll des Bedauerns über mein Schicksal (siehe oben). Befragt, wie ich denn damit fertig zu werden gedächte – nach der Feier bei den Donaths –, verwies ich auf meinen gängigen Fontane-Spruch (siehe abermals oben) und die auftragsgemäß und pünktlich zu produzierende Weihnachtsgeschichte (auch wenn's erst fürs nächste Weihnachtsfest war). Auch den Titel nannte ich ihnen – *Drei Kugeln für McScourie.*

Hans-Werner, der Onkel, ein Krimi-Süchtiger par excellence, bat mich sofort, ihm den Plot doch bitte-bitte zu verraten, und so erklärte ich ihm, da auch die Kinder große Ohren machten, trotz aller Dr. Donathschen Proteste schnell den Witz dieser »weihnachtsbezogenen« Mafia-Geschichte: Don Vito Ministrone, der allmächtige Boß einer der großen »Familien« Chicagos, will seinem überaus tüchtigen Rechtsberater, dem Mister McScourie, eine kleine Freude machen und ihm als Präsent drei wunderschöne Christbaumkugeln zukommen lassen, erzgebirglerische Wertarbeit aus mindestens dem vorigen Jahrhundert. So sagt er denn auch zu seinem altbewährten Leibwächter, eben mal schnell zwischen den Whiskys, kurz und klar, wie es seine Art ist: »Drei Kugeln für McScourie!« Der aber mißversteht das gründlich und befördert den armen McScourie mit drei wohlgezielten Schüssen genau am Heiligabend ins jenseitigste Jenseits ...

Beifall vom Onkel wie von den Kindern und ein gewaltiger Tadel von der Dame des Hauses: Dies schicke sich ja nun wirklich nicht bei einer Weihnachtsfeier, die andächtig und besinnlich zu gestalten sie sich vorgenommen habe; wie das Krimigenre generell zu ächten sei, da es die Menschen lediglich fürs schöngeistige Schrifttum verdürbe.

Um den von mir dort angehäuften Schmutz von den unschuldig-reinen Seelen ihrer Kinder wieder abzuwaschen, kam nun ihr Kommando zum Selbersingen aller jahreszeitgemäßen Lieder, und so verbrachten wir die nächsten Minuten bei *Alle Jahre wieder ...*; *Leise rieselt der Schnee*; *Kling, Glöckchen, Kling*; *O du fröhliche, o du selige ...*; *Süßer die Glocken nie klingen* und – natürlich – *O Tannenbaum*.

Es war sehr schön, und ich dachte an meine Frau und meine Kinder, wie sie jetzt wohl am Strand von Las Palmas lagen; und ich dachte zurück an meine eigene Kindheit ... als mein Vater, 1946 wohl, noch immer in russischer Gefangenschaft war und ich, Mutter wie Großmutter dabei in wachsende Verzweiflung stürzend, vor einem kleinen Nottannenbaum über eine Stunde lang bockig auf dem Teppich gelegen hatte – durch nichts dazu zu bewegen, mein Gedichtlein aufzusagen (»Vom Himmel in die tiefsten Klüfte ...«).

Oder damals, als ich mir am zweiten Weihnachtsfeiertag beim Eisenbahnspielen auf dem Teppich eine dort steckende Nähnadel tief ins Knie gejagt hatte, bis weit in den Knochen hinein, als ich bei einer Wettfahrt mit anderen meine aus der Kurve geflogene Lok wieder aufgleisen wollte. (Die Nadelspitze steckt noch heute in meinem Körper.)

Oder das grenzenlose Glück, wenn kurz vor Weihnachten das ersehnte Care-Paket von Tante Margot aus New York ankam. Man könnte mir heute kiloweise Goldbarren auf den Weihnachtstisch legen, die Freude darüber wäre nur ein Tausendstel so groß wie damals die über das kleine Stückchen Leberpastete aus einer dieser wunderbaren khakifarbenen Büchsen.

Da hatten wir noch Weihnachten kältefrei, und nur am 24. morgens war Schule, aber kein Unterricht, sondern die sorgsame Verteilung von Keksen und anderen Süßigkeiten aus den alten Heeresbeständen der allseits angebeteten US-Army.

Am Heiligabend war immer nur meine »Schmöckwitzer Oma« bei uns zu Hause (die hieß so, weil sie in Berlin-Schmöckwitz ein kleines Häuschen besaß) und später dann auch »Tante Trudchen«. Am 1. Feiertag kamen die »Kohlen-Oma« (die mit dem echten und ausgebombten Kohlenkeller im alten Kreuzberger Kiez, Manteuffelstraße) und die Familie meines Onkels väterlicherseits, aber erst zum Kaffee, nicht schon zum Gänsebraten.

Beim Einschlafen nach dem Heiligabend und der Bescherung, da bin ich immer sehr traurig gewesen, traurig darüber, daß nun schon wieder einmal alles so unfaßbar schnell vorbeigegangen war, nicht aufzuhalten. Die Feiertage aber und vor allem die vielen, vielen Tage bis zu Silvester hin, die waren dann wieder sehr, sehr schön (ohne Schule wieder mal so richtig ausschlafen können und dann das viele neue Spielzeug: 1949 die heiß ersehnte erste Eisenbahn!).

Ein richtiger Weihnachtsmann war bei uns zu Hause – Hinterhaus, drei Treppen – nie aufgetaucht. Einen studentischen Dienst dieser Art, den gab's damals nicht, und die weihnachtsmannfähigen Männer aus Familie und Bekanntschaft, die waren zumeist tot oder noch in Kriegsgefangenschaft.

Der Spötter-Onkel riß mich aus meinen Erinnerungsträumen, indem er – wir sangen gerade »Stille Nacht, heilige Nacht« – flüsternd fragte: »Wissen Sie eigentlich, wie Gottes Sohn heißt?«

Ich sah ihn verwundert an. »Jesus natürlich ...«

»Nein – Owie ...!«

»Owi ...?« Ich stutzte, denn in einem meiner Romane (*Ein Toter führt Regie*) spielte ja ein gewisser Owi (entstanden aus Otto-Wilhelm Ossianowski) die absolute Hauptrolle.

Doch das meinte er nicht. »Na, sie singen doch gerade alle: Stille Nacht, heilige Nacht! Gottes Sohn Owie lacht ...!«

Auch er lachte – aber nur so lange, bis ihn Frau Dr. Donath streng verwies. »Dies ist doch sicher nicht die Stunde für deine ewige Blasphemie! Etwas muß der Mensch doch haben, das ihm heilig ist und das man nicht ungestraft durch den Kakao ziehen darf!«

Darin war ihr fraglos zuzustimmen. Und ich tat das auch, nicht ohne den Hinweis, daß ich noch immer Mitglied der Evangelischen Landeskirche sei und eine ganze Menge an Kirchensteuern zahlte; was sie dann auch wieder milder stimmte.

Als nächsten Programmpunkt hatte sie vorgesehen, daß sich nun ein jeder, ob jung, ob alt, mit einem kleinen Gedichtlein hervortun sollte, denn – nervöse Blicke auf die Uhr – der Weihnachtsmann lasse ja diesmal merkwürdigerweise lange auf sich warten.

»Der überlegt wohl noch, ob er die Verlobungsringe gleich mitbringen soll ...« flüsterte der ungeratene Onkel mir zu. »Früher war's ja mal so Brauch, daß man sich in den höheren Kreisen stets unterm Tannenbaum verlobte ...«

Ich muß ihn so dumm angesehen haben (Benita war ja schließlich erst fünfzehn!), daß er mich trotz der damit verbundenen Gefahren aufzuklären begann. »Der Weihnachtsmann heißt Raoul und ist nicht nur Tenor an der Oper hier, sondern auch Frau Dr. Donaths geliebter Geliebter. Trennung von Klaus-Dieter nächsten März; im Mai wird Raoul geheiratet ...«

»Und die Kinder?«

»Die hassen den lieblichen Raoul und vergöttern den leiblichen Dieter ...! Besonders Benita.«

»Das is' ja 'ne schöne Bescherung!«

»Pst!«

Es bedurfte dieser Warnung nicht, mir hatte es längst schon die Sprache verschlagen. Armer Klaus-Dieter! Doch ich hatte es ja von vornherein so kommen sehen, gleich beim erstenmal, als sie mir als seine künftige Ehefrau vorgestellt worden war. Mit seinem Geld war sie in der Lage gewesen, ihr Studium zu Ende zu bringen, mitsamt der Dissertation (*Das Mäzenatentum der Medicis und seine Folgen für die europäische Malerei*), deren cum-laudige Abfassung wohl nur möglich schien, wenn sie die fraglichen Schauplätze auch selber besuchen konnte.

Nun also hatte Klaus-Dieter seine Schuldigkeit getan, und das Ende einer Drohne schien auch sein Ende zu sein. Sicher, sie mochte ihn – den Kaufmann und Techniker – nicht zu Unrecht höchst hölzern und kümmerlich nennen und als Banausen beschimpfen, doch ohne ihn, da hätte sie's doch wahrlich zu nichts weiter gebracht als zur Verkäuferin im Hauptmuseum hier, Kunstpostkarten, violettstichige Dias, Poster und so weiter. Aber Klaus-Dieter war nur ein besserer Gartenzwerg, mit Segelohren noch dazu, und Raoul war der Minnesänger, der strahlende Held.

»-ky, bitte: Ihr Gedicht, Sie sind an der Reihe!«

Ihre Stimme traf mich wie eine kleine Explosion.

»Ja, Entschuldigung!«

Ich besann mich auf das schnell Vorbereitete und trug ein paar Verse vor von Nikolaus Lenau, die dann auch ihren vollsten Beifall fanden (sie war schon eine faszinierende Frau!).

O Weihnacht! Weihnacht! höchste Feier!
Wir fassen ihre Wonne nicht,
Sie hüllt in ihre heil'gen Schleier
Das seligste Geheimnis dicht.

Klar, daß Anna-Maria Donath da lächelte, verklärt, könnte man sagen, wenn dieses Wort nicht zu verpönt wäre.

Und, weil sie ihn so intensiv herbeigesehnt hatte, da kam Raoul, *ihr* Raoul, in dieser Sekunde denn auch. Noch in der biederen Weihnachtsmannverkleidung überaus anmutig und exotisch.

Die Zeremonie lief ab wie vorgesehen, wie gnadenreich vorgegeben im großen Programm unserer christlich-abendländisch-deutschen Kultur: Wiedergabe des auswendig gelernten Gedichtgutes durch die anwesenden Kinder unter Einnahme einer fröhlichen Demutshaltung, Verlesung ihrer guten wie ihrer bösen Taten aus dem *Großen Himmelsbuch* (von Raoul meisterhaft gemacht) mit Lobessprüchen und Ermahnungen am Ende – und dann hineingefaßt in den großen Ruckesack, den er so lange huckepack getragen hatte: Berge von Geschenken standen da zur freudigen Verteilung an.

Jubel der Jungen über die herrlichen Lokomotiven, die sie bekamen. Welch Gedicht die dunkelgrüne S 3/6 der königlich-bayerischen Eisenbahn! Und noch um einiges entzückender das blaue Modell der badischen IV h! Der Weihnachtsmann mußte sich die Handschuhe abstreifen, um den lieben Kleinen beim etwas komplizierten Auspacken behilflich zu sein.

Sofort wollten die Kinder in den Keller eilen, diese beiden filigranen Wunderwerke schnellstens über ihre Schienen schnurren zu lassen; und es wurde ihnen auch gestattet.

Der Weihnachtsmann, von der Dame des Hauses eh zum Dableiben aufgefordert, stürmte, von den beiden großen Jungen schon vereinnahmt und in die Mitte genommen, mit der Kinderschar in den großen Hobbyraum hinunter.

Geschwind waren die beiden Loks auf die Gleise gestellt, doch nur die eine wollte fahren.

»Ach so!« rief Benita da. »Der zweite Trafo muß noch reingesteckt werden! Der Stecker hängt direkt bei dir am Fuß – machst du das mal bitte, Raoul ...!«

Das tat er auch.

Von seinem Aufschrei alarmiert, rannten wir in den Keller hinunter und fanden ihn leblos auf dem Boden liegen.

Und da sein Herz nicht mehr das allerbeste war, kam jede Hilfe zu spät.

Niklaus Schmid

Ein Weihnachtsmann auf Abwegen

Sein Gesicht unter dem riesigen Bart juckte. Er schwitzte. Der rote, mit weißem Pelz besetzte Mantel war schwer. Überdies hatte sich Marcel Schröer die Oberarme und Hüften mit Kissen ausgestopft. Von einem Weihnachtsmann erwarteten die Leute ein bestimmtes Format.

Betont schwerfällig stapfte er, hier und da einem Passanten zunickend, über den Gehweg. Im Eingang des Kaufhauses blieb er stehen und hielt nach einem möglichen Streifenwagen Ausschau. Aus den Belüftungsgittern traf ihn ein unangenehm warmer Luftstrom, Weihnachtsmusik vom Endlosband drang durch die Bommelmütze in sein Ohr, doch ansonsten schien die Luft rein zu sein.

Entschlossen stieß er die gläserne Pendeltür auf und ging zur Rolltreppe. Niemand schien ihn bewußt wahrzunehmen, weder die Frauen mit den Paketen und Einkaufstüten in den Armen noch die Verkäuferinnen. Zwei Tage vor Heiligabend war den Leuten der Anblick von Weihnachtsmännern sehr vertraut.

Die Personalabteilung befand sich im vierten Stock. Am Treppenabsatz blieb Schröer stehen. Als sich die Tür öffnete und ein Arbeiter im blauen Overall heraustrat, konnte er sehen, daß in dem Büro nur zwei Angestellte waren, eine ältere Frau in heller Bluse und ein Mann um die Dreißig im modischen Pullover.

Kein Problem! dachte Schröer. Seine Muskeln spannten sich.

»Schenkst du mir was?«

Schröer teilte die silberblonden Locken seiner Perücke, die ihm wie einem Hirtenhund die Augen verdeckten, und besah sich das kleine Mädchen. Es hatte große blaue Augen.

Aber Schröer mochte Kinder nicht, auch keine mit großen blauen Augen. »Verdammt!« entfuhr es ihm.

Doch dann besann er sich auf seine Rolle und griff in die Manteltasche. Seine Finger berührten die Pistole – die Bonbons hatte er vergessen. »Später, Kleine, später!« grummelte er. Enttäuscht drehte sich das Mädchen um, und Schröer schritt zum Lohnbüro.

Wortlos trat er in den Raum, wortlos verriegelte er hinter sich die Tür. Der älteren Angestellten, die irgend etwas über mangelnde Höflichkeitsformen murmelte, drückte er die Pistole gegen die Seidenbluse; dem jungem Mann, der von seinem Stuhl aufsprang, hieb er die Rute quer übers Gesicht.

»Öffnen!« Er deutete mit dem Kinn auf den Wandtresor. »Und keine Zicken!« Mit einem weiteren Schlag machte er deutlich, daß er es ernst meinte.

Drei Minuten später stand Schröer wieder auf dem Gang. Sein erster Raubüberfall hatte auf Anhieb geklappt. Der Jutesack auf seiner Schulter war zur Hälfte mit Banknoten und Kleingeldrollen gefüllt. Seine Vorarbeit, die darin bestanden hatte, als Ersatznikolaus herauszufinden, wo zur umsatzstarken Weihnachtszeit die Kassenabschläge bis zur endgültigen Einzahlung bei einer Bank aufbewahrt, also sozusagen zwischengelagert wurden, diese Vorarbeit hatte sich ausgezahlt.

Im Personalaufzug hörte er, wie nach einer bestimmten Nummer gerufen wurde, die sich im Lohnbüro melden sollte, dringend. Wahrscheinlich war der Hausdetektiv gemeint.

Schröer grinste. Ihm selber nachzulaufen, getrauten sich die beiden Überfallenen nicht. »Ich schieß euch die Kniescheibe weg«, hatte Schröer gedroht und, um zu zeigen, daß er zu allem entschlossen war, den Schlitten der Waffe zurückgezogen und den Hahn gespannt. Ein weiterer Beweis, daß es sich keineswegs um eine Spielzeugpistole handelte, war nicht mehr nötig gewesen.

Die Fahrstuhltür öffnete sich. Schröer rief den Arbeitern

auf der Verladerampe ein fröhliches »Endlich Feierabend!« zu und trat ins Freie.

Rechts ging es zur Fußgängerpassage. Sollte die Polizei bereits alarmiert sein, war dies die sicherste Zone. Durch den Passantenstrom würde sich kein Verfolger, geschweige denn ein Streifenwagen zwängen können.

Ein Leierkastenmann spielte, während ein Äffchen in Strickklamotten auf seiner Schulter turnte. Wenige Schritte weiter hatte ein Kerl, ganz in Schwarz und mit kalkweißem Gesicht, ein Kassettengerät von der Größe einer Parkbank aufgestellt und ließ zu der lauten Musik eine Marionette tanzen. Eine Horde von Kindern und Jugendlichen bestaunte die Vorführung.

Schröer wollte sich an dem Pulk vorbeidrängen. Doch ein Griff an seinen Mantelsaum hielt ihn jäh zurück. Die Faust, die sich in den Pelzbesatz geklammert hatte, gehörte einem kleinen Mädchen.

»Hallo, lieber, guter Weihnachtsmann!«

Schröer überlegte, ob es die Kleine aus dem Kaufhaus war. Die Kinder sahen zu dieser Jahreszeit, eingemummelt in Wintersachen und mit geröteten Gesichtern, alle gleich aus. Große blaue Augen hatte auch dieses Mädchen – und eine energische Faust.

»Gibst du mir denn jetzt was?« Das Kind stieß mit seinem Kopf gegen eine Frau, die gerade dem Marionettenspieler eine Münze zuwarf. »Mami, das ist der Nikolaus aus dem Kaufhaus, der mir ein Geschenk versprochen hat.«

Es begann zu schneien, dicke wässerige Flocken, die von dem Jutesack sofort aufgesogen wurden. Höchste Zeit für den Weihnachtsmann, daß er mit seiner Beute nach Hause kam.

»Ho, ho, ich hab noch einen weiten Weg vor mir«, sagte Schröer mit übertriebener Weihnachtsmannstimme.

»Vielleicht nur ein Bonbon, guter Nikolaus«, zwinkerte ihm die Mutter des Mädchens zu. »Ich glaube, damit wäre meine Lisa schon zufrieden.«

»Später, am Heiligen Abend, Lisa muß warten.« Schröer

machte einen Schritt zur Seite, die kleine Hand zog ihn wieder zurück.

»Nein, jetzt! Du hast es mir versprochen! Und was man verspricht, das muß man halten.«

Der Marionettenspieler war der erste, der auf das quengelnde Kind aufmerksam wurde. »He, Alter, gib der Kleinen was, ist doch schließlich dein Job! Und mir kannst du auch 'ne Mark in den Hut werfen.«

Die Zuschauer johlten. Schröer fühlte Panik in sich aufsteigen. Er mußte hier weg, schnellstens. Aber noch befand sich sein Mantel fest im Griff der kleinen Faust. Das Mädchen stolperte, fiel hin. Es weinte.

»Geht so ein heiliger Mann mit Kindern um?!« mischte sich ein Kerl im Militärparka ein.

»Bestimmt ist das gar kein richtiger Weihnachtsmann«, plärrte Lisa. »Er hat ja keine Geschenke.«

»Das wollen wir mal sehen!« schlug ein repektloses Bürschchen vor und langte nach dem Gabensack.

»Pfoten weg da, Saubengel!« Schröer schlug mit der Rute zu.

Der Junge jaulte auf, seine Kameraden kamen ihm zu Hilfe. Sie krallten sich in die pelzbesetzten Ärmel und in die Hosenbeine des Weihnachtsmannes, sie zerrten an seinem Bart, stupsten gegen die Bommelmütze, entrissen ihm die Rute und den Gabensack.

Der Größte in der Meute, ein Blonder mit leichtem Flaum auf der Oberlippe, übernahm Schröers Weihnachtsmannrolle und hielt dem kleinen Mädchen den Nikolaussack hin. »Hier, brauchst nicht zu heulen, hast freie Auswahl.«

Unter dem Jubel der Menge stieß Lisas kleine Hand in die Öffnung. Heraus kam sie mit einem Bündel Banknoten. Ein Schrei aus vielen Kehlen: »Die sind ja echt!«

Auf einmal war es vorbei mit dem friedlichen Vorweihnachtsabend. Hauen, Stoßen, Drängen, ein wildes Raufen um den Gabensack begann. Der Marionettenspieler warf ihn hoch in die Luft. Münzrollen klatschten aufs Pflaster und zerbrachen, Geldscheine rieselten zusammen mit den Schneeflocken auf den Boden.

Schröer sah nur noch eine Chance. Er zog die Pistole. »Das ist meine Kohle!« schrie er.

In diesem Moment ertönte die Sirene eines Polizeiwagens. Schröer pfiff auf Nikolausrute und Gabensack. Auch die Pistole ließ er fallen.

»Keine Spielzeugwaffen zum Fest der Liebe!« sagte tadelnd der Marionettenspieler und stellte sich dem Flüchtenden in den Weg. Mit ein, zwei Tritten seiner schweren Stiefel räumte Schröer den Mann samt seiner Gliederpuppe beiseite. Schon sah er vor sich eine Lücke im Ring der Zuschauer, als hinter seinem Rücken eine kleine, aber durchdringende Kinderstimme rief: »Peng! Du bist tot, böser Weihnachtsmann!«

Schröer spürte, wie links in seinem Brustkorb eine Rippe splitterte, wie sich Blut und Schweiß unter seinem Nikolauskostüm vermischten. Jemand öffnete ihm den Mantel, zog eines der Kissen hervor und legte es ihm unter den Kopf. Als nächstes fühlte Schröer schmelzende Schneeflocken auf seinem nun vom Rauschebart befreiten Gesicht – und dann fühlte er gar nichts mehr.

Jaroslav Kutak

Geschenke für die armen Teufel

Sie durften sich nur zu Weihnachten sehen. Dies erlaubte man ihnen, weil sie Vollwaisen waren. Sonst trafen sich die drei Brüder Ricardo, Luciano und Gino Luzerrini das ganze Jahr lang nicht, obwohl sie im gleichen Haus wohnten – nämlich im Staatsgefängnis des Bundesstaates Florida.

Und nun war es mal wieder so weit.

»Hej«, sagte Luciano, »unser Kleiner wird sich mächtig freuen, schätze ich ...«

»Darauf kannst du Gift nehmen«, bestätigte Ricardo und glättete das Bettlaken. Heute hatte er in ihrer Zelle Dienst. Luciano schmückte inzwischen den kleinen Weihnachtsbaum, der ihnen als lebenslänglich verurteilte Schwerverbrecher dank einer unermüdlichen, lobenswerten Initiative der Heilsarmee zustand.

Ricardo holte ein kleines Kästchen aus dem Schrank und zog vorsichtig Papierketten und -schmuck heraus. Dann befestigte er auf den Zweigen etliche Weihnachtsmänner, Engel, Schäflein und glitzernde Sternchen, die sie mal vor Jahren gemeinsam mit den anderen Häftlingen unter Aufsicht des Kapitän Howard von der Heilsarmee mit geliehenen Scheren aus einem Kinderbastelheft ausschneiden durften.

»Ob sich unser Gino wohl verändert hat?« fragte Luciano und setzte sich auf die Bank neben den Baum. »Ob sein Schnurrbart schon dicker geworden ist? Ob er zugenommen hat?«

»Wir werden ja sehen«, antwortete Ricardo und lächelte beim Anblick des grünen Umschlags, den die Post vor einer Woche gebracht hatte.

Gino hatte kürzlich seinen sechsundzwanzigsten Geburtstag gehabt, er war noch ein Kind, wie Ricardo immer sagte – Ricardo war aber auch bereits fünfundvierzig und Luciano nur zwei Jahre jünger. Und die beiden wirkten viel kräftiger und größer als Gino. Der kleine war schmächtig, eher knochig als schlank, mit großen schwarzen Augen im schmalen Gesicht. Dagegen wirkten die hartgesottenen vollbärtigen Bürder Luciano und Ricardo wie zwei gut ernährte Bären, für die es kein Problem ist, jederzeit ein saftiges Reh zwischen den starken, bedrohlich weißen Zähnen zu zerreißen.

Die Ursache des unfreundlichen Aufenthaltortes der drei Luzerrinis lag neun Jahre zurück – sie fand ihren Anfang im Geschäftsraum einer Handelsbank von Miami. Ricardo und Luciano waren damals drinnen, und Gino wartete vor dem Haupteingang in einem geklauten Wagen. Das Blöde war, daß einer der bewaffneten Bankpolizisten Held spielen wollte und auf die beiden Bankräuber schoß. Zu seinem Pech ging die Kugel daneben. Luciano hatte den Angriff erwidert und traf den uniformierten Helden. Auch Ricardo konnte gut zielen. Sofort meldeten sich noch zwei andere Schutzmänner, die das Versagen ihres Kollegen nicht verdauen konnten, und kamen anschließend während einer kurzen Schießerei auch noch ums Leben. Luciano hatte beim Militär eine gute Ausbildung genossen und war ein exzellenter Schütze.

Und Gino?

Er war nur Fahrer gewesen ... und das Gericht zeigte sich gnädig: Dank dem Umstand, daß die Polizisten zuerst geschossen hatten, wurden Luciano und Ricardo statt zum Tode zu lebenslänglich verurteilt, und Gino mußte sich mit achtzehn Jahren Zuchthaus abfinden. Zudem würde die Strafzeit verkürzt, wenn einer der Brüder verriet, wo das geraubte Geld versteckt sei.

»Wir hätten das damals sagen sollen«, erinnerte Luciano seinen Bruder. »Dann wäre Gino mit viel weniger Jahren davongekommen. Ich habe mir die ganze Zeit Vorwürfe gemacht. Schließlich hat er doch niemanden umgebracht.«

»Stimmt«, nickte Ricardo und setzte sich zu dem kleinen Weihnachtsbaum auf die Bank neben seinen Bruder.

Die beiden großen Männer sahen neben dem winzigen, zierlichen Baum aus wie zwei Nilpferde im Kindergarten.

»Wann wird man ihn wohl zu uns bringen? Ich kann es kaum erwarten.«

»Wie immer«, schätzte Luciano. »Am späten Nachmittag. Die faulen Ärsche schließen uns abends ein und verschwinden nach Hause. Was denkst du ...?«

»Ja, ja«, stimmte Ricardo zu und befestigte einen größeren goldenen Stern an der Spitze des Baumes. »Zehn Minuten und Schluß. Aber diesmal haben wir ein Supergeschenk für Gino ... Der wird Augen machen!!«

Gino Luzerrini und sein Begleiter betraten den Block C – die Abteilung der Schwerverbrecher, wo andere Häftlinge nur ausnahmsweise Zutritt bekamen. Das Haus mit den langen Gängen, viel Gitter und Umzäunung ähnelte dem Block A, wo Gino seine Strafe absaß, aber einen deutlichen Unterschied gab es: die Luft war hier stickiger, irgendwie ruhiger, aber zugleich auch gespannter.

»Los«, drückte ihm der Wächter unwillig die Mündung seines 10 mm Parker-Revolvers in die Rippen. »Verlier bloß keine Zeit mit Herumglotzen. Deine Besuchszeit läuft ab – zehn Minuten und keine Sekunde länger!«

»Aber ...« wandte Gino scheu ein und hielt inne, als ihn der saure Blick des blonden Wächters wie ein Stein traf.

Dieser Idiot, dachte Gino. Der Mann war kräftig gebaut, kaute unentwegt Kaugummi und spuckte herum. Unter der Dienstmütze verbarg sich außer den unbraven hellen Lokken auch noch ein Gesicht mit rötlichen Wangen, buschigen Augenbrauen und einer zu spitzen Nase.

Gino griff unwillkürlich um den linken Ärmel seiner Jacke.

Alles in Ordnung.

Man hatte ihn zwar kontrolliert, aber nur flüchtig. Was

sollte schon passieren? Er war doch in den letzten neun Jahren achtmal hier gewesen, ohne daß etwas passiert war.

Aber diesmal …

»Los, los«, drängte der ungeduldige Wächter, »ich will auch noch Weihnachten feiern, stell dir das vor!«

Gino schaute in das stumpfe Säufergesicht hinauf. »Duzen Sie mich nicht, bitte …« flüsterte er.

Der Mann in Uniform machte große Augen. »Was sagst du da?«

»Sie sollen mich nicht …«

Aber Gino konnte seinen Satz nicht zu Ende führen. Mit voller Wucht landete der Revolvergriff auf seinem Kopf, und der Mann fauchte ihn an: »Ich tue, was *ich* für richtig halte, verstehst du! Und du wirst das Maul halten und gehorchen, oder es passiert dir noch Schlimmeres … noch ein Wort und du siehst deine verehrte Bruderschaft nie wieder … ist das klar? Ist das klar?«

Gino nickte. Jetzt wußte er – dieser Wächter war sein Mann.

»Mensch, Ricardo, ich muß mir noch einmal den Umschlag anschauen«, sagte Luciano. »Ich kann nicht anders.«

»Ja, ja … ich kann auch irgendwie nicht genug davon kriegen …« stimmte ihm Ricardo zu und fuhr sich mit der Hand über die Stirn. »Lies es, bitte, noch einmal vor …«

»Okay … okay … also«, hüstelte Luciano und zog ein Blatt aus dem Umschlag: »Das Büro des Anwalts Gregoriano teilt Ihnen mit, daß es uns gelungen ist, lieber Herr Gino Luzerrini …«

»Schreibt er wirklich 'lieber Herr'?« fragte Ricardo erregt und machte eine wilde Geste der Anerkennung.

»Jawohl!« antwortete sein Bruder. »Es steht da schwarz auf weiß – lieber Herr Gino Luzzerini!«

»Das klingt gut, finde ich.«

»Und ob das gut klingt, Ricardo! Schließlich hat es uns das ganze beschissene Geld aus der Bank gekostet!«

»Aber es hat sich gelohnt … sicher hat es sich gelohnt«, wiederholte Ricardo und drängte Luciano, daß er weiterlas.

»… daß es uns gelungen ist, lieber Herr Gino Luzerrini, aufgrund unserer Intervention und vor allem dank Ihres guten Verhaltens während der Haftzeit, Sie, lieber Herr Gino Luzerrini …«

»Noch einmal!« bat Ricardo mit Genugtuung.

»Genau .. noch einmal … also … Sie, lieber Herr Gino Luzerrini, und da Ende des Jahres 1993 eine Hälfte Ihrer gesetzlichen Strafe abgelaufen ist, für die zweite Hälfte gegen eine Kaution von einer Million Dollar, die ein unbekannter Freund von Ihnen auf das Konto unserer Kanzlei anonym überwiesen hat mit der Bitte, Sie gegen diese Summe frei zu bekommen, tatsächlich auf Bewährung und gegen Kaution auf freien Fuß zu setzen … Und jetzt das Wichtigste, Ricardo, hör zu: Nachdem die notwendigen Formalitäten erledigt sind, haben Sie, lieber Herr Gino Luzerrini, ab 1. Januar 1994 die Pforten der staatlichen Haftanstalt des Staates Florida zu verlassen und sich dann in regelmäßigen Abständen der Polizei zu melden. Ansonsten wird Ihre Bewegungs- sowie persönliche Freiheit gewährt. Alles andere kann in meinem Büro besprochen werden, ich werde mich freuen, Sie bei mir … und so weiter, und so weiter …«

Luciano blickte von den Zeilen im Brief direkt in die Augen des weichgewordenen Bruders.

»Ich finde, es ist einfach großartig!« sagte Ricardo.

»Großartig! Unser kleiner Bruder ist frei! Mensch, das ist ganze Arbeit, die wir da geleistet haben!«

Luciano schob das zusammengefaltete Blatt zurück in den grünen Umschlag und legte ihn behutsam, als wenn er zerbrechlich wäre, zurück unter den Weihnachtsbaum.

»Ja«, sagte Luciano. »Es hat uns einiges gekostet: das ganze Geld, die Angst, daß uns unser Vermittlungsmann betrügen wird, die Angst, daß es letztendlich nicht klappt … aber nun ist es vorbei. Sogar den Brief für Gino haben wir bekommen und nicht er, um ihm ein schönes Weihnachtsgeschenk machen zu können. Ich sage dir, ich hätte nie gedacht, daß sich so etwas aus dem Knast überhaupt organisieren läßt …«

»Siehst du«, lächelte sein älterer Bruder. »Und doch hat es geklappt. Reibungslos geklappt!«

»Hast du gehört, Ricardo?« erbebte etwa fünf Minuten später die aufgeregte Simme von Luciano. »Unser Gino! Du kannst langsam die Kerze anzünden.«

»Ja, die vordere Stahltür knallte …« bestätigte Ricardo. »Aber, die Kerzen kann ich nicht anzünden. Wir haben doch offiziell keine Streichhölzer. Das muß der Wächter machen …«

Dann näherten sich Schritte: die schlürfenden, faulen Schritte des Wächters und die leisen, stillen Schritte des geliebten Bruders Gino.

Die Schlüssel rasselten.

Luciano und Ricardo standen auf. Ihre Aufregung kulminierte. Sie standen stramm wie Eichenbäume, ihre Augen glänzten.

Der Schlüssel drehte sich im Schloß, und dann ging die Tür auf.

Die Insassen der Zelle kniffen die Augen zusammen, da das grelle Licht der Flurbeleuchtung in die Zelle hineinleuchtete.

Dann hörten sie eine grobe Stimme: »Hinein mit dir, du Arsch, du hast nur noch vier Minuten Zeit!«

Gino kam herein.

»Gino!«

»Gino, mein Junge!«

Die drei Brüder umarmten sich. Der winzige Gino verlor sich in den Armen seiner älteren Geschwister.

»Hej! Ihr seid wohl das, was man warme Brüder nennt, was?« lachte der Wächter, lehnte sich an den Türrahmen und zündete sich eine Zigarette an. »Nur noch drei Minuten!«

Luciano und Ricardo ignorierten ihn und sprachen auf ihren Bruder ein, sich gegenseitig ins Wort fallend: »Gino,

Gino!«, »Mensch, Gino, du bist ja größer geworden!«, »Zeig dich! Ja, das stimmt! Aber zugenommen hast du wieder nicht!«, »Hab ich mich auf dich gefreut ...!«

Als die erste Welle der Begeisterung vorbei war und die Augen aller drei Männer feucht wurden, bat Luciano den Wächter, die Weihnachtskerzen anzuzünden.

Aber der Blonde machte nur eine ratlose Gebärde, zog demonstrativ an der Zigarette und sagte: »Tut mir leid! Kein Feuer!«

»Aber Sie haben sich doch gerade die Zigarette angezündet«, rief Gino empört. Solche Gefühlslosigkeit!

Der Wächter zuckte die Achseln und fummelte an seinem Revolver. »Noch eine Minute!«

Luciano schüttelte den Kopf. Wächter sind keine Menschen, dachte er bei sich und hielt Ricardos Hand, die sich unwillkürlich zur Faust ballte. Besser stillhalten.

Es entstand eine kurze verlegene Pause.

Luciano faßte sich als erster. »Wir haben ein Geschenk für dich«, sagte er schließlich zu Gino und griff feierlich nach dem grünen Umschlag.

Aber schon wieder schob sich der Wächter dazwischen: »Gib her«, befahl er, »muß ich erst bewilligen!«

»Nein«, widersprach Luciano.

»Halt's Maul! Und gib her!«

»Nein!« flüsterte Ricardo.

»Halt's Maul, Arschloch!« fauchte ihn der Wächter an und machte einen Schritt auf ihn zu.

»Nein!« schrie nun Gino.

Da passierte es.

Was folgte, war für die beiden älteren Brüder unbegreiflich. Gino tat das, was er für heute vorgesehen hatte. Er handelte nach Plan, auch wenn es dank dem unmöglichen Verhaltens des Wächters wie Zufall aussah.

Gino sprang den arroganten Wächter wie eine Katze an. Statt Krallen hatte er jedoch etwas Besseres dabei: aus dem linken Ärmel zog er eine lange Stricknadel. Der Wächter hielt dem Gewicht des Angreifers nicht stand und fiel rückwärts aus der Zelle zurück auf den Gang. Gino saß auf seiner Brust fest wie im Pferdesattel. Dann stach er mit der Stricknadel in den Hals des Mannes. Einmal, zweimal, dreimal. Der Wächter röchelte. Aber nicht lange. Gino stach ihm mit der Nadel direkt ins Herz. Sechzehn Zentimeter tief. Das reichte. Der uniformierte Körper bäumte sich auf, und der unfreundliche Wächter starb.

Gino stand langsam auf, schwer atmend.

Hinten auf dem Gang hörte man schnelle Schritte. Jemand pfiff. Dann zeigten sich Gestalten weiterer Wärter.

»So«, sagte Gino, und sein Gesicht wurde immer klarer. Er blickte zu seinen Brüdern. »Das war mein Geschenk für euch. Ich wollte heute jemanden umbringen, versteht ihr? Jetzt bekomme ich nämlich auch lebenslänglich. Der Mann hat mich angegriffen, wie ihr bezeugen könnt, nicht wahr? Nun werden wir wie früher wieder zusammen sein können. Für immer zusammen sein können. Mit euch, meinen Brüdern zusammen.«

Lucianos Hand mit dem grünen Umschlag senkte sich. Ricardos Blick wanderte ungläubig von Gino zum toten Wächter und zurück. Gino betrachtete mit unendlicher Liebe die Brüder. Er verstand ihre Verwirrung – aber er kannte noch nicht die ganze Wahrheit.

Schließlich zeigte er auf den Brief des Anwalts. »So«, sagte der jüngste Luzerrini. »Ehe ich gefaßt werde ... Schnell, ich bin gespannt ... also, was für ein Geschenk habt ihr euch für mich ausgedacht? Zeigt her!«

Leo P. Ard

Sie würden es doch auch versuchen!

Ich esse Arsen. Seit einem Jahr. Jeden Tag eine kleine Prise. Eine Menge, die für jeden anderen tödlich wäre. Mein Körper hat sich an das Gift gewöhnt. Die Dosis habe ich schrittweise erhöht und fühle mich dabei putzmunter und fit wie ein Hochleistungssportler. Bergsteiger und Langstreckenläufer führen ihrem Körper kleine Mengen Arsenik zu, um die Muskelbildung zu fördern. Aber ich bin kein Sportler, ich lebe eher nach Churchills Motto: No sports.

Ich ahne, Sie schütteln den Kopf: ein Verrückter.

Aber ich bin nicht verrückt.

Ich bin ein Mörder!

Ehrlich gesagt, noch nicht. Noch habe ich niemanden umgebracht. Erst Weihnachten wird es soweit sein.

Am Heiligabend werde ich meine Familie beseitigen.

Sie erschrecken?

Das ist verständlich. Aber Sie kennen meine Familie nicht: eine Bande gieriger, selbstsüchtiger Blutsauger, ordinär, dumm, laut und rücksichtslos. Sie wohnen in *meinem* Haus, sie leben von *meinem* Geld. An manchen Tagen gelingt es mir, mich ihrer Gesellschaft wenigstens zeitweilig zu entziehen. Dann mache ich Überstunden im Büro oder schließe mich zu Hause in meinem Zimmer ein. Aber an den Familienfeiertagen vervielfältigen sich ihre Energien und damit meine Qualen.

Meine Tat wird ein Akt der Selbstverteidigung sein.

Ich muß Ihre Geduld ein wenig strapazieren, denn ich will Ihnen die einzelnen Mitglieder meiner Verwandtschaft vorstellen. Dann werden Sie verstehen, warum ich keinen anderen Ausweg mehr sehe.

Tante Hedwig ist das personifizierte Böse. Sie trägt großgeblümte Kleider und fleckige Kittelschürzen. Sie riecht nach Schweiß und schwerem, süßen Parfüm. Seit achtzehn Jahren erdulde ich ihre Tyrannei. Nach dem Tode meiner Eltern hat sie das Sorgerecht für mich übertragen bekommen. Meine Eltern kamen bei einem Autounfall ums Leben. Ich war damals gerade zwölf Jahre alt.

Meine Mutter war die jüngere Schwester von Tante Hedwig und Tante Dorothea. Ich erinnere mich an eine elegante Dame, die gut duftete, mir abends einen Gute-Nacht-Kuß gab und mit sanften Händen über mein Haar strich.

Mein Vater war ein bekannter Jurist. Ein fröhlicher Mann, der gern lachte und wilde Kissenschlachten mit mir veranstaltete. Sie hinterließen mir das schöne, große Haus.

Tante Hedwig war begeistert, als sie nach der Beerdigung dort einziehen konnte, und belegte gleich das ganze Erdgeschoß für sich und ihre Fernseher. Dafür nahm sie gern in Kauf, ihre pädagogischen Fähigkeiten an mir zu probieren. Zuvor hatte ihre Fürsorge einem kleinen Terrier gehört.

Wußten Sie, daß Tiere Selbstmord begehen können?

Ich sah, wie der Terrier ins Wasser ging. Und er konnte gut schwimmen. Er wollte nicht mehr!

Den Rohrstock, den sie zur Züchtigung des Hundes eingesetzt hatte, bekam ab sofort ich zu spüren. Tante Hedwig ist nicht nur jähzornig, sondern auch geizig. Ich besaß *eine* gefütterte Stoffhose für den Winter und *eine* kurze für den Sommer. Noch mit Vierzehn mußte ich die kurze Hose in der Schule tragen. Können Sie sich vorstellen, wie ich gelitten habe? Dabei hat sie treuhänderisch das Vermögen meiner Eltern verwaltet. Ich hätte jeden Tag eine andere Hose tragen können.

Onkel Robert, ihr Mann, hat ein Gemüt wie ein Schlachterhund. Oder wie würden Sie jemanden bezeichnen, der in den unschuldigen Seelen von Minderjährigen herumstochert und sich an ihren Qualen weidet?

In meinem Herzen eingemeißelt ist ein Vorfall aus meiner Pubertät. Ich entdeckte meinen Körper und meine Sexualität und Onkel Robert einen *Playboy* in meiner Schultasche. Das war *sein* Gesprächsthema für die nächsten zwei Jahre. Bald wußten es alle, die Verwandtschaft, die Lehrer, die Nachbarn — und die Eltern meiner ersten Freundin. Die untersagten ihrer Tochter daraufhin den Kontakt zu dem »sexuell wohl etwas ausschweifenden« Jungen.

Zu Weihnachten gibt Onkel Robert stets die neueste Sammlung seiner Herrenwitze zum besten.

Im ersten Stock wohnt Tante Dorothea. Ich mußte damals in die ehemalige Mädchenkammer auf dem Dachboden ziehen. Das hat allerdings den Vorteil, daß ich hier oben alleine bleibe, weil die Bodentreppe zu steil ist.

Tante Dorothea ist eine klapperdürre Vogelscheuche mit gierigen Habichtaugen und Krallenfingern, die sie mit protzigen Ringen schmückt. Sie ist Anfang Sechzig und vital wie eine Vierzigjährige. Nach dem, was sie allerdings erzählt — und ich höre sie seit achtzehn Jahren reden —, müßte sie bereits seit ebenso vielen Jahren unter der Erde liegen. Seit den ersten gemeinsamen Weihnachtsfesten kenne ich alle ihre Krankheiten. Ich weiß über ihre Darmträgheit Bescheid, über ihre Herzrhythmusstörungen, über ihre Kreislaufbeschwerden, über Wasser in den Beinen und Blut im Urin. Sie traktiert mich mit medizinischen Begriffen und Erklärungen der neuesten Krankheiten. Sie könnte bei jeder Operation dem Chefarzt assistieren. Dabei war sie noch nie in einem Krankenhaus. Ihr Hausarzt hat mich, ihren besorgten Neffen beruhigt, Tante Dorothea ist fit wie der berühmte Turnschuh. Wenn sie nicht vorher anderweitig umkäme, würde sie mit ihrer Konstitution hundert Jahre alt. Hundert Jahre!

Die letzten beiden unserer Runde unter dem Christbaum sind Karl-Heinz und Bärbel. Karl-Heinz ist Dorotheas Sohn. Glücklicherweise ist im Haus kein Platz mehr gewesen, sonst wären Karl-Heinz und Bärbel nach ihrer Heirat garantiert auch noch eingezogen, in *mein* Haus.

Karl-Heinz ist nie darüber hinweggekommen, daß ich in der Schule der bessere war und die hübscheren Freundinnen hatte. Seine geistige Unterlegenheit versuchte er durch

Kraftsport wettzumachen. Drei Jahre lang spielte ich bei seinem Training den Punchingball. Eine Narbe über meinem rechten Auge erinnert noch heute an sein sadistisches Vergnügen.

Wenn er sich am Heiligen Abend nicht damit brüstet, wie er mich damals verprügelt hat, dann berichtet er von seinem Opel.

Können Sie sich vorstellen, daß jemand stundenlang von einem Opel schwärmt – über Hubraum, PS und Benzinverbrauch? Er hat sogar den Zylinderköpfen Namen gegeben.

Seine Frau Bärbel ist ein sexhungriges Biest. Regelmäßig, wenn Karl-Heinz Nachtschicht hat, klingelt sie mich aus dem Bett und macht mir anzügliche Angebote. Im letzten Jahr hat sie mir mit der Salzstange an der Hose rumgemacht, – während wir alle zusammen »Stille Nacht, heilige Nacht« gesungen haben. Als ich aus dem Keller einen neuen süßen Wein für die Tanten holte, faßte sie mir in den Schritt.

Das mag für manche männliche Leser ganz reizvoll klingen. Aber Bärbel ist absolut nicht mein Typ, sie hat üppige, fast aggressive weibliche Formen, die mich eher ängstigen, ist grell geschminkt und lacht laut und aufdringlich. Außerdem hat sie Mundgeruch.

Beim letzten Telefonat hat sie angekündigt, daß ihre Geduld nun am Ende sei. Wenn ich ihrem Drängen nicht endlich nachgebe, würde sie Karl-Heinz erzählen, daß ich sie belästigen würde. Und Karl-Heinz treibt immer noch Kraftsport.

Das ist meine Familie.

Können Sie verstehen, daß ich endlich einen Schlußstrich ziehen will?

Sie würden es auch versuchen!

Es wird wie ein Unfall aussehen.

Wir haben Arsen im Haus. Tante Hedwig setzt es gegen Küchenschaben und Mäuse ein. Unvorsichtigerweise bewahrt sie es in der Speisekammer auf, nur unzureichend beschriftet. Es steht im Regal unter dem Backpulver und dem Mehl.

Wir werden wie jedes Jahr nach unserem Truthahn einen Käsekuchen essen, den ich wie jedes Jahr zusammen mit Tante Hedwig vorbereiten muß. Aber dieses Jahr wird es das letzte Mal sein.

Wir alle werden uns vergiften. Und nur ich werde überleben!

Man wird mir den Magen auspumpen und die gleiche Menge Arsen finden, wie bei den anderen. Man wird es Gott und meiner robusten Gesundheit zuschreiben, daß ich nicht auch gestorben bin.

Während ich diese Zeilen schreibe, liege ich im Krankenhaus. Es geht mir den Umständen entsprechend gut. Eben war Tante Hedwig hier und hat mir gute Besserung gewünscht.

Daraus ersehen Sie, daß mein Plan schief gegangen ist. Es ist mir ein bißchen peinlich, die Geschichte meines Scheiterns zu erzählen.

Am Morgen des Heiligen Abend bereitete ich zusammen mit Hedwig den Kuchen vor. Es lief alles nach Plan. Sie merkte nicht, wie ich Arsen ins Mehl schüttete. Nach vollendeter Tat fuhr ich in die Stadt, um kurz vor Geschäftsschluß die Geschenke einzukaufen. Alles sollte so aussehen wie immer.

Nach dem gemeinsamen Singen der Lieder, dem Auspacken der Geschenke – ich erhielt von Tante Hedwig ein Oberhemd mit kurzen Armen – und nach dem Truthahnbraten versammelten wir uns im Wohnzimmer, um den Kuchen zu essen.

Karl-Heinz hat einen neuen Opel, und der braucht nur 7,9 Liter auf 100 Kilometer. Tante Dorothea bekommt neuerdings Bestrahlungen gegen ihr Rückenleiden, und Onkel Robert kennt einen Witz über Samenspenden.

Fasziniert sah ich zu, wie allen der Kuchen mundete, und ich selbst nahm ein großes Stück.

Die Minuten schleppten sich dahin.

Erst der schreckliche Tod von Molli, Tante Hedwigs

Zwergpudel riß die Verwandtschaft aus der besinnlichen Stimmung.

Tante Hedwig zeigte nur wenig Mitleid mit dem Köter, den sie am Nachmittag dabei überrascht hatte, wie er den halben Käsekuchen fraß. Sie hatte deshalb einen neuen gebacken. Offenbar habe sich Molli überfressen.

Ich konnte es nicht glauben. Ein Jahr harter Arbeit war umsonst.

Dann sah Karl-Heinz, daß ich Bärbel die Salzstange wegnahm, mit der sie an meiner Hose rumfummelte.

Karl-Heinz hat wirklich eine ziemlich harte Rechte. Der Chefarzt meint, am Ende der Woche würden sie die Klammer von meinem Kiefer entfernen, so daß ich wieder feste Nahrung zu mir nehmen kann.

Nur eines tröstet mich: In 363 Tagen ist wieder Weihnachten!

Georg R. Kristan

Zweimal werden wir noch wach …

»… heißa, dann ist Weihnachtstag«, schmetterte die kleine Sophie falsch, aber mit Inbrunst.

»Kannst du nicht mal ein anderes Lied singen?« fragte Julia entnervt und wunderte sich über die Ausdauer ihrer Tochter, die mit zwei Fingern demonstrierte, wie lange sie noch schlafen mußte bis Weihnachten.

Mit einer Lautstärke, die im krassen Gegensatz zum Text stand, versuchte Julia den Gesang von Sophie zu übertönen: »Leise rieselt der Schnee …«

»Es sneit aba gar nich«, stellte Sophie richtig und ging zielstrebig zur frisch geputzten Fenstertür, wo sie ihre Nase an der Scheibe platt drückte.

Noch bevor Julia den Tadel, der ihr auf der Zunge lag, anbringen konnte, läutete das Telefon. Sie vergewisserte sich, daß Sophie kein Unheil anrichten konnte und ging in die Diele, um den Hörer abzunehmen.

»Ja bitte?«

»Hallo, mein Schatz, ich wollte nur Bescheid sagen, daß ich nachher den Weihnachtsbaum abhole und so gegen sechs zu Hause sein werde. Wie sieht's bei euch aus – schon in der richtigen Stimmung für die Festtage?«

»Frag lieber nicht, David! Du kannst dir nicht vorstellen, wie froh ich bin, wenn endlich alles vorbei ist. Sophie ist ganz heiser von dem, was sie 'Affennslieder singen' nennt. Und mir fällt kaum noch etwas Neues ein.«

»Nimm's von der heiteren Seite. Du weißt doch, nie wieder ist die Vorweihnachtszeit so unbeschwert und geheimnisvoll wie in der Kindheit – und die ist ohnehin zu schnell vorbei.«

»Du hast gut reden; dabei vergißt du immer, welche Nervensäge deine Tochter sein kann.«

David lachte leise. »Aha, wenn du von meiner Tochter sprichst, weiß ich, daß es ernst ist. Willst du etwa vor einer Dreijährigen kapitulieren, Julia? Das ist doch gar nicht deine Art. – Grüß unser Goldkind von mir und sag, daß der Papa ein schönes Geschenk beim Christkind bestellt hat.«

»Wenn du pünktlich kommst, könnten wir noch alles vorbereiten und den Baum schmücken, bevor ich zur Probe muß. Gabi kümmert sich heute um unseren Quälgeist, da hätten wir Zeit.«

»Okay, ich will's versuchen. Bis dann mein Schatz.«

»Tschüs David.«

Julia atmete tief durch, das Gespräch hatte ihr gutgetan. Fröhlich summte sie vor sich hin: »Eine Muh, eine Mäh ...«

»Eine Täterätätä«, tönte es aus dem Wohnzimmer, wo Sophie aufgeregt hin- und herhüpfte.

Julia legte noch schnell Streichhölzer auf den Kaminsims und zog die Vorhänge an den großen Terrassentüren zusammen, bevor sie den Staubsauger aus dem Zimmer schob und das Kabel einrollte.

»So, nun ist alles sauber und aufgeräumt, damit der Nikolaus die Geschenke vom Christkind bringen kann. Wir müssen nur die Tür bis Weihnachten zuschließen«, sagte sie erleichtert. »Jetzt decken wir zwei in der Küche den Tisch. Wenn Gabi kommt, wird sie sich bestimmt über eine Tasse Kaffee und etwas zu essen freuen.«

»Vielleicht mag Gabi lieber Kaukau?« versuchte Sophie ihr Lieblingsgetränk anzudienen und dehnte das 'au', bis es wehtat.

»Du kannst sie ja fragen«, meinte Julia. Sie war froh, daß sie die Studentin Gabi Kuno kennengelernt hatte, die sich nun hin und wieder um Sophie kümmerte und prächtig mit ihr auskam. Julia genoß die »kinderlosen Stunden«, zumal sie von ihrem Mann außer aufmunternden Sprüchen keine Hilfe bekam; sein Job sei zu anstrengend und seine knapp bemessene Freizeit brauche er, um zu relaxen, so hatte er entschieden.

»Gabi kommt, und Papi kommt, und ihr Kinderlein

kommt«, jauchzte Sophie, um gleich in der Aufzählung fortzufahren: »... und dann kommt Kokolausi mit dem Schlitten und das Istkind und Nechtupecht mit einem großen Sack und viel Geschenken.«

»Aber die sind nur für brave Kinder«, stoppte Julia den Redefluß.

»Aber Sophie ist doch immer und immer lieb, nicht Mama?«

»Ganz besonders dann, wenn du mal den Mund hältst«, stöhnte Julia. »Und bitte sag nicht immer Kokolausi. Das heißt Nikolaus mit Nnnn – Nikolaus: Versuch's noch mal!«

»Nnnnikolaus ...«

»Das war gut, und nun noch Christkind.«

»Istkind.«

»Nein, Christ-Kind, Christ-Kind!«

»Mistkind«, Sophie strahlte. Das Wort kannte sie von Papa, wenn der sich als Heimwerker betätigte. »Mistkind – Mistkind«, bekräftigte sie und klatschte in die Hände. Für sie war damit die Sache in Ordnung.

Julia gab es auf. Sie nahm sich fest vor, bei diesem Weihnachtsfest das Christkind nicht mehr auftreten zu lassen.

Um halb sechs schellte Gabi Kuno. Sie war jung und unbekümmert, und ihre blauen Augen strahlten, als habe sie soeben das Weihnachtsfest erfunden. Sophie begrüßte sie stürmisch und fragte, kaum daß Gabi ihren Mantel aufgehängt hatte: »Singen wir jetzt Affennslieder?«

Julia hielt sich die Ohren zu und ging schnell auf den Dachboden, um die Kartons mit dem Baumschmuck zu holen.

»Kann ich helfen?« fragte Gabi, als es auf der Treppe polterte.

»Nein, danke. Ich komme allein zurecht. Kümmern Sie sich um Sophie, die ist vollkommen aufgedreht und schläft bestimmt nicht vor Mitternacht ein. Gehen Sie schon mal in die Küche, vielleicht ißt unser kleiner Tyrann in Ihrer Gesellschaft etwas. – Was möchten Sie trinken?«

»Kaukau«, übernahm Sophie die Regie. »Gabi und Sophie wollen Kaukau.«

»Also gibt's Kakao«, entschied Gabi und setzte die Milch auf.

Endlich fuhr David auf den Hof, stieg aus und vergewisserte sich mit einem Blick zu den Fenstern, daß kein Kinderauge ihn beobachtete. Dann schaffte er den Weihnachtsbaum über die Terrasse ins Wohnzimmer, wo Julia ihm die Tür öffnete.

»Wo ist unsere Sängerin?« fragte er und ließ sich aufatmend in einen Sessel fallen.

»Mit Gabi in der Küche. Die beiden versuchen sich an einem Abendessen.«

David lachte. »Na fein, dann sind sie ja voll beschäftigt. Wann mußt du los?«

»In einer Stunde. Wir sollten uns an die Arbeit machen, sonst wird es knapp.« Julia seufzte. »Die heutige Probe ist absolut überflüssig, es werden sowieso nicht alle da sein – zwei Tage vor Weihnachten.«

»Fährst du wieder mit den Barners?«

»Nein, heute muß ich den stotternden Polo nehmen. Ich hoffe, daß er die Strecke durchhält. Er muß dringend zur Reparatur. Sofort nach den Feiertagen werde ich ihn anmelden.«

»Dein Hoppel wird's schon schaffen«, tröstete David. Großzügig fügte er hinzu: »Du kannst auch meinen BMW nehmen.«

»Nein danke, lieber nicht, wenn ich den kaputt fahre, bist du arbeitslos«, stichelte Julia. »Apropos Arbeit – steck doch erst mal den Baum in den Ständer und dreh die Schrauben fest. Ich kümmere mich inzwischen um die Geschenke.«

Nach kurzer Zeit sah es aus wie auf einem Weihnachtsbasar, überall lagen leere Kartons, Papier und Reste von bunten Bändern.

»Jetzt muß ich mich aber umziehen«, meinte Julia nach einem Blick auf die Uhr. »Ganz fertig ist der Baum nicht geworden, den Rest mußt du allein machen.«

David winkte ab. »Kein Problem. Das schaffe ich schon, bis du zurückkommst. Gabi wird sicher helfen aufzuräumen, wenn die Kleine im Bett ist.«

»Mama kann ganz laut singen«, stellte Sophie fest, als Julia sich verabschiedete.

»Aber nicht so schön wie du«, sagte Julia lächelnd. »Seid brav und macht keine Dummheiten!«

Ein Drittel des Weges hielt »Hoppel« durch, dann gab er seinen Geist auf. Verzweifelte Tritte gegen Reifen und Stoßstange halfen nicht, ihm auch nur einen Seufzer zu entlocken. Julia war sauer. Resigniert schloß sie den Wagen ab und machte sich auf den Heimweg. Wenn sie den BMW nahm, konnte sie wenigstens noch die zweite Hälfte der Probe dabei sein. Ihre Stimmung besserte sich mit jedem Schritt, der sie dem Hause näherbrachte.

Sie sah Licht hinter dem Vorhang der Terrassentür. Die Küche und Sophies Zimmer waren dunkel. Sie hoffte, daß das Goldkind vor Erschöpfung eingeschlafen war. Vom »Affensliedersingen« hatten wohl alle genug.

Julia schloß die Haustür auf und trat in die Diele. Aus dem Wohnzimmer hörte sie leise Musik. David hatte eine CD aufgelegt, argentinische Tangos waren seine Leidenschaft. Als Julia das Licht anschalten wollte, bemerkte sie einen Schatten vor der Wohnzimmertür, Sophie preßte ein Auge ans Schlüsselloch.

»Was machst du denn ...« setzte Julia an.

»Pst, Mama, ganz still sein«, unterbrach Sophie mit flüsternder Stimme. »Der Weihnachtsmann ist da und bringt Geschenke.« Daß es der Papa war, hatte sie noch nicht erkannt. Der Raum war nur schwach beleuchtet und der Blickwinkel durchs Schlüsselloch begrenzt.

»Jetzt aber ab ins Bett!« drängte Julia. »Wenn der Weihnachtsmann gestört wird, verschwindet er sofort, und die Engel fliegen mit den Geschenken zu anderen Kindern.«

Sophie löste sich nur widerwillig von ihrem Beobachtungsposten. »Gabi hat aba keine Flügel!«

»Wie bitte?« Julia schob Sophie zur Seite und ging in die Knie, um selbst einen Blick zu riskieren. Benommen richtete sie sich wieder auf. »Geh ins Bett, Sophie«, sagte sie mechanisch und schob ihre Tochter ins Kinderzimmer.

Die Tangomelodie wurde vom Stöhnen des Weihnachtsmanns übertönt. Auch der Engel gab Laute von sich, die auf schwere Arbeit schließen ließen. Julias Adrenalinstoß war nicht minder heftig.

Mit einem Ruck riß Julia die Tür auf und sah die »Bescherung«. Mit zwei, drei Schritten war sie am Kamin, wo sie mit der einen Hand nach dem eisernen Schürhaken griff und mit der anderen die Uhr vom Sims fegte. »Ihr Miststücke!« schrie sie und schlug wie von Sinnen auf die Akteure ein.

David versuchte, den Schlägen auszuweichen und auf die Füße zu kommen. Gabi klammerte sich an ihm fest. Er machte sich mit einem Ruck frei, um Julias unkontrollierte Schläge abfangen zu können. Gabi stolperte und fiel zu Boden.

»Ihr Miststücke!« wiederholte Julia immer wieder, als David ihr das Eisen endlich aus der Hand gewunden hatte. »Raus mit dir und der Nutte: Sofort raus!« preßte sie durch die Zähne.

»Sei doch still, das Kind!« versuchte David zu beruhigen.

»Hat alles durchs Schlüsselloch gesehen, ihr ... ihr ...! Raus, sofort raus! Alle beide – Sie auch!« wandte sie sich an Gabi, die immer noch neben der Couch lag und keinerlei Anstalten machte aufzustehen.

»Mein Gott, sie ist tot!« rief David fassungslos, »... sie ist mit dem Kopf auf die Kaminuhr gefallen.«

»Du hast sie umgebracht!« schrie Julia.

»Was sollen wir denn jetzt tun?« fragte David voller Panik und verhedderte sich beim Anziehen.

Julia wirkte plötzlich cool und beherrscht. »Sie muß hier weg! Schnellstens! Nun los, zieh sie schon an, du hast sie ja auch ausgezogen!«

Die umgekehrte Reihenfolge bereitete allerdings ziemliche Schwierigkeiten, und Julia mußte mit zugreifen, um Gabi wieder herzurichten.

»Los, einrollen in das neue Zelt dahinten! Das ist mein Weihnachtsgeschenk für dich. Die Freude am Campen wird dir wohl für einige Zeit vergangen sein!«

David riß mit zitternden Händen die Verpackung auf und legte das Zelt auf dem Boden aus. Schnell war die zarte Gabi samt ihrer Handtasche darin eingewickelt.

»Und jetzt ab damit in den Kofferraum!« Julia zog die Vorhänge zurück und öffnete die Terrassentür. »Sieh zu, daß du sie unbemerkt los wirst. Ich mache inzwischen hier klar Schiff, zum Glück ist kein Blut geflossen.«

»Au, mein Rücken!« stöhnte David, als Julia ihm half, die Last zu schultern. »Du haust ja drauf ...«

»Nun zisch ab und komm gefälligst bald zurück. Das Weihnachtsfest müssen wir noch gemeinsam hinter uns bringen. – Nach dieser 'unbeschwerten Affennszeit' darf Sophie das wohl von ihren Eltern erwarten.«

Beim Frühstück herrschte eine gespannte Atmosphäre, nur Sophie krähte vergnügt: »Einmal werden wir noch wach ...«

»Ich kann's nicht mehr hören«, brummte David und stand auf.

Während er sich auf dem Hof vergewisserte, daß vom nächtlichen Transport keine Spuren im Kofferraum des BMW zurückgeblieben waren, klingelte es an der Haustür.

Als Julia öffnete, sah sie sich zwei Herren gegenüber, deren Wagen auf der anderen Straßenseite parkte.

»Kriminalpolizei, Kommissar Petermann – mein Kollege Schilk«, machte der Ältere bekannt.

»Ja bitte?« stotterte Julia. »Worum geht's?«

»Haben Sie die Telefonnummer 84-17-22-64?«

»Ja, aber warum interessiert Sie das?«

»Wir haben diese Nummer neben mehreren anderen im Notizbuch einer Frau gefunden.«

»Und? – Ich verstehe nicht ...?«

»Dürfen wir ins Haus kommen?«

»Aber bitte, selbstverständlich«, sagte Julia und wies auf die Sitzgruppe in der Diele. »Ich hätte Sie ja gern ins Wohnzimmer gebeten, aber da war schon das Christkind am Werk.«

Der Kommissar lächelte. »Bei mir zu Hause sieht's ähnlich aus. – Doch nun zum Grund unseres Besuchs: Die Frau, in deren Notizbuch wir Ihre Telefonnummer gefunden haben, wurde heute morgen in der Nähe des Campingplatzes tot aufgefunden. Sie war vollkommen angezogen und hatte – bis auf eine Schramme im Nacken – keine äußeren Verletzungen. Ungewöhnlich ist allerdings, daß sie in ein neues Zelt eingewickelt war, an dem noch das Firmenschild hing.«

»Das ist seltsam, aber wie kann ich Ihnen helfen? Kennen Sie den Namen der Toten?«

Der Kommissar zögerte. »Sie heißt Gabi Kuno.«

»Herr der Himmels! Das ist unser Babysitter«, tat Julia überrascht. »Sie war gestern bis gegen neun Uhr bei uns. Wahrscheinlich ist sie danach noch zu Bekannten gegangen.«

»Das könnte sein. Genug Adressen hatte sie ja notiert.«

»Einmal werden wir noch wach ...« tönte es plötzlich, und Sophie öffnete mit Schwung die Küchentür.

»Aha, das ist wohl die Kleine, die sich auf das Christkind freut«, stellte der Kommissar fest.

»... heißa dann ist Weihnachtstag«, brachte Sophie die Strophe unbeeindruckt zu Ende.

Julia war nicht erbaut über das Erscheinen ihrer Tochter. »Und weil das so ist, bist du besonders lieb und gehst in dein Zimmer.«

Sophie zeigte sich gehorsam wie selten. Beim Weggehen drehte sie sich noch einmal um: »Papa ist auch ganz lieb, hat Mistkind geholfen und ein sooo großes Paket« – sie breitete beide Arme weit aus – »zum Auto getragen. Sophie hat's gesehn!« schloß sie triumphierend.

Kommissar Petermann sah seinen Kollegen kurz an und sagte dann ruhig: »Gnädige Frau, ich glaube, wir müssen uns jetzt mit Ihrem Mann etwas eingehender unterhalten.«

Jörn Ingwersen

Spargel

Kallmeyer hatte keine Ahnung, wie lange er schon an dieser Straßenecke gestanden hatte, leicht vorgebeugt, Hintern am Geländer, die Hände in den Taschen seines dicken Sakkos vergraben. Sein Schal kratzte fies am Hals, und die Brille war von irgendwas verschmiert. Gut, daß er seine Mütze noch hatte.

Es war spät. Oder früh, wie man wollte. Hinter ihm lag jemand auf der Kellertreppe, in Zeitungen eingewickelt. Der Mann sah aus wie tot. Kallmeyer zog die Nase hoch.

Fröhliche Weihnachten.

Kalter Wind trieb von der Elbe her. Zwei ältere Damen stöckelten eingehakt über die Reeperbahn und blieben stehen, die Wangen rot vom Tanzen. Die eine kramte entschlossen in ihrer Handtasche herum, suchte Geld, und bevor Kallmeyer etwas sagen konnte, hatte sie ihm die Münzen schon in die Hand gedrückt. Die andere hielt Abstand.

Kallmeyer steckte das Geld ein, ohne nachzusehen, wieviel es war. Ob es für die Bahn reichte? Oder was Warmes?

Wann hatte er zuletzt gegessen? Wie lange war er jetzt weg? Zwei Tage, drei? Er bibberte, schüttelte die Kälte ab.

Wieviel Geld hatte er bei sich gehabt? Die ganze Kohle? Er mußte zu Hause anrufen. Ina war allein. Er sollte sich bei ihr melden. Daß er in Ordnung war. Daß er nach Hause kam.

Die Kälte kroch ihm unter die Jacke, und er trampelte mit den Füßen auf. Im Tabaksbeutel fand er noch eine fertig Gedrehte, fummelte mit klammen Fingern ein Streichholz aus der Schachtel. Drei Versuche.

Ein dunkler Schatten fiel über seine Hände. Kallmeyer sah auf, hielt dem Mann das Feuer hin. Der Goldfilter glänzte.

Mit einem Ruck zog er den Kopf zurück und strich sich rauchend eine Strähne aus der Stirn. Große Nase. Schnäuzer.

»Danke.« Ein leicht spöttischer Zug um den Mund. Kaschmirmantel, weißes Hemd, Kragen offen, Schlips auf halb acht. Gepflegte Erscheinung, trotz allem. Kallmeyer verbrannte sich die Finger.

Der Mann nickte ihm zu. Sie sahen sich kurz an, dann wandte sich der andere ab und schlenderte davon. Zögernd, etwas unschlüssig. Fünf Schritte, sechs. Kallmeyer drehte seine Zigarette zwischen den Fingern. Dieser Mund, kleine Augen, große Nase …

Der Mann drehte sich um, blieb stehen, rauchte.

Woher kannte er das Gesicht? Namen konnte er sich nie merken, aber … Von Ina vielleicht. Einer von ihren … Damit war Schluß. Endgültig. Oder … Hoffentlich hatte er keine Schulden bei dem.

Der Mann kam zurück. Fragend, einen Schritt nach dem anderen. »Kennen wir uns?« Er blieb stehen, runzelte die Stirn. Wartete. »Kallmeyer? Ist doch nicht wahr, oder? Horst Kallmeyer? Kalle, du?«

»Ich weiß nicht …«

»Mensch, Kalle. Ich bin's. Gretzke.« Der Mann sah zu ihm auf, staunend, bereit, seine Hand zu schütteln. »Randolf. Randolf Gretzke.«

Kallmeyer dämmerte es. Die kleinen Augen.

»Norderstedt, Volksschule. Mann, ist ja 'n Ding. Und die Lehre, Berufsschule! Was ist los mit dir? Kennst du mich nicht mehr? Kalle, alter Gauner!«

»Ach, Gretzke, ja.« Der hatte ihm gerade noch gefehlt. Kallmeyer nickte und wischte sich die Brille. »Hab dich fast nicht erkannt. In dem Aufzug, mit Bart … ganz anderer Mensch … nur die Nase …«

»Na, Mann. Zwanzig Jahre, oder? Wird einem ja nichts geschenkt …« Gretzke trat einen halben Schritt zurück, zog an seiner Zigarette. »Und du? Du hast dich aber auch verändert.«

»Ja«, sagte Kallmeyer, setzte die Brille wieder auf.

Gretzke stemmte eine Faust in die Hüfte und umkreiste ihn. »Laß dich ansehen, Alter. Blaß um die Nase. Na, Mensch, aber immer noch der gleiche Spargeltarzan.« Er kniff ihn prüfend den Oberarm. Dann blieb er stehen und massierte ihm die Schulter. »Nicht dein Tag heute, was?«

»Naja ...«

»Laß mich raten ... gesoffen, gespielt, im Puff gewesen.« Er grinste breit. »Sieht nicht so aus, als wenn du auf deine Kosten gekommen bist.«

»Nein, nein, ich war nur ...« Kallmeyer schüttelte den Kopf. Der Typ war noch genau wie früher.

»Wußt ich's doch. Und jetzt überlegst du, mit wem du noch einen heben sollst, stimmt's?«

»Naja ...« Hilfesuchend sah sich Kallmeyer um.

»Paßt doch. Einen Absacker noch, höchstens zwei, dann muß ich in die Heia.« Seine Augen leuchteten. »Auf die Mutter.« Er lachte laut. »Muß sein.«

Kallmeyer kramte in seinen Taschen. Die Münzen klimperten. Für die Bahn.

»Der schnöde Rest?« Gretzke hielt sich stolz mit der linken Hand den Mantel auf und deutete auf seine Innentasche. »Da ist genug für uns beide drin. Ich laß doch meine alten Klassenkameraden nicht im Stich, oder?« Er knöpfte sich den Mantel zu. »Kallmeyer, alter Waschlappen, ich kann's noch gar nicht fassen. Sag doch auch mal was.«

Auf der Kellertreppe raschelte Papier.

»Also gut«, erwiderte Kallmeyer. »Wohin?«

Sie landeten bei Rosi, zwei Straßen weiter, absoluter Geheimtip, meinte Gretzke.

Abgewetzter Tresen, wacklige Barhocker, Katzenhai über der Zapfanlage, ein Tannenbaum und drei schweigende Gestalten am anderen Ende. Rosi mit schwarzer Perücke, das Kreuz wie ein Ringer, trocknete Gläser, prüfte sie gegen das Licht.

Gretzke zwinkerte ihr zu und hob seinen Drink. »Na, und dann bin ich da eingestiegen. Werkzeugmaschinen, europaweit. Das beste, was ich machen konnte. Ging ab wie die Post. Kann es selbst noch nicht glauben. Hat mich in acht Jahren reich gemacht. Villa in Wellingsbüttel, dicker Benz, Haus auf Sylt. Dreimal Urlaub im Jahr. Karibik, Thailand, was du willst. War gerade zum Shoppen in New York. Zu Weihnachten. Mit meiner Maus.« Er zeigte seinen goldenen Ring am Finger, manikürt, und beugte sich weit vor. »Kann mich nicht beklagen. Absolut nicht.«

»Scheint mir auch so.« Kallmeyer schüttete seinen Cola Rum, zerbiß die halbe Zitronenscheibe.

Gretzke bestellte zwei neue. »Und du?«

Kallmeyer schwieg. Er nahm den Schwarzen Krausen, versuchte seine gelben Finger zu verbergen und drehte aus den Krümeln eine Zigarette. Steckte sie an, blies den Rauch aus.

»Na?«

»Kfz-Mechaniker«, sagte er. »Weißt du doch.«

»Meister gemacht?«

»Naja …«

»Wußt ich's doch!« Gretzke schüttelte den Kopf. »Und jetzt bist du fast vierzig und immer noch Schrauber. Wenn überhaupt. Mann, Mann, Mann. Immer noch der Alte. Du mußt endlich mal deine Ellenbogen nehmen.« Er flatterte wie ein Hahn, dann tippte er sich an die Arme. »Anders geht's doch nicht. Heutzutage, bei der Konkurrenz. Einer frißt den anderen auf. Kuck dir die Amis an. Die wissen, wovon sie reden. Da kann man noch was lernen. Wie die einen über den Tisch ziehen … einfach toll. Willst du noch einen?« Er hielt zwei Finger in die Luft. V wie Victory. Auf ganzer Linie.

»Wir hatten schon reichlich …«

»Keine Sorge«, er klopfte auf seine Brieftasche, »wo das herkommt, gibt's noch mehr. Oder machst du etwa schlapp?«

In der Ecke flackerte die Musicbox auf. Eine dickliche Frau mit Schrubber und Eimer fummelte den Stecker in die Wand und rückte die Truhe dagegen.

Kallmeyer suchte in seinen Taschen nach Münzen. Zwei

Mark und fünf Groschen. Hätte bis nach Barmbek sowieso nicht gereicht.

»Ich geb einen aus.«

Gretzke grinste. »Mal sehen, ob du's noch weißt.«

Es dauerte einen Moment ... *Blue Spanish Eyes.*

»Ungeschlagen. Der Dosenöffner des Jahrhunderts.«

Kallmeyer drückte die Tasten, kam an den Tresen zurück. Als die Platte knisterte, sah Rosi auf, warf der Putzfrau einen Blick zu.

Gretzke kriegte feuchte Augen. »Schöne Zeit, damals.« Zog das Glas mit den Soleiern zu sich rüber und griff hinein.

»Und jetzt hast du geheiratet«, sagte Kallmeyer.

Nicken und Kauen. »Halbes Jahr her. Ganz junges Ding.« Er schluckte runter und nahm ein neues. »Die kleine Schlampe. Hat mir einen Stammhalter angedreht. Ungebetenerweise. Könnte glatt meine Tochter sein.« Er grinste. »Aber ... was beschwer ich mich? Steht mir gut.«

Die Platte lief aus. Es knackte. Nochmal dasselbe. Gretzke summte mit. »Naja. Hört sich jetzt alles so leicht an. Hätte auch ganz anders kommen können. Der Mann, der vor dir sitzt, wollte auch schon mal zur Fremdenlegion ... mußte ... Na, das ist eine andere Geschichte. Echte Qualität setzt sich eben durch. Und man muß wissen, was man will.« Er sah Kallmeyer an. »Oder? Trink!«

Sie setzten gemeinsam an, und Gretzke bestellte neu. Schlug sich an die Brust, wo das Geld saß. Kallmeyer wischte sich den Mund mit dem Ärmel ab. Daß er den Job bei Raffay verloren hatte, behielt er lieber für sich.

»Die Brille steht dir.« Gretzke nahm ein neues Ei. »Nein wirklich, ich sag das nicht nur so. Macht dich irgendwie schlauer. Aber diese Mütze ... Mann, nimm die endlich mal ab. Ist ja furchtbar.«

Kallmeyer wich seinem Blick aus. Nicht das jetzt.

»Oder ...? Sag nicht ...« Gretzke wollte lachen, verschluckte sich, hatte aber den Mund noch voll, wechselte die Gesichtsfarbe. Er hustete. Rosi klopfte ihm den Rücken, bis er ruhiger wurde und abwinkte.

»'ne Glatze«, gluckste er, die Schweinsäuglein hellwach, freuten sich schon auf den nächsten Lacher. »Hautfarbene Badekappe, ja?«

Gretzke war ein Arschloch. Schon immer gewesen.

»Mal ehrlich, und was sagt Ina dazu, die oberscharfe Ina? Hm? Ina.« Gretzke ließ den Namen auf der Zunge zergehen. »Hat sie immer noch so runde Titten wie früher?«

Kallmeyer wurde ganz heiß unter der Mütze.

»Mann, ich weiß noch, wie wir auf dieser Fete -«, er wackelte mit dem Kopf, »- da müssen wir schon älter gewesen sein – 'No Milk Today' haben wir gehört – die ganze Nacht – und alle Mann an Inas Tüten rumgefummelt, aber absolut jeder, und danach … alle Mann …« Gretzke nahm eine von seinen Goldfiltern. »Tolle Zeiten. Und ausgerechnet der Spargel hat sie gekriegt.«

Rosi brachte neue Drinks.

Blue Spanish Eyes lief immer noch.

»Wie oft hast du die Nummer denn gedrückt?«

Kallmeyer drückt seine Kippe aus. »Zu oft wohl.«

»Scheint mir auch so.«

Schweigen.

Gretzke schob den Mantel von den Schultern, legte ihn auf den Hocker neben sich. Dann nahm er die Brieftasche, Krokoleder, prall gefüllt. Er schwankte leicht, hielt sich kurz fest, dann stopfte er sie in die Hosentasche, zog die Hosen über den Bauch. Sein Blick war trübe, die Zunge schwer. »Bleib, wo du bist. Mit dir bin ich noch nicht fertig.« Er schwankte durch den Perlenvorhang zum Klo.

Kallmeyer kochte. Warum blieb er hier sitzen? Warum hörte er sich das an? Dieses Arschloch! Dieser Wichser! Der brauchte doch nur einen zum Treten. Der hatte doch überhaupt keine Ahnung. Wie es war, wenn einen alle zum Versager machten. Wenn es einem immer wieder gesagt wurde. Immer wieder. Wie es war, wenn man seiner Frau nicht mehr genügte. Nicht als Mensch. Nicht mal als Mann. Arschloch. Sie hatten einfach zusammengehört, und das war es eben gewesen. Wild. Wie die Tiere. Hatten die Finger gar nicht voneinander lassen können. Der große Schweiger und die kleine Nutte. Scheiße. Genau das war sie gewesen.

Aber das war jetzt vorbei. Ein für alle Mal.

Er hätte sich in den Arsch beißen können. Hundertmal schon, tausendmal. Er hätte sie Gretzke damals überlassen sollen. Dann hätte der sie am Hals gehabt. Und vielleicht wäre er der reiche Mann, und Gretzke …

Im Spiegel hinter den Flaschen sah er ihn durch den Vorhang kommen. Angeschlagen, die Haare naß, zurückgestrichen. Gretzke steuerte auf seinen Hocker zu.

»Rosi, nochmal dasselbe. Und Obstler. Für alle. Mein Kumpel hier und ich, wir haben was zu feiern. Stimmt's, Kalle, altes Haus?« Er lallte.

Zwei von den drei Gestalten am anderen Ende sahen auf und nickten. Die dritte rührte sich nicht.

Kallmeyer spielte mit seinem Bierdeckel, als die vollen Gläser kamen, unschlüssig, er wollte weg.

Im Sitzen hatte sich Gretzke wieder im Griff. Schien zu überlegen, lehnte leicht an Kallmeyers Schulter. »Mal ehrlich, Mann. Du kannst doch nicht ewig so … Du mußt doch mal was aus dir machen. Sonst … die fetten Jahre, die gehen vorbei, Mann, gerade jetzt mit Deutschland und so. Das bleibt nicht ewig. Da muß man doch sehen, daß man mitmischt.«

Kallmeyer sah ihm in die Augen und beobachtete, wie er das kleine Glas leerte.

»Wo war ich noch?«

»Laß gut sein.«

»Nein, nein.« Gretzke schüttelte den Kopf. »Wo war ich heute abend noch?«

»Was weiß ich.«

»… Salambo … genau … Geschäftsficken.« Zufrieden schüttelte er eine Goldfilter aus der Schachtel und versuchte, sie in den Mund zu stecken. »… Schweden, tsss, den einen hättest du sehen müssen. Total breit, Hosen runter, so 'ne Latte, aber echt. Auf der Bühne.« Rosi gab ihm Feuer. »Wie der Schwarze ihm einen geblasen hat, zum Schreien. Der ganze Laden hat getobt. Und die Kamera klitzeklein. Die Mädels sind auf Zack ... Spitze, echt.«

Kallmeyer starrte ihn an.

»Das glaubst du nicht? Aber so geht das, so kriegst du jeden. Damit er nicht woanders kauft. Was meinst du, wie der gucken wird? Wenn er Post kriegt. In Stockholm. Verheiratet, der Mann. Und sein Chef steht da bestimmt auch nicht drauf.« Gretzke unterdrückte sein Lachen und trank aus. »Haste nochmal 'ne Mark?« Er deutete mit dem Kopf auf die Musicbox. »Komm, Spargel, spiel unser Lied.«

Kallmeyer kramte in seinen Taschen und rutschte vom Hocker. Mechanisch. Stützte sich auf die Maschine und stanzte die Ziffern ein. Irgendwer mußte dem Kerl das Maul stopfen, irgendwie.

Gretzke bestellte neu. Für alle.

»Was ist los mit dir? Los, Schlappschwanz, komm rüber. Erzähl du mir was.« Er winkte mit großer Geste.

Blue Spanish Eyes.

Kallmeyer trottete an.

Gretzke nahm ihn in den Arm und drückte fest. Freundschaft. »Sag mal, Kalle. Wo ich grade dran denk. Ich hab die stolze Ina lange nicht gesehen, ich will ihr ja nicht unrecht tun ... aber, ist sie eigentlich immer noch so ... offenherzig? Ich mein ... mit Männern? Ich mein, war sie doch eigentlich immer, oder?«

Kallmeyer löste sich aus seinem Griff. »Schon lange nicht mehr. Liegt den ganzen Tag im Bett und wartet. Auf mich!«

Gretzkes Grinsen rutschte ab. »Ach was.«

Da konnte er so lange glotzen, wie er wollte. Kein Wort würde er mehr aus ihm rausbringen. Er mußte ihm ja nicht gleich alles aufs Butterbrot schmieren. Und ›bettlägerig‹ war so ein häßliches Wort.

»Also«, Gretzke wischte sich mit der ganzen Hand über den Mund, »versteh mich nicht falsch, aber irgendwas war doch schon immer faul mit der. Ich mein ... hatte ja seinen Grund, daß wir verlobt waren ... scharfe Braut, bestimmt ... aber ich weiß nicht ...« Aus den Augenwinkeln sah er auf. »Ich weiß nicht, ob sie dir erzählt hat, daß wir uns vor zwei Jahren getroffen haben. Ganz zufällig, auf der Straße. Komisch.« Er grinste breit. »Hatte sich nicht viel verändert zwischen uns. Wir sind dann gleich ... aber das sollte sie dir lieber selbst erzählen. Ist vielleicht doch zu intim ...«

Kallmeyer sog schneidend Luft durch die Zähne. »Scheiße.«

»... ich mein, vielleicht hatte es ja seinen Grund, warum sie dir nichts davon erzählt hat. Wahrscheinlich wollte sie dir einfach nicht weh tun.«

Kallmeyer starrte tief in sein Glas, die Knöchel weiß, in seinen Schläfen pochte es. Er schob seinen Tabak in die Jacke, schüttelte die Streichholzschachtel und steckte sie ein. Nahm seinen Schal und wickelte ihn um den Hals.

»Was ist? Was ist los mit dir?« Gretzke richtete sich auf und grinste. »Aaah, endlich. Los, wehr dich, Mann! Das läßt du dir gefallen? Von deinem alten Freund? Was hast du denn für Freunde? Los, tu was ... damit du's endlich lernst. Komm schon, hau mir eine rein, das willst du doch ... oder? Komm schon, du Flasche ... läßt du denn alles mit dir machen?« Schweißperlen standen auf seiner Stirn.

»Was stehst du auf? Willst du mich hier einfach so sitzen lassen? Kein Wunder, daß Ina sich von anderen nageln läßt, du nackter Spargel!« Er reckte den Hals. »Glaub nicht ...« Er rutschte mit dem Ellbogen vom Tresen ab. »Gut, also gut. Tut mir leid, alter Junge. Nichts für ungut. Warte, ich komm mit. Rosi, Süße, die Rechnung, alles auf meinen Zettel!«

Er packte sich an den Hintern, tastete kurz, verlagerte sein Gewicht nach rechts, dann die andere Hosentasche. Mit stierem Blick zu Boden. Er drehte sich um, nahm den Mantel suchte in der Innentasche, Außentasche, nichts. Sah unter dem Hocker nach, stand auf, suchte den Boden ab. »Das kann doch nicht ...«

Rosi klapperte mit ihrem Kuli auf dem Tresen. »Macht hundertdreiundzwanzig fünfzig. Mit den Eiern.«

»Ich hatte doch ... Kalle, du hast sie doch gesehen, meine

Brieftasche, oder? Die dicke. Echt Kroko. Das kann doch nicht angehen. Die ist weg, das gibt's doch gar nicht …«

Gretzke tastete alle Taschen ab.

Rosi kannte das. »Willst du noch suchen, oder soll ich gleich die Bullen rufen?«

Gretzke schnaufte. »Nein, nein, warten Sie … bloß keine Polizei! Ich find sie noch.« Er tastete wieder seinen Hintern ab. »Meine Papiere, Führerschein, Geld, alles drin …«

Zwei von den drei Figuren am anderen Ende des Tresens grunzten interessiert. Rosi stemmte die Fäuste in die Hüften. »Na? Wie haben wir's denn? Irgendwelche Wertsachen dabei? Als Pfand?«

Gretzke sah Kallmeyer an.

Der stand auf. »Ich geh pissen. Damit hab ich nichts zu tun«, sagte er und schob sich grinsend durch den Perlenvorhang. Man konnte fast religiös werden. Kleine Sünden und der liebe Gott. Im Spiegel über dem Waschbecken sah er sein fahles Gesicht.

Gretzke, das Arschloch. Hoffentlich holte sie die Bullen. Am besten noch die Presse …

Die Pinkelbecken waren verstopft. Er beugte sich über die Kloschüssel. Gar nicht so einfach. Erst recht, wenn einem schwindlig war. Cola Rum war der Killer. Den Obstler hatte er kaum angerührt. Diese Klos … als wären sie seit Jahren nicht mehr … waren sie wahrscheinlich auch nicht. Der Boden lag voll Klopapier. Er schüttelte ab und wollte gerade gehen.

Da lag sie. Wie vom Himmel gefallen.

Krokoleder, fett und feist, nicht zu übersehen. Etwas unter dem Papier begraben, an der Wand bei der Bürste.

Er hob sie auf. Fühlte sich gut an, fest und schwer. So hatte er sich das immer vorgestellt. Er sah sich kurz um, suchte nach einem Fenster, kippte es und sah den Hinterhof. Es war fast Morgengrauen. Er schob die Tasche durchs Fenster, hörte, wie sie auf ein Gitter fiel. Dann wusch er sich die Hände.

Er atmete noch einmal tief durch und trat durch den Perlenvorhang.

Zwei Beamte in Uniform standen lässig gegen den Tresen gelehnt, der eine in Leder, der andere die Schirmmütze im Nacken, ein Funkgerät am Gürtel. Sie nahmen die Personalien auf. Rosi redete dazwischen, der eine Polizist winkte Kallmeyer heran.

»Da sind Sie ja. Sie sind der Bekannte von Herrn Gretzke? Er hat keine Papiere bei sich.«

Kallmeyer zuckte mit den Schultern, räusperte sich. »Bekannter ist übertrieben. Er meint, er kennt mich von früher. Hat mich auf der Straße angesprochen, weil er einen ausgeben wollte. Ich denk, er ist Millionär ...?«

»Hör mal, du kannst doch nicht ...«

»War klar. So, wie der angegeben hat.«

»Du Schwein ...«

Der Beamte in Leder hielt Gretzke im Zaum.

»Auf meine Kosten, die Sau. Er hat die Tasche, garantiert. Durchsuchen Sie ihn. Na los, machen Sie schon. Stehen Sie nicht so rum. Tun Sie was«, kreischte Gretzke.

Kallmeyer war sehr hilfsbereit. Stülpte alle Taschen um, ließ sich abtasten, krempelte sogar seine Socken runter. Dann ließen sie ihn gehen. Gretzke war fertig. Den Kopf wollte er im abreißen. Den Spargelkopf. Das war das letzte, was Kallmeyer von ihm hörte.

Draußen schien die Sonne, oder versuchte es zumindest. Kallmeyer schlich durch die nächste Toreinfahrt, suchte die Rückfront des Hauses, zählte die Fenster ab, erkannte schließlich die milchige Kloscheibe und stapfte durch die Blumenbeete. Er mußte sich beeilen.

Krokoleder. Fühlte sich gut an. Teuer. Würde Ina gefallen. Er mußte sie anrufen, damit sie Bescheid wußte. Jetzt konnte Weihnachten kommen. Es würde Geschenke geben, wie bei allen anderen auch, einen Tannenbaum mit Lametta und einen Ring vielleicht, oder eine Brosche. Ob ihr das gefallen würde? Oder einen Rollstuhl, damit sie wieder an die Luft konnte. Sie konnte doch nicht ihr ganzes restliches Leben in der stickigen Bude hocken. Er würde sie durch die Gegend schieben. Sonntagnachmittags, und vielleicht würde sie ihn irgendwann auch wieder ertragen können. Und wenn alles gut ging, konnte sie eines Tages sogar wieder gehen. Eines Tages. Kallmeyer blieb stehen.

Ob sie ihm jemals verzeihen würde? So hatte er das doch nicht gewollt. Niemals. Es tat ihm so leid, daß sie ans Bett gefesselt war. Furchtbar leid. Es war fast dunkel gewesen. Er hatte die schmale Treppe hinter ihr gar nicht gesehen. Und er war so wütend gewesen. So wütend wie noch nie. Wollte einfach nur, daß es aufhörte, endgültig ... diese anderen Männer, die sie betatschten ... die lachten über ihn ... jeder konnte sie haben ... außer ihm ... absolut jeder ... er war einfach durchgedreht ... total durchgedreht ... Irgendwann mußte sie ihn verstehen. Er wollte sie doch nicht verlieren.

Ein Rollstuhl. Abgemacht.

Er suchte sich eine Bank unter den Bäumen, nahe der U-Bahn-Station. Machte es sich bequem, atmete durch und genoß den Augenblick. Er legte die dicke Brieftasche auf seine Knie und sah sich um. Er war allein. Was für ein Fest!

Er klappte sie auf.

Blätterte darin herum.

Suchte.

Und suchte.

Rechnungen. Mahnungen. Strafmandate. Zettel über Zettel. Das Foto einer Frau mit drei Kindern. Briefe vom Gericht. Und dreiundzwanzig Mark.

Das war alles.

Uwe Erichsen

Bescherung für Harry

Wer zum Teufel war bloß darauf gekommen, Harry ausgerechnet vor Weihnachten dumm anzumachen? Weihnachten oder ein paar Tage vorher kriegte Harry immer das heulende Elend, es überfiel ihn pünktlich wie einen Beamten der Gedanke an die nächste Kaffeepause.

Harry grauste es vor seiner Bude im Hochhaus hinter der Bahn, deshalb hing er praktisch jeden Abend in der »Alten Post« am Tresen. Die Kneipe war etwa so gemütlich wie das Wartezimmer eines Kassenarztes kurz nach der Währungsreform, daran konnte auch der kitschige Weihnachtsbaum aus Plastik mit den elektrischen Kerzen neben der Musicbox nichts ändern. Wir alle fragten uns schon seit Jahren, warum Harry nie geheiratet hatte. Er war kein Aufreißertyp. Mit den Schicksen, die er hin und wieder abschleppte, konnte man kein Weihnachtsfest gestalten. So einer wie Harry brauchte was Festes, damit er immer was im Haus hatte.

Also, eines Tages, als sich Weihnachten wieder mal unübersehbar ankündigte, fragte ihn einer, ich weiß nicht mehr, wer es war, vielleicht Werner – ausgerechnet drei Tage vor Heiligabend! -: »He, Harry, warum haste eigentlich nie geheiratet?«

Harry zog die Nase hoch, das tat er immer, wenn ihn einer so plötzlich ansprach, und runzelte die Stirn. Wahrscheinlich hatte er lange nicht mehr darüber nachgedacht, warum er allein lebte. Deshalb hatte er auch keine griffige Antwort parat. Der Kerl hinterm Tresen klickte gerade eine Kassette mit Weihnachtsschnulzen in den Rekorder. Es war aber noch zu früh am Abend, um schon feuchte Augen oder Wut zu kriegen.

»He, Harry, warum haste eigentlich nie geheiratet?«

Harry goß sich das Bier in die Kehle und hustete einiges

davon gleich wieder aus. Er starrte uns der Reihe nach aus wässrigen Augen an. Vielleicht hatte er die Frage nicht verstanden, war ja auch egal. Aber einer hatte das Thema angefangen, und wir alle hatten schon einiges intus, Schnäpse, Bier sowieso. Das Thema Weihnachten und die ewigen Einkäufe und den Streß, und im nächsten Jahr machen wir das alles anders, keinen Konsumterror mehr und so, also, dieses Thema hatten wir längst abgehakt, es war sowieso jedes Jahr dasselbe. Langweilig war's. Da klammerte man sich an jeden neuen Gedanken, der etwas Abwechselung versprach.

Harry strich über sein Gesicht und zog dabei die Falten auf der Stirn in die Breite. *O Tannenbaum* verendete mit einem jaulenden Ton, als der Wirt die Stoptaste drückte. Irgendein sentimentaler Idiot hatte die Platte mit *White Christmas* in der Musicbox entdeckt und eine Handvoll Münzen eingeschmissen.

»Was haste gesagt, Harry?«

»Ihr habt ja keine Ahnung, ihr Idioten«, wiederholte Harry laut. Er deutete gebieterisch auf sein Glas. Eigentlich wäre ich mit 'ner Runde drangewesen, aber na ja. Harry kramte in seinen Taschen und knallte dann seine Brieftasche auf die Theke.

»Mann, Harry, hab dich nicht so«, sagte Ingo. Er starrte uns vorwurfsvoll an.

Aber Harry schüttelte unwillig den Kopf. Er klappte die Brieftasche auf und fingerte zwischen ein paar Lottoscheinen und so 'nem Kram herum, bis er ein abgegriffenes Foto fand. Er betrachtete es kurz und legte es dann sorgfältig neben eine Bierpfütze.

Die Jungs machten lange Hälse, und Werner stieß einen Pfiff aus. Das Foto zeigte eine Klassefrau, groß war sie, oder sie wirkte so, ein Tier mit prallen Dingern in einem schimmernden Kleid, mit nackten Schultern, langen Haaren und Augen, Mann, waren das Augen! Nun, so ein Foto hätte er Gottweißwoher haben können, das sagte gar nichts. Aber hinter der Frau stand Harry, er grinste wie nur ein Mann grinsen konnte, der satt und zufrieden war. Und die Art, wie er dieses Weib umklammerte, das war schon eindeutig. Sein linker Arm drückte auf eine der Brüste, die Hand verschwand am unteren Bildrand, und unsere Phantasie war dreckig genug um zu wissen, wo sich die Hand amüsierte. Und Harry sah so jung aus.

»Mensch, Harry, wenn die Meßlatte so hoch hängt ...«

Der Kerl hinterm Tresen wollte auch gucken, er kannte uns lange genug und kannte alle Geschichten, die wir so drauf hatten, aber das hier war was anderes. Werner scheuchte ihn weg.

»Mensch, Harry ...«

»Das ist Lilly«, sagte Harry. »Also, eigentlich heißt sie ja Lieselotte König, aber Lilly ist ihr Künstlername. Lilly King. Sie ist Sängerin.« In Harrys blassen Augen erschien ein dösiger Ausdruck. Harry war weit weg.

Werner nahm das Foto in die Hand und wendete es. Hinten stand irgendwas drauf, ein verschmierter Stempel und irgendeine Krakelei. *Für ewig Dein* vielleicht. Ich bestellte eine Runde Bier, und Ingo spendierte den Klaren dazu. Der Idiot an der Musicbox drückte noch einmal *White Christmas*. Werner drehte sich um, ging zur Musicbox und riß den Stecker heraus. Er starrte den Idioten böse an, und der hielt den Mund. Werner war ein Bulle, ein echter Kriminaler, so einer lernt, wie man Leute mit Blicken einschüchtert. Einmal waren so 'n paar Kerle reingekommen und wollten Zoff machen, und es hätte ganz böse ausgesehen, wenn Werner nicht ... Aber das ist eine andere Geschichte. Harry kippte seinen Schnaps, und dann war seine Zunge locker genug oder seine Erinnerung kam durch, jedenfalls Harry erzählte die Geschichte von sich und Lilly, dem Superschuß.

Harry war mal zur See gefahren, das wußten wir, auf so 'nem Frachter immer zwischen Rotterdam, Marseille, Genua und irgendwelchen nordafrikanischen Häfen hin und her. Irgendwann war die Reederei auf den Dreh gekommen, ein paar Kabinen für Touristen einzurichten, das war mal 'ne ganze Zeit in. Ein paar Tage auf 'nem Frachter mitfahren, immer frische Luft und so, die Seele durchlüften und Dinner am Tisch des Käpt'n, ich hatte mal 'ne Reklame gesehen. Harry hatten sie den Job des Stewards aufgehalst. Ausgerechnet Harry.

Lilly war in Tunis an Bord gekommen, zusammen mit ein paar Tonnen stinkender Schafsfelle. Mutterseelenallein, und sie war der einzige Passagier an Bord des Seelenverkäufers gewesen, es muß irgendwann im Winter gewesen sein, vielleicht um die Weihnachtszeit. Harry brachte Lilly das Frühstück, und wenn sie draußen an der Reling stand und ihre Seele in den Wind hielt, machte er die Kabine sauber. Und weil die anderen Matrosen beschäftigt waren oder weil der Käpt'n sie für sich haben wollte und den anderen verboten hatte, sie anzuquatschen, hatte sie nur Harry, und Harry konnte zuhören, weil er selbst die Zähne nicht auseinanderkriegte. Harry war kein Entertainer, Harry nicht. Lilly, die Sängerin, war mit dem Leader einer Rockband liiert gewesen und mit ihm und der Band nach Tunis gekommen. Himmel, ausgerechnet nach Tunis! Weil die Touristen keine Lust gehabt hatten, sich *german rock* reinzuziehen und die Band vor leeren Bänken spielte, war kein Geld hereingekommen. Und weil der Veranstalter nichts unternahm, um diesen Zustand zu ändern, saß die ganze Band am Ende der Saison in Tunis fest. Eines Morgens hatte sich der Leader einfach abgesetzt. Mit den restlichen Kröten, aber ohne Lilly. Die Instrumente hatte der Betreiber des Hotels, in dem sie zuletzt aufgetreten waren, gepfändet, weil die Musiker mehr verzehrt als eingenommen hatten und weil die paar Zuschauer, die gekommen waren, *um german rock* zu hören, zuviel Alkohol getrunken und den Saal auseinandergenommen hatten. Lilly hatte irgendwie einen Gönner gefunden, der die Instrumente ausgelöst und ihr die Passage nach Rotterdam bezahlt hatte. So war sie auf Harrys Frachter geraten.

»Und? Wie ging es weiter?«

Harry wischte sich über die Augen, nahm das Foto, rieb es sorgfältig trocken und steckte es wieder ein.

Die Geschichte, die er erzählte, war nicht *seine* Geschichte, sondern Lillys. Oder die, die sie ihm aufgetischt hatte. Das war mir klar.

»He, Harry, wie ging es weiter?«

Werner klinkte noch 'ne Runde Klaren aus. Harry war echt down. »Mann, Harry«, sagte ich, »so 'n Superschuß ist eben nicht dafür konstruiert, an einem Typ hängenzubleiben, so ist das nun mal im Leben.«

»Sie hat mich geliebt«, behauptete Harry und starrte mich aus blutunterlaufenen Augen, aus denen jetzt die Tränen rannen, an. Ingo lachte. Harry fuhr zu ihm herum und klatschte die flache Hand in eine Bierlache. Harry hatte breite Hände, wenn er sie zu Fäusten ballte, konnte man Angst kriegen. Der Kerl hinterm Tresen guckte in eine andere Richtung. Ingo hob die Schultern und lachte nicht mehr. Harry schob sein Schnapsglas unentschlossen hin und her und setzte es dann an die Lippen. Aus dem Kassettenrekorder hinterm Tresen jaulte *O Tannenbaum.*

»In Rotterdam haben sie sie verhaftet«, nuschelte Harry. »In dem Gepäck, das der Gönner für sie an Bord geschleppt hatte, steckten vierzig Kilo Koks. Das meiste im Schlagzeug, ein paar Kilo im Verstärker, zwei, drei Beutel im Synthesizer.«

»Wie kann man nur so blöde sein«, meinte Werner.

Ingo und ich fielen über ihn her. »Wieso, du bist eben 'n Bullenarsch und bist noch nie reingelegt worden, ihr greift euch immer die Kleinen, weil ihr zu blöd seid, so gemeine Kerle festzunageln, die andere reinlegen. Mädchen wie Lilly.«

Jetzt war Werner sauer. Mit Rauschgift hatte er nichts zu tun. Er bearbeitete Eigentumsdelikte. Einbruch, Diebstahl und so. Alles schön protokollieren und abheften, und wenn er und seine Leute mal Glück hatten und 'nen Typen zu fassen kriegten, versuchten sie, dem so viel wie möglich anzuhängen, damit die Aktenschränke nicht zu voll blieben.

Harry hatte in Rotterdam abgemustert. Er wäre für Lilly oder mit ihr in den Knast gegangen, wenn sie ihn gelassen hätten. Aber so freizügig waren die Holländer nun auch wieder nicht. In Holland kann man zwar an jeder Ecke Stoff kaufen, und die Bullen tun nichts, aber wenn sie mal einen erwischen, der das Zeug en gros reinbringt, halten sie sich an dem schadlos. So sind da nun mal die Spielregeln. Sie hatten Lilly vier Jahre aufgebrummt. Harry hatte ihr geschworen, auf sie zu warten und da zu sein, wenn sie rauskäme. Er hatte sich einen Job in Düsseldorf besorgt und sie regelmäßig besucht. Alle drei oder vier Monate hatte er drei Tage Urlaub genommen und war rüber gefahren, hatte ihr Schokolade und Kaffee und Zigaretten gebracht und sie durch eine Scheibe angeschmachtet. Und als er dann einmal wiedergekommen war, die Strafe hatte sie erst zur Hälfte abgesessen, hatten sie sie gerade ein paar Tage vorher entlassen und abgeschoben. Und Harry hat nie wieder etwas von ihr gehört.

Harrys Kopf sackte auf den Tresen. Seine Schultern zuckten. Dann richtete er sich abrupt auf und ging. Wir sahen ihm nach und waren ratlos. Wer zum Teufel war bloß darauf gekommen, Harry ausgerechnet kurz vor Weihnachten anzumachen, wenn die Leute mit diesem bescheuerten Ausdruck in den Augen rumlaufen und die Schnulzen aus allen Lautsprechern wimmern?

»Wir müssen was für ihn tun«, meinte Werner, »was meint ihr?«

Sicher, aber was konnte man denn machen, wenn die Meßlatte so hoch hing? Und übermorgen war Heiligabend.

Der Kerl, dem die Kneipe gehörte, hielt seinen Laden am Heiligen Abend bis drei Uhr mittags auf. Dann schütteten sich die Typen, denen es ein Horror war, nach Hause zu kommen und zwei, drei Tage lang in Familie machen zu müssen, und die, die keine Familie hatten, den Hals voll. Um zwei waren wir meistens schon ziemlich zu, und mir war es dann egal, was meine Frau sagen würde, wenn ich heimkam und mich erst mal 'ne Stunde aufs Ohr haute, um den folgenden Anstrengungen gewachsen zu sein.

Ich kam dieses Mal ziemlich spät, weil ich glatt vergessen

hatte, ein Geschenk für meine Schwiegermutter zu besorgen. In der Schnäppchenecke des Kaufhauses hatten noch ein paar Dutzend andere nach Last-minute-Geschenken gesucht und dann die Kassen blockiert.

Ich war baff, als ich reinkam, ich dachte erst, ich hätte die falsche Kneipe erwischt. In der Ecke, in der sonst die Musicbox und der armselige Weihnachtsbaum standen, hatte irgendwer über Nacht ein winziges Podium aufgebaut. Ein wirrer Kabelsalat führte kreuz und quer durch den Raum. Im Zigarettenqualm waren die Typen hinter den Instrumenten kaum zu erkennen. Ich sah ein paar hampelnde Figuren in Lederkluft, und dann hämmerte der harte Rhythmus los. *O Tannenbaum* verrockt oder als Beat, was weiß ich. Die Gläser in der Vitrine klirrten, einige Typen, die sich für ihre Familien Mut oder was weiß ich ansaufen wollten, verzogen sich.

Ich quetschte mich neben Harry, er war womöglich noch wortkarger als sonst, Ingo soff den Klaren wie Limonade, nur Werner war noch nicht da. Vielleicht feierten sie heute länger im Präsidium.

»He, was soll der Quatsch?« brüllte ich den Kerl hinter der Theke an. Der machte ein gequältes Gesicht und ließ das Bier laufen. Die Jungs auf dem Podium brauchten Stoff. Harry hatte schon wieder wässrige Augen und starrte in sein Glas. In der »Alten Post« war der Bär los. Ein paar Kids guckten rein, starrten ungläubig auf die Band, verzogen sich aber gleich wieder, als sie uns Opas am Tresen hängen sahen.

»Mann, was haben sie dir getan?« brüllte ich. Der Wirt hob mürrisch die Schultern und sagte irgendwas, was aber keiner verstand.

Plötzlich war Werner da. Ich hatte ihn nicht reinkommen sehen. Wie ein Geist stand er zwischen uns und grinste. Er war stocknüchtern, im Präsidium war also nichts los gewesen. Er legte seine Arme um Harrys und meine Schultern und drückte uns richtig herzlich. Der Kerl hinterm Tresen kratzte ein halbes Dutzend Striche auf seinen Deckel und brachte den Jungs auf dem Podium dann das Tablett mit dem Bier. Die Typen knallten sich den Stoff rein und griffen aufs neue in die Saiten. *Ihr Kinderlein kommet.* Himmel, hinten am Tresen fing tatsächlich einer an zu heulen.

»Das halte ich nicht aus«, brüllte ich.

Werners Hand krallte sich in meine Schulter. »Ist doch mal was anderes«, sagte er, »als immer diese Schnulzen.«

»Ich will weder Schnulzen noch sonst etwas«, schrie ich zurück, »ich will gar keine Weihnachtslieder, die kriege ich nachher noch zu Hause. Aber satt. Den ganzen Abend, und an den beiden Feiertagen auch noch.«

»Nun warte doch«, sagte Werner. »Ich habe zwei Tage an dieser Bescherung gearbeitet, habe alle Datenbanken angezapft und sogar Interpol eingeschaltet, warte doch!«

Ich starrte ihn an. »Du hast diese Typen angeschleppt? Hast sie etwa aus dem Knast geholt? Seit wann machen Bullen auf Bewährungshilfe?«

Werner lachte. Er strahlte richtig.

Die Band holte zum nächsten Schlag aus. *White Christmas* war jetzt dran, auch das noch. Ich griff gerade nach meinem Bier, als ich ihre Stimme hörte. Rauchig, kehlig, etwas unsicher. Die Musik war zu laut, die Boxen nicht richtig ausgesteuert. Ich drehte mich um.

Das Mädchen klammerte sich am Mikro fest und bewegte die Hüften. Ihre Haare, lang und rot, wehten wie ein Schleier vor dem Gesicht. Das Kleid war etwas knapp, sehr knapp sogar, und der Ausschnitt ließ eine Menge sehen. Ich starrte sie an, sah die vollen Lippen, die halbgeschlossenen Augen. Dann stieg sie von ihrem Podest herab. Neben mir hörte ich einen röchelnden Laut. Ich wollte Harry einen Rippenstoß versetzen, als ich sie erkannte. In natura sah sie einfach nett aus, nicht so groß, nicht so super, eben einfach nett.

Die anderen Gäste machten ihr Platz, und sie kam auf Werner zu. Weiß der Teufel, wie er sie und die Band in diese Kneipe gelockt hatte. Wahrscheinlich mit purer Erpressung. Entweder ihr spielt in der »Alten Post«, oder ihr verbringt Weihnachten im Knast. Wegen ruhestörenden Lärms oder so, Bullen können erfinderisch sein, wenn sie wollen. Sie baute sich vor Werner auf, wollte eine Show machen, nur für ihn.

Werner grinste wie ein Baby. Da fiel ihr Blick auf Harry, das Gesicht unter dem Make-up wurde käsig, und ihr blieb die Stimme weg. Das fiel gar nicht auf, weil die Jungs auf dem Podium alle Regler aufrissen und einen Höllenlärm machten.

Ich sah Harry an. Sein Gesicht war grau, die Augen blickten starr, und er schien nicht zu atmen. Wo kriegt man Heiligabend wohl schnell 'nen Notarzt her, fragte ich mich.

Der Kerl hinterm Tresen verlor plötzlich die Nerven. Er stürzte zum Sicherungskasten und hämmerte auf die Schalter. Die Musik riß ab, ohne Strom lief da nichts, ein paar Lichter gingen auch aus, und der Wirt schrie, daß er das Getöse satt habe, und die Kerle sollten verschwinden.

Der Typ mit der E-Gitarre machte Anstalten, dem Wirt das Instrument auf den Kopf zu schmettern, aber der dürre Schlagzeuger hielt ihn zurück und deutete auf Werner. Werner stieß Ingo und mich an und hielt die Hand auf. »Wir wollten doch zusammenlegen«, sagte er. »Jeder zweihundert, ist doch billig, wenn man einem Freund das Leben rettet.«

Die Jungs von der Band nahmen das Geld und fingen an, ihre Ausrüstung zusammenzupacken. Harry und Lilly starrten einander an, keiner sagte einen Ton. Hinter Lillys Lidern schimmerte es feucht.

Werner schob Ingo und mich ans andere Ende des Tresens. »Sie arbeitet drüben in Neuss bei 'nem Immobilienmakler«, erzählte er, »war gar kein Problem, sie zu finden. Gesungen hat sie seit damals nicht mehr, und die Jungs von der Band spielen sonst im Jugendzentrum in Derendorf und waren mir einen Gefallen schuldig, aber nicht umsonst.«

Harry streckte Lilly die Hand hin, sie reichte ihm ihre, und er schüttelte sie bedächtig. Ich hätte mich beinahe an meinem Bier verschluckt. »Wenn das man nicht in die Hose geht«, meinte Ingo, »wenn sie jetzt geht, heim zu Mann und Kinderchen, Mann, dann ist Harry kaputt, aber endgültig.«

»Hältst du mich für 'nen Anfänger?« fragte Werner beleidigt. »Sie lebt allein, ihre Mutter ist vor zwei Monaten gestorben, sie hat sie gepflegt bis zuletzt und ist genauso down wie Harry. Alles klar?« Werner grinste. Er war schon immer stolz auf seine Computer gewesen, in denen der gläserne Mitbürger darauf wartete, durchschaut zu werden.

»Also, dann können wir jetzt ja nach Hause gehen«, meinte ich.

Als wir uns zu Tür schoben, kamen wir an Harry und Lilly, die eigentlich Lieselotte hieß, vorbei. Werner sah Harry an. »Soll dich einer mitnehmen?« fragte er ernsthaft. Harry sah Lilly an, und sie sah ihn an, und dann sagte sie, daß sie mit dem Wagen da sei und sich um Harry kümmern würde.

»Na, dann Frohe Weihnachten und so weiter«, sagte Werner herzlich und drängte uns hinaus.

Jan Flieger

Stille, unheilige Nacht

»Und wenn er nicht kommt?« murrte Hantschmann, der die Küche betrat.

Margot blickte zu dem tolpatschigen Riesen auf, der seit fünfzehn Jahren ihr Mann war und an dessen ewiges Mißtrauen sie sich nie gewöhnen konnte.

»Er kommt, Wolf-Dieter«, versicherte sie. »Es ist doch sein Geld. Er besucht mehrere Familien hier in der Straße, hat er gesagt. Auch in unserem Haus. Was meinst du, wie viele einen Weihnachtsmann brauchen!«

Hantschmann runzelte seine Zobelbrauen. »Na ja, aber du weißt nicht einmal seine Telefonnummer. Da ruft dich einer an, verspricht den Weihnachtsmann für zwanzig Mark zu spielen, und dann kommt er doch nicht. Du wirst es sehen.«

Margot winkte lächelnd ab. »Ach, Wölfchen.«

Sie war eine hübsche Frau, Mitte Dreißig, und ihr sorgfältiges Make-up, extra für den Weihnachtsabend aufgetragen, verbarg die kleinen Fältchen in ihrem Gesicht.

»Du hättest ihn nicht mehr spielen können«, versicherte sie. »Tim hat schon beim letzten Mal deine Uhr am Handgelenk erkannt. Er ist sehr schlau. Und du weißt das. Wenn der Weihnachtsmann gut ist, glaubt er weiter an ihn.«

»Woher weißt du, daß er gut ist?«

»Er hat es versprochen«, erwiderte Margot.

Hantschmann lachte auf. »Am Telefon. Das kann jeder sagen. Und er ist noch nicht da.«

»Er hat noch fünf Minuten Zeit«, konstatierte Margot gelassen. »Er kommt schon noch. Und er nimmt nur zwanzig Mark für die Bescherung.«

»Fein«, höhnte Hantschmann. »Für zehn Minuten. In einer Stunde verdient er einhundertzwanzig Mark. Unversteuert.«

»Du bist nie zufrieden«, stellte Margot fest und sortierte

den Schinken auf einem Teller. »Aber du hättest dich niemals um einen anderen Weihnachtsmann gekümmert. Ich muß alles alleine machen. Immer. Dein einziger Beitrag zur Vorbereitung der Bescherung ist, daß du deinen Anzug trägst. Sogar den Baum mußte ich holen.«

Hantschmann brannte sich eine Zigarette an.

»Bitte rauch nicht mehr«, bat Margot. »Wir haben gleich Bescherung. Ich erwarte den Weihnachtsmann mit den Päckchen an der Tür. Du mußt nur Tim im Wohnzimmer zurückhalten.«

Ärgerlich drückte Hantschmann die Zigarette wieder aus. »Der kommt nicht. Wer weiß, wer da angerufen hat. Irgendein Spaßvogel, der die Leute verkohlt.«

Plötzlich läutete es.

»Rasch ins Wohnzimmer«, schnaufte Margot. »Ich mach auf und geb dem Weihnachtsmann die Päckchen. Ach ja, Wolf, mach das Licht im Wohnzimmer aus. Nur der Baum soll brennen. Das gibt die richtige Stimmung.«

Hantschmann verließ die Küche, ging rasch über den Flur und in das Wohnzimmer.

»Er ist da«, sagte er zu Tim.

Tim jauchzte auf. »Endlich, Papa!«

Er war blond wie sein Vater, besaß das gleiche eckige Gesicht. Er war ein echter Hantschmann, ein waschechter. Alle Hantschmanns besaßen eckige Gesichter.

Hantschmann knipste das Licht aus. Nun brannten im Raum nur noch die Lichter des Weihnachtsbaumes.

»Gleich kommt er rein«, versicherte Hantschmann. »Kannst du das Gedicht auch fehlerlos aufsagen?«

Tim nickte nur. Sprechen konnte er nicht. Offensichtlich saß ihm ein Kloß im Hals, ein gewaltiger Kloß.

Stimmen waren auf dem Flur zu hören, die Stimme Margots und die Stimme eines Mannes.

»Der Weihnachtsmann!« flüsterte Tim beeindruckt.

An der Wohnzimmertür war ein kräftiges Klopfen zu hören.

»Ja«, rief Hantschmann unfreundlich.

Die Tür öffnete sich langsam.

Ein roter Bademantel, stellte Hantschmann enttäuscht fest. Die Maske ist gewiß auch schon oft benutzt worden. Es ist ein schäbiger Weihnachtsmann. Sicher ein Student oder ein Arbeitsloser.

»Guten Abend, Tim«, sagte der Weihnachtsmann, nahm den Sack von der Schulter und stellte ihn vor sich auf den Boden.

»Warst du auch immer artig?«

»Ja«, versicherte Tim eifrig und musterte verstohlen und mit glänzenden Augen den prall gefüllten Sack des Weihnachtsmannes.

Eine Maske wirkt immer gespenstisch, dachte Hantschmann, selbst die Maske eines Weihnachtsmannes.

»Na, dann komm mal her«, sprach der Weihnachtsmann mit tiefer Stimme und winkte den kleinen Jungen mit einer einladenden Geste näher.

Zögernd folgte Tim den Worten. Das Interesse am Inhalt des Sackes aber war offenbar größer als die Furcht vor dem Heiligen Mann.

Margot betrat lächelnd das Zimmer. Sie hatte doch Recht behalten.

Nun langte der Weihnachtsmann tief in seinen Sack, sehr tief. Dann geschah alles sehr schnell. Mit der einen Hand packte der Weihnachtsmann Tim am Genick, so daß der Junge aufschrie. In der rechten Hand hielt er eine Pistole, die er auf den Kopf des Jungen richtete.

»Alles Geld her«, sagte er zu Hantschmann. »Allen Schmuck! Und sehr schnell! Ich hab wenig Zeit. Jede Minute ist verplant.«

Margot preßte die Hand erschrocken vor den Mund. Hantschmann stand wie erstarrt.

»Oh Gott«, keuchte er.

»Den laß aus dem Spiel«, höhnte der Weihnachtsmann. »Den Zaster oder den Jungen. Wer Arbeit hat, hat auch Geld.«

Tim begann zu weinen.

»Wir geben alles«, versicherte Hantschmann rasch. »Tun Sie dem Jungen nichts! Sie kriegen alles, was da ist!«

»Bißchen dalli! Legt den Zaster auf den Tisch. Und den Schmuck!«

»Lassen Sie das Kind! Ich hole alles!« Entsetzt blickte Margot auf die Mündung der Pistole.

»Hol es. Rasch!« drängte Hantschmann.

Minuten später lag die »Beute« auf dem Tisch. Ein paar Geldscheine, etwa zweihundert Mark, und zwei goldene Ringe, einer davon mit einem kleinen Diamanten besetzt.

»Nicht viel«, schimpfte der Maskierte und schob den Jungen von sich. Dann stopfte er die Beute in eine Tasche seines Mantels, wobei er Hantschmann nicht aus den Augen ließ und den Lauf der Waffe auf Margot gerichtet hielt. Tim hielt nun seine Mutter fest umklammert und war ganz weiß im Gesicht.

»Es wird alles gut«, sagte Margot, beugte sich zu dem verängstigtem Kind hinunter und gab ihm einen Kuß.

»Ihr setzt euch nebeneinander auf die Stühle dort drüben«, herrschte der Mann sie barsch an. »Und ihr bleibt still sitzen, dann passiert euch auch nichts. Ihr habt mich ja nicht gesehen. Die Maske ist euer Glück. Los, die Arme nach hinten, Füße um die Stuhlbeine.« Die Pistole wies auf die Stühle am Eßtisch.

Folgsam stellte Hantschmann die Stühle nebeneinander. »Sie sehen, wir machen alles, was Sie wollen«, versicherte er.

Dann setzte sich Hantschmann als erster. Margot folgte ihm, den verstörten Jungen im Arm.

Blitzschnell fesselte sie der Mann im roten Bademantel, zuerst Hantschmann, dann Margot, dann das Kind. Die Münder verklebte er mit Hansaplast.

»Wenn ich meine Besuche durch habe, rufe ich die Polizei an«, tröstete der Räuber Hantschmann und klopfte ihm jovial auf die Schulter. »Es kann ein bißchen dauern, Kumpel. Ihr seid schließlich nicht die einzigen, die einen Weihnachtsmann brauchen.«

Er warf sich mit einem Ruck den Sack mit den Geschenken über den Rücken, hob die Hand zu einem flüchtigen Gruß und verließ das Wohnzimmer.

Hantschmann versuchte verzweifelt seine Fesseln zu lokkern. Als er seinen Kopf zu Margot wandte, sah er, daß über ihre Wangen Tränen rannen.

So saßen sie nebeneinander auf den Stühlen, gefesselt, geknebelt, reglos im festlichen Glanz des Weihnachtsbaumes. In der Nachbarwohnung sangen Lehmanns *Stille Nacht, heilige Nacht*. Frau Lehmann sang sehr hoch, ihr Mann, der arbeitslose Ökonom, tief und falsch, offenbar war ihm der Text nicht mehr geläufig. Die Stimme der vierjährigen Tochter war nicht zu hören.

Jählings aber brach der Gesang ab. Bei Lehmanns hatte es geschellt.

Karen Meyer

Karibische Weihnacht

Was für ein Tag! Die Sonne so hoch am Himmel, dieses tiefe stählerne Blau, in das man hineinfliegen möchte, entschwinden ins All, in die blaue Unendlichkeit, fern von den irdischen Sorgen. Henning blinzelte zu dem einsamen Wölkchen hinüber, das vom Meer her auf die Küste zutrieb. Es würde nicht mehr lange dauern, bis die Sonne es ausgetrocknet und den kleinen Makel vom postkartenblauen Himmel getilgt haben würde. Henning fand, daß er es fast so gut getroffen hatte, wie mit einem Abflug ins All. Der Gedanke bereitete ihm eine Freude, bei der es in seinem Inneren knisterte, als sei sein Bauch elektrisch geladen, eine Anspannung, die so süß an ihm zehrte wie das erste Verliebtsein.

Er hatte es geschafft. Weg von Inges besitzergreifenden und tränenfeuchten Umklammerungen. Fort von dem Gezerre und Gekreische der Gören.

»Laß uns doch wenigstens das Fest in Frieden zusammen feiern«, hatte Inge immer wieder gequengelt, »denk doch an die Kinder.« Und an die Eltern und an die Schwiegereltern und an die Nachbarn und an den Pastor, fügte Henning still hinzu. Aus, Schluß, das war vorbei. Es war viel einfacher gewesen, als er es sich vorgestellt hatte. Schon im Reisebüro hatte er das Gefühl, besser Luft zu bekommen als in den ganzen vorangegangenen Wochen. Die junge Frau hinter dem Tresen hatte ihn mit etlichen Prospekten von den Paradiesen dieser Erde ausgestattet. Seychellen, Mauritius, Fidschis, Samoa-Inseln und dann die Karibik: Jamaika, Haiti, Puerto Rico, Barbados. Oder die Bahamas? Mit einem dicken Packen Hochglanzhefte hatte er das Reisebüro wieder verlassen und ein Cafe angesteuert. Zwischen monoton zwitschernden alten Damen und kichernden Teenagern hatte er sich an ein Tischchen gezwängt, einen Glühwein gegen die feuchte Hamburger Kälte bestellt und sich in die Bilder von weißen Stränden, Palmen und türkisem Meer versenkt. Das war vor fünf Tagen gewesen.

Die Wirklichkeit war noch schöner als das, was die Prospekte zeigten. Er stützte sich auf seine angewinkelten Ellenbogen und richtete den Oberkörper soweit auf, daß er sich umgucken konnte. Der Sand, auf dem er lag, war elfenbeinfarben und fühlte sich samtig an. Das Wasser war von einem so klaren Türkis, wie er es noch nie gesehen hatte, und weiße Gischt krönte die Wellen, die sich sanft am Ufer brachen. Henning wandte den Kopf, um sich zu vergewissern, daß die Palmen in seinem Rücken noch da waren. Manchmal fürchtete er, alles sei nur ein Traum. Ein Traum, aus dem er erwachen würde, um mit zwei quengelnden Kindern einen Tannenbaum kaufen zu müssen, der Inge sowieso nicht gefallen würde, ganz gleich wie er aussähe. Erwachen, um frühmorgens im Nieselregen auf den Markt zu gehen und eine fette Gans zu besorgen, erwachen, um im panischen Kaufhausgedränge ein Geschenk für Inge zu kaufen, was er jedes Jahr bis zuletzt hinausgeschoben hatte. Schon bei dem Gedanken daran lief ihm der Schweiß von den Schläfen.

Henning atmete tief durch, schloß die Augen und kniff sich in den Unterarm. Als er wieder durch die Lider linste, war das Meer immer noch da. Fünf Tage erst war es her, daß er nach zwei Stunden im Cafe verwirrt ins Reisebüro zurückgekehrt war, unfähig, sich zwischen Südsee-Strand und Karibik zu entscheiden.

»Wann wollen Sie denn los?« hatte ihn die junge Frau gefragt, die ihm die Prospekte zuvor in die Hand gedrückt hatte.

»So bald es geht. Meinetwegen schon morgen.«

Sie hatte ihr Erstaunen für eine Moment nicht verbergen können, sich aber rasch wieder unter Kontrolle gehabt und mit dem Computer nach aktuellen Last-minute-Angeboten geforscht.

»Martinique«, hatte sie nach einer Weile vorgeschlagen,

»morgen nachmittag um siebzehn Uhr fünfzehn ab Fuhlsbüttel via Paris.«

Er hatte genickt, zwei Schecks unter Vorlage seines Personalausweises ausgefüllt und das Reisebüro mit einem heißen Rumoren im Magen verlassen.

Er lehnte sich wieder zurück und strich mit der Hand über seine Brust, als wolle er Sandkörner wegfegen. Henning gehörte zu den Männern, die stundenlang in der Sonne liegen können, ohne sich vor einem Sonnenbrand in acht nehmen zu müssen. Seit dem Abflug hatte er sich nicht mehr rasiert, und als er an diesem Morgen in seinem Hotelzimmer in den Spiegel gesehen hatte, war er angenehm überrascht von der Wandlung eines rosig-glatten Büromenschens und Familienvaters in einen, wie er fand, sonnengegerbten, abenteuerlustigen Burschen gewesen. Seine blonden Haare schienen ihm bereits ausgebleicht und gaben einen markanten Kontrast zu dem dank Sonne und Bartwuchs dunkler werdenden Gesicht. Langsam und bedächtig wälzte sich Henning auf den Bauch.

Durch die Augenwinkel bemerkte er, daß sich der Strand beträchtlich leerte. Vor allem die Familien mit Kindern hatten sich verzogen und zelebrierten vermutlich in ihren Hotelzimmern, wovor er geflüchtet war. Heiligabend bei dreißig Grad im Schatten mit Plastikbäumchen unter einem müde kreiselnden Deckenventilator; fehlt nur noch, daß sie *Leise rieselt der Schnee* singen, dachte Henning und spürte wieder dieses Triumphgefühl, das ihn seit vier Tagen euphorisierte.

Inge hatte ihn sprachlos angestarrt, als er ihr seinen Entschluß mitgeteilt und das Ticket für den nächsten Tag gezeigt hatte. Wie ein Goldfisch, mit leicht geöffnetem Mund nach Luft schnappend.

»Wie du meinst«, hatte sie nach einer Weile tonlos gesagt.

Er war überrascht gewesen, daß sie nicht zu flehen und zu betteln begonnen hatte. Aber vielleicht hatte sie nun endgültig begriffen, daß es für sie keine Zukunft mehr geben würde. Schluß mit den Lügen und Vorspiegelungen eines heilen

Familienlebens für sie und für die Schwiegereltern und die Nachbarn und all die anderen. Die Kosten von Scheidung und Unterhalt hatten ihn lange genug zögern lassen. Die Scheidung würde teuer werden. Vielleicht müßten sie das Haus verkaufen und sich den Erlös teilen. Trotzdem würde er nicht schlecht dastehen. Henning hatte für Rücklagen und Ersparnisse gesorgt. Und plötzlich war ihm das Geld auch egal gewesen. Irgendwie würde es schon weiter gehen. Er war ins Schlafzimmer gegangen und hatte die Koffer vom Schrank heruntergeholt. Erst konnte er sich nicht entscheiden, ob er einen oder zwei mitnehmen wollte, am liebsten wäre er ganz ohne aufgebrochen, mit leeren Händen in ein neues Leben, wie im Kino. Schließlich hatte er drei leichte Hosen, ein paar Polohemden, Socken und Slips in den Koffer getan und seine Kulturtasche aus dem Bad geholt. An die Badehose hatte ihn Inge erinnert, die später ins Zimmer gekommen war, als wollte sie sich vergewissern, ob er wirklich ernst machte.

Die Badehose! Henning setzte sich auf, strich den Sand von Bauch und Brust und sah auf die rot-weiß-gestreifte Badeshorts. Das war typisch für Inge. Sie hatte den Kopf voll mit lauter solchem Kleinkram und vergaß nie etwas. Keine Geburtstagskarten und nicht das Knöpfeannähen, nicht die Termine für die Elternabende in der Schule und nicht die Farbe der Krawatte, die sie Onkel Paul zum siebzigsten Geburtstag geschenkt hatten. Henning seufzte. Sie hatte ihm erspart, an solche Dinge denken zu müssen, die ihm geringfügig schienen, jedenfalls nicht seiner Aufmerksamkeit wert. Es würde auch ohne gehen.

Ein leichter Wind kam auf und verschaffte angenehme Kühlung. Er wehte den Geruch des Grillfeuers herüber, das eine Gruppe junger Leute ein gutes Stück von Henning entfernt angefacht hatte. Sie steckten Fische, die er nicht kannte, auf Holzspieße und hielten sie über die Glut. Gut zwei Dutzend Bierflaschen hatten sie in den Sand eingraben und mit Meerwasser überschüttet. Aus einem Kassettenrekorder drang Popmusik, zu der sich zwei Paare im Sand bewegten, sich aber mehr aneinander rieben, als wirkliche Tanzschritte zu vollführen. Henning fühlte sich an die Werbung für weißen Rum erinnert, die er aus dem Kino kannte, und spürte eine leichte Erektion. Auch eine nette Art, Weihnachten zu feiern, dachte er und drehte sich aus Gründen des öffentlichen Anstandes wieder auf den Bauch.

Mit der rechten Hand kramte er blind in seinem kleinen Rucksack nach einer Cola. Als er die Keksdose berührte, zuckte er kurz zusammen, holte sie dann aber ebenfalls aus dem Rucksack und öffnete sie. Es roch betörend nach Mandeln, Anis und Zimt. Seine Erektion fiel in sich zusammen. Er konnte sich wieder aufsetzen. Die Kekse hatte Inge für ihn gebacken. Noch am letzten Tag. Henning sah aufs Wasser. Ob sie so naiv war zu glauben, daß 'Liebe durch den Magen ging', wie der Volksmund sagte? Daß er am Weihnachtsabend an den Plätzchen knabbern und sich sogleich sentimental und reuevoll ins traute Heim zurück sehnen würde?

Was war sie schon ohne ihn? Eine alleinstehende Mutter zweier Kinder mit zweifelhafter Aussicht, im Haus wohnen bleiben zu können, ohne Vermögen, gerade mal mit einer Halbtagsstelle in der Apotheke. Gut, Unterhalt käme hinzu. Rosig war es aber trotz allem nicht. Henning hielt die Nase über die Kekse. Wenn er den Duft einsog und die Augen schloß, sah er das heimische Wohnzimmer, Inge und die Kinder vor einem nadelnden Tannenbaum, wie immer mit viel zuviel Lametta behängt, weil die Kinder es so mochten. Sie würden Inge nach dem Papa fragen, und sie würde ein ums andere Mal ausweichend antworten und insgesamt viel stiller sein, als es sonst ihre Art ist. Henning horchte in sich hinein. Er spürte kein Mitleid, gar nichts. Die Kekse würden ihren Zweck nicht erfüllen, dachte er mit Genugtuung und schob sich den ersten in den Mund.

Die Vanillekipferl zergingen auf der Zunge. Keine Frage, Inge verstand was vom Backen. Er spülte mit einem Schluck Cola nach und spähte wieder zu den jungen Leuten hinüber, die nun im Kreis ums Feuer lagerten und Bier tranken. Die beiden, die vorhin so anzüglich miteinander getanzt hatten, konnte er nicht mehr bei den anderen entdecken. Henning ließ seinen Blick zu den Büschen wandern, die den Strand landeinwärts säumten. Es konnte auch der Wind sein, was weit hinten die Zweige zum Schwingen brachte.

Er atmete tief durch und sah nach einem knappen Kontrollblick auf seine Badehose zum Wasser hinüber, dessen Farbe bei der tiefer stehenden Sonne nun ins Smaragdgrün changierte. Die Mandelplätzchen schmeckten besonders gut. Stark und intensiv wie diese kleinen Makrönchen, von denen der Italiener daheim in Altona immer ein paar zum Espresso gab. Als er die ganze Dose leergegessen hatte, fühlte sich sein Mund klebrig an vor lauter Süßigkeit, und er hätte gerne einen Schluck Wasser oder Bier dagegen getrunken. Die Cola machte alles nur noch schlimmer. Henning schloß die Augen und versuchte nicht an den Durst zu denken. Zuhause würden die Kinder jetzt die Pakete auspacken und ihre ausufernde Spielzeugsammlung um weiteren neuwertigen Plastikschrott ergänzen. Mißgestaltete menschliche Ungeheuer mit Namen, die sich sogar Inge nicht merken konnte, und Game-Boys, aus denen irre fiepende Töne entwichen. Henning bekam Magenschmerzen, wenn er daran dachte. Ihn fröstelte ein wenig, und er fühlte Übelkeit in sich aufsteigen. Als würde der Kreislauf das faule Rumliegen in der prallen Sonne allmählich übel nehmen. Turtels, Heman und andere Monster tanzten unter seiner Stirn. Daß ihm ein wenig schwarz vor Augen wurde, als er sich aufrichtete, ließ ihn an eine Art Sonnenstich denken, und er beschloß, sich Abkühlung zu verschaffen.

Niemand beobachtet den sportlich gebräunten Mann mit dem Dreitagebart, der ein wenig staksig zum Meer hin läuft. Der Sand ist aufgeheizt und brennt unter Hennings Füßen, die von Schuhsohlen verwöhnt sind. Das Wasser blinkt silbrig. Als er bis zu den Waden darin steht, hat er die Mißgeburten abgeschüttelt. Brusttief im Wasser stehend, kann er bis auf den Grund sehen, wo vereinzelt Muscheln auf dem festen Sand liegen. Henning beginnt zu kraulen, der Sonne entgegen, hinaus in dieses tiefe stählerne Blau, in das man eintauchen möchte, entschwinden ins All, in die blaue Unendlichkeit, fern von irdischen Sorgen. Der süßlich taube Bittermandelgeschmack auf seiner Zunge wird stärker. Als die Krämpfe beginnen, ist er zu weit vom Ufer entfernt, um noch gehört zu werden.

Bert Ostberg

Der Verlierer

Leise fluchend schiebt Karl-Heinz Reimers sich durch die Massen im Kaufrausch. Offenbar hatten alle Geld auf dem Gabentisch gefunden, das schon am ersten Tag nach Weihnachten unter die Leute mußte.

Schon immer haßte es der Kriminalhauptkommissar, in Kaufhäuser zu gehen, vor allem zu dieser Jahreszeit. Daß er nun doch hier hinein muß, hat er sich selbst zuzuschreiben. Seit Jahren schaffte er es immer wieder, über Weihnachten im Dienst unabkömmlich zu sein und so dem obligatorischen Gänsebraten zu entfliehen, der ihm auf den Magen schlug wie die TV-Programme, auf denen seine Frau hin- und herswitchte.

Aus solch grämlichen Gedanken reißt ihn die alte Dame im dunkelblauen Mantel, die nun schon zum zweiten Mal mit vollem Gewicht auf seinem Fuß steht. Unter ihrer grauen Dauerwelle schießt ein Blick voller Empörung hervor, so daß Reimers trotz seiner schmerzenden Zehen nicht umhin kommt, eine Entschuldigung zu murmeln. Die nimmt sie schon gar nicht mehr wahr. Wie er, scheint auch sie irgend etwas zu suchen.

Als Reimers schließlich das Büro der Filialleiterin findet, ist die im Hause unterwegs. Während die Chefin gesucht wird, läßt er sich in einem der Gästesessel nieder und legt ein Plastiktütchen mit einem Knopf sowie drei Fotos vor sich auf den Tisch.

Das erste zeigt einen Weihnachtsmann in sehr untypischer Haltung: Eingehüllt in seinen viel zu großen roten Mantel, liegt er auf der rechten Seite, zwischen kahlen Büschen, die an einem Schulhofzaun enden. Die linke Hand ist in den Rand der Kapuze verkrallt und verdeckt das Gesicht. Einen Meter über dem Körper hängt der Wattebart in den

Zweigen. Die Füße, gar nicht weit vom betonierten Bürgersteig entfernt, müssen noch eine ganze Weile im Modder herumgerührt haben. Zu erkennen war das trotz der vielen Fußspuren von zwei Jungen, die den interessanten Fund erstmal von allen Seiten beguckt hatten, bevor sie auf ihren neuen Fahrrädern nach Hause fuhren, um die Sensation zu vermelden.

Das Bild war vom Freitag, dem ersten Weihnachtsfeiertag. Gegen halb elf trafen Reimers und die Kriminaltechniker ziemlich gleichzeitig im Marzahner Rebhuhnweg ein, wo die Besatzungen eines Streifen- und eines Rettungswagens vergeblich versuchten, ein Dutzend Kinder von den Büschen fernzuhalten. Einige Abdrücke von den Sohlen des Mannes hatten die Jungen noch nicht zertreten. Gute drei Meter von seinem Fundort entfernt war er in das Gebüsch geraten und hatte noch versucht, wieder auf den Weg zurückzukommen, bevor er wohl über eine Wurzel stolperte. Der penetrante Geruch und die kleine Pfütze von Erbrochenem ergänzten den Eindruck, daß dieser Weihnachtsmann am letzten Abend vor allem sich selbst beschert hatte, und zwar mit flüssigen Freudenspendern.

Die Obduktion ergab rund 1,9 Promille. Zwischen vier und sechs Uhr morgens war der Tod durch Erfrieren eingetreten, mehrere Stunden nach dem Umfallen. Aber nicht nur der Alkohol ließ den Mann da im Gebüsch verrecken. Er hatte auch noch einen Schädelbruch, hervorgerufen durch einen Schlag schräg von vorn, mit einem länglichen runden Gegenstand, einem Stock oder Ähnlichem. Der Schlag war nicht besonders kräftig gewesen, hatte aber genau die Kranznaht zwischen Stirn- und linkem Scheitelbein getroffen.

Das zweite Foto ist eine Nahaufnahme der rechten halb geöffneten Faust. Auf der Handfläche liegt der Knopf, den Reimers seitdem im Tütchen mit sich herumträgt. Er ist ziemlich groß, dunkelblau und wurde höchstwahrscheinlich von einem Mantel abgerissen — vielleicht die einzige Spur zum Täter. Weitere Anzeichen für einen Kampf waren nicht zu finden, genauso wenig wie Papiere oder ein Portemonnaie.

Erst Stunden später, nachdem das Gesicht des Toten gewaschen und ein bißchen hergerichtet war, wurde das dritte, ein Porträtfoto aufgenommen. Trotz der Bartstoppeln sah es ganz manierlich aus. Wenn der Mann Trinker war, dann noch nicht lange. Reimers schätzte sein Alter auf 30 Jahre und sollte damit recht behalten.

Noch bevor er dieses Fahndungsfoto bekam, hatte Reimers die umliegenden Wohnhäuser durchgeklingelt, allerdings ohne viel Hoffnung.

Sie lagen viel zu weit weg, als daß irgend jemand etwas bemerkt haben könnte. Etwa hundert Meter entfernt, fast an der Landsberger Allee hatten sie noch einen Fleck mit Erbrochenem gefunden, der auch von dem Mann stammte. In dieser Richtung liegen Bus- und Straßenbahnhaltestellen, aber Reimers schickte ein Stoßgebet zum Himmel, der Mann möge aus einer Kneipe an der Marzahner Promenade gekommen sein. Und siehe, sein Flehen fand Gehör.

»Kutte's Zapfhahn« hatte als einziger in der Gegend am Heiligen Abend gesprudelt. Dafür war die Kneipe am Freitag zu und Kutte ziemlich ungehalten, als sie ihn am späten Nachmittag vom heimischen Sofa holten. Schließlich obsiegte staatsbürgerliches Pflichtgefühl über den Ärger, und der Wirt erkannte den Weihnachtsmann als Gast vom Vorabend wieder. Als Zugabe kam ein Fluch auf das Arschloch, das ihm nun schon den zweiten Abend versaue. Die Erklärung dazu dauerte zwei Flaschen Weizenbier.

Schon am frühen Nachmittag war der Weihnachtsmann in »Kutte's Zapfhahn« abgestiegen, zwar nicht gerade besoffen, aber leicht angetrunken. Er wirkte anfangs irgendwie verärgert, ließ sich aber bald von der Stimmung in der Kneipe anstecken – fast alles Stammgäste, die bis zum Zapfenstreich dablieben – und sonnte sich in der Aufmerksamkeit, die seine Verkleidung erregte. Einige Männer erkannten ihn als den Knecht Ruprecht vom Kaufhof wieder und begannen, ihn wegen der fälligen Bescherung zu belatschern. Er ließ sich zu einer Kneipenrunde überreden, einen halben Liter und einen Kurzen für jeden. Als der Wirt gleich abkassieren kam — sicher ist sicher, man hat ja so 'n Blick für Menschen —, wurde der Typ sehr schnell ganz ruhig. Zwar reichte sein Geld für die Zeche, aber viel war wohl nicht mehr übrig. Ein paar Saufbrüder versuchten, das Spiel zu wiederholen, aber er saß nun allein am Tisch, in seinem roten Mantel, den Wattebart unter das Kinn gezogen, starrte vor sich hin, trank sehr langsam und nur noch Bier von der billigsten Sorte. Irgendwann zwischen zehn und zehn Uhr dreißig fiel noch einmal eine Bemerkung zu seinem Kostüm. Da wurde er plötzlich aggressiv und versuchte, den Nachbartisch umzuschmeißen. Er, der Wirt, habe ihn auf seinen Platz zurückgedrückt und abkassieren wollen. Vielleicht hätte er dem armen Schwein die fehlenden 10 Mark erlassen, aber dieser Typ wäre nun auch noch frech geworden. Da habe er ihm das Portemonnaie mitsamt Ausweis abgenommen und ihn rausgeschmissen. Zweimal hätte der versucht, wieder hereinzukommen, sich dann aber doch verzogen. Nein, geschlagen habe er diesen Hänfling nicht, lediglich am Mantel angefaßt, das würden alle Gäste bezeugen. Man könne sie gern am nächsten Abend fragen, denn die meisten seien Stammkunden und ganz bestimmt wieder da. Nachgegangen sei dem Typen niemand. Es kannte ihn ja keiner, laufen konnte er noch, und zu holen war bei dem auch nichts.

Die Geschichte klang glaubhaft, aber sie rettete den Wirt nicht davor, an seinem einzigen freien Weihnachtsfeiertag mit den Bullen zur Kneipe zu fahren, um ihnen das Portemonnaie und den Ausweis zu übergeben. Es war noch so ein blauer DDR-Ausweis, ausgestellt auf den Namen Torsten Kramer, geboren am 6.12.62 in Saalfeld, Familienstand: geschieden.

Er hätte es nicht weit gehabt zu seiner Ein-Zimmer-Wohnung im Hochhaus an der Allee der Kosmonauten. Vom Fenster aus konnte man das Gebüsch sehen, in dem er starb. Die überheizte, muffige Junggesellenbude war nur mit dem Nötigsten an Möbeln bestückt. Den einzigen Luxus stellte ein Farbfernseher dar, und der war auch schon nicht mehr ganz neu. Unter dem Aschenbecher, der seit Wochen nicht geleert worden war, steckten ein paar turnusmäßige Mitteilungen vom Arbeitsamt, daß seine Berufsgruppe leider im Moment schwer vermittelbar sei, verbunden mit dem freundlichen Rat, sich doch auch selbst um Arbeit zu bemühen. Ein Brief von der Mutter war vor einem halben Jahr geschrieben. Sie schlug ihrem Sohn vor, wenn er in Berlin doch nichts mehr finde, könne er auch nach Saalfeld zurückkommen, dort hätte er wenigstens jemanden. Außerdem sollte er endlich seinen dummen Stolz ablegen und Gundula um Unterstützung bitten. Schließlich wäre sie einmal seine Frau gewesen und verdiene offenbar gutes Geld mit der Pension, die sie in ihrem Haus eingerichtet habe. Immer nur große, teure Autos stünden davor ...

In der winzigen Küchennische war schon lange nicht mehr abgewaschen worden. Es sah aus, als hätte Torsten Kramer tagelang dieselbe Tasse benutzt. Ein Stück Brot lag vertrocknet herum, die Butter im ratternden Kühlschrank war ranzig und gruselte sich mit einer Bierbüchse um die Wette. Reimers fand in der Bude nichts, was auf einen Täter oder ein Motiv hinwies.

Genauso wenig erbrachte die Befragung der Nachbarn. Niemand hatte mit dem »ruhigen jungen Menschen« mehr als ein »Guten Tag« gewechselt; auch der Hausmeister hatte nur beim Einzug kurz nach dem Mauerfall mit ihm gesprochen, als die Junggesellen scharenweise in den Westen zogen und deshalb hier die Ein-Zimmer-Buden leerstanden. Niemanden störte er durch laute Musik oder so etwas, und bis auf die Mutter, die vor Monaten einmal dagewesen war, hatte er anscheinend nie Besuch empfangen.

Auch der Halbtagestrip nach Saalfeld brachte Reimers keinen Schritt weiter. Die Nachricht vom Tod ihres Sohnes nahmen die Eltern mit Fassung auf. Es schien fast, als hätten sie es geahnt. »Es mußte ja so kommen.«

Reimers horchte kurz auf, aber seine Spannung erlosch bald wieder. Nach vier Stunden Autofahrt hatte er Mühe wachzubleiben, denn die Ehegeschichte von Torsten und Gundula Kramer, die er nun zu hören bekam, bestand vor allem aus Langeweile. Irgendwann hatte die Frau es satt und warf ihren Mann raus. Das Haus gehörte ihren Eltern, die Tochter bekam sie auch zugesprochen. Natürlich war sie schuld an seinem Abstieg und auch daran, daß er schließlich nach Berlin ging, in diese »große schmutzige Stadt mit ihren Verbrechern und den vielen Ausländern«. Da konnte der Junge doch kein Bein auf die Erde kriegen. »Es mußte ja so kommen.« Die Mutter hörte auf, wo sie vor zwei Stunden angefangen hatte.

Gundula Kramer fertigte Reimers an der Haustür ab. Schließlich hätte er damit doch auch bis nach den Feiertagen warten können und überhaupt, sie habe von ihrem Ex-Gatten seit Jahren nichts mehr gehört und gesehen, auch keine Alimente.

Noch am Abend fuhr Reimers zurück nach Berlin. Er hatte keine Lust, am Sonntag in die Rückflutwelle der Weihnachtsurlauber zu geraten. Zur Strafe bekam er dann doch noch die Reste vom Gänsebraten.

Reimers ist gerade dabei, die Fotos wieder wegzustecken – das Paßbild in Kramers Ausweis wird es wohl auch tun –, als die Kaufhauschefin endlich hereinfegt. »Grüß Gott, tut mir leid, daß Sie so lange warten mußten, aber Sie sehen ja, was da draußen los ist. Was kann ich für Sie tun?« Sie wirft nur einen kurzen Blick auf das Foto und nickt. Ja, der junge Mann sei in den letzten zwei Wochen immer mal ein paar Stunden bei ihnen beschäftigt gewesen, habe sich in dem Kostüm mit Kindern fotografieren lassen und Bonbons verteilt. Selbstverständlich sei alles ordnungsgemäß zugegangen und auch ein Papier über Nebenbeschäftigung für das Arbeitsamt ausgestellt worden. Leider wäre am letzten Tag noch eine Panne passiert.

Schon am Donnerstag morgen, kurz nach dem Öffnen des Kaufhauses bekam Torsten Kramer sein Geld ausgezahlt und erfuhr nebenbei, daß er nach Weihnachten nicht mehr gebraucht würde. Er hatte auf eine Stelle als Lagerarbeiter oder Haushandwerker gehofft. Vielleicht war es die Enttäuschung darüber, jedenfalls kaufte er eine Geschenkpackung mit 30 Likörfläschchen. Er hatte erst zwei oder drei geleert, als sich ein kleines Mädchen lauthals beschwerte, der Weihnachtsmann würde so nach Schnaps stinken. Genau in diesem Moment kam die Chefin vorbei, und es war wohl nicht klug, ihr ein Fläschchen als Entschuldigung anzubieten. Als sie ihn aufforderte, sofort das Haus zu verlassen, knallte er ihr die ganze Packung vor die Füße und verschwand – mit dem Kostüm.

Reimers bedankt sich bei der Kaufhauschefin, indem er ihr die Geschichte bis zum Ende erzählt, dem für Torsten Kramer sehr absoluten Schluß, hinter dem noch immer ein großes Fragezeichen steht. Kannte ihn vielleicht irgend jemand aus dem Kaufhaus? Wie war er eigentlich zu dem Job gekommen?

Nach kurzem Grübeln läßt die Chefin eine Verkäuferin vom Bereich Herren-Konfektion holen. Auf sie hatte Kramer sich berufen, als er zum ersten Mal ins Büro kam. Ein winziger Hoffnungsfunke glimmt in Reimers Auge, als Frau Liebchen ins Zimmer tritt. Aber auch sie kannte den Mann nicht näher. »Ein Hemd wollt er bei mir kaufen und suchte ewig herum und guckte immer nur auf die Preise. Und dabei hat er mir sein halbes Leben erzählt. Nur aus Mitleid habe ich ihm geraten, doch mal im Büro nach einem Job zu fragen. Es ist mir ja ganz schrecklich peinlich, aber ich konnte ja nicht ahnen, daß dieser Mensch sich nachher so benehmen würde, wirklich nicht!«

Reimers will sich schon resigniert verabschieden, da sagt Frau Liebchen noch, er sei übrigens nicht der erste, der sich heute für Kramer interessieren würde. Vorhin habe eine sehr gepflegte ältere Dame ganz aufgeregt nach dem Menschen gefragt, der als Weihnachtsmann rumgelaufen wäre, sie müßte mal unbedingt mit ihm reden, diesem Haderlumpen. Richtig enttäuscht sei sie gewesen, weil der gar nicht mehr hier arbeite. Na, dann solle sie, Frau Liebchen, ihr wenigstens sagen, wo es Knöpfe gebe und wo man sich hier beschweren könne.

Als Reimers, die Chefin und Frau Liebchen losstürzen wollen zur Kurzwarenabteilung, steht sie schon im Vorzimmer, die alte Dame im dunkelblauen Mantel und mit grauer Dauerwelle.

»Sind Sie hier die Direktorin? Also, ich hab ja schon gehört, daß dieser Weihnachtsmann, also der Herr nicht mehr bei Ihnen angestellt ist. Beschweren möchte ich mich aber trotzdem! Schließlich ist ja auch ein Schaden entstanden, und so geht's ja nicht! Komm ich doch am letzten Donnerstag von meiner Freundin. Wir sitzen Heiligabend immer zusammen. Sie wohnt da drüben in der Siedlung, am Sterckmannweg. 'Mensch, paß bloß auf, es passiert jetzt so viel!' hat sie noch gesagt. Ich hätt' ja bei ihr bleiben können, aber im eigenen Bett schläft man doch am besten, nicht wahr? Ich bin auch nicht ängstlich, was soll mir alter Frau schon passieren, noch dazu am Heiligen Abend! Aber ausgerechnet da kommt doch dieser Lümmel an, Ihr Weihnachtsmann, und hält mich am Ärmel fest. Ganz schön bedruselt war er, das hab ich gleich gerochen. 20 Mark wollt' er von mir haben, also ich bitte Sie, so üppich ist meine Rente ja auch nicht! Ich versuchte, ihm gut zuzureden, aber der zottelte auch noch an meiner Tasche herum. Da hab ich ein bißchen mit dem Schirm gefuchtelt, den hab ich abends immer dabei. Ich glaube, er hat sogar eins auf die Kapuze gekriegt, der Hallodri, hat er ja auch verdient, nicht wahr? Jedenfalls ließ er mich endlich los und mußte brechen. Das tat mir ja nun auch wieder leid, und ich dachte, er wird doch nicht umfallen? Aber er zog los, den Rebhuhnweg rauf und hielt sich ziemlich gerade. Als ich ihn nicht mehr sehen konnte, das muß vielleicht so beim Schulhof gewesen sein, bin ich nach Hause gegangen.

Wissen Sie, ich würde die ganze Sache ja vergessen, aber sehen Sie mal hier, den Knopf hat er mir vom Ärmel gerissen. Den Mantel habe ich gerade erst bei Ihnen gekauft, und nun gibt es nicht mal einen passenden Knopf. So kann ich doch nicht rumlaufen!«

Wortlos hält Karl-Heinz Reimers ihr das Tütchen mit dem Mantelknopf hin. »Nun sagen Se bloß, Sie ...!« Dieser Blick hat ihn heute schon einmal getroffen, und er ist froh, daß die alte Dame ihren Schirm nicht dabei hat.

Arthur Gordon Wolf

Rote Weihnacht

Ich begegnete dem Weihnachtsmann, als ich am späten Nachmittag von Mrs. Carsons Klavierunterricht kam. Die Stunde bei der alten Carson hatte mich mal wieder mächtig mitgenommen (ich haßte Klavierspielen), und so hätte ich die dunkle Gestalt in meinem tranigen Schlurfschritt beinahe übersehen. Der grauschwarze Dezemberhimmel übergab sein Kommando nun immer früher an die Nacht; der Weg, die hohe Böschung, die kahlen Felder, alles war bereits zu einem einzigen dunklen Schatten verschmolzen, so, als sei es mit 'Höllenmelasse' überschüttet worden. 'Höllenmelasse'. Solche verrückten Worte hatte ich von Megan Bannister. Megan ging damals wie ich in die fünfte Klasse. Sie war ein blasses, dürres, dunkelblondes Mädchen mit einer runden Plastikbrille. Im Unterricht machte sie kaum den Mund auf, in den Pausen unterhielt sie dafür nicht selten die halbe Klasse. Ständig erzählte sie von so unglaublichen Dingen wie Racheengeln, Dämonen, Geistern und Teufeln. Nach ihrer Meinung lebten diese grausigen Wesen mitten unter uns und bestraften die Sünden der Menschen. Einige der Jungs lachten sich halb tot über diese Geschichten und nannten sie dämlichen Babykram. Keine zwei Tage später standen sie dann aber wie zufällig wieder in Hörweite unserer Clique und spitzten die Ohren.

Wenn ich mich recht besinne, so war es auch Megan, die mir erstmals die wahre Identität des Weihnachtsmannes enthüllte. Das Bild vom freundlichen, kinderlieben, alten Mann sei eine gefährliche Lüge, erklärte sie mir. In Wirklichkeit wäre der Nikolaus, Santa Claus oder wie immer man ihn nennen mochte, ein Gottesbote, der die guten Menschen beschenkte, die bösen aber fürchterlich bestrafte. Nach diesem Gespräch verbrachte ich einige recht unruhige Nächte. Als ich dann auch noch die Dummheit beging, Onkel Bob darüber zu befragen, wurde es natürlich nur noch schlimmer. Aber halt, zu meinem Onkel komme ich noch später.

Der Mann saß auf einem Fichtenholzstapel am Wegrand und starrte stumm vor sich hin. Wegen der zunehmenden Dämmerung war ich gerade dabei, mein Schlurfen in einen zügigen Laufschritt zu verwandeln, als ich ihn eher zufällig entdeckte. Ich glaube, es war sein Gesicht, das meine Aufmerksamkeit erregte. Es war seltsam bleich und schimmerte matt im versiegenden Licht. Wie silbriger 'Geistermarmor' — natürlich eine Megan'sche Wortschöpfung. Ich spürte, wie mir ein schmerzhafter Schlag durch die Glieder fuhr; ob er heiß oder kalt war, konnte ich nicht sagen. Angst, beinahe schon Panik, schnürte mir die Kehle zu. Mühsam rang ich nach Luft. Mein Herz vollführte einen Trommelwirbel, als wollte es jeden Augenblick platzen. Vom ersten Moment an wußte ich einfach, daß jene Gestalt dort, jene Erscheinung, kein normaler Mensch war. Sie wirkte irgendwie übermenschlich. Göttlich? Jedenfalls verhielt sie sich völlig ungewöhnlich. Unheimlich. »Engel tun das manchmal«, hörte ich Megan sagen. Eine Weile stand ich nur da, meine Hände tief in den Taschen des Anoraks vergraben, weiße Wölkchen zwischen meinen bebenden Lippen herauspressend.

Mein Gegenüber zeigte auch jetzt keinerlei Reaktion; mit halbgeschlossenen Augen starrte er direkt durch mich hindurch. Nur ganz allmählich begann meine Neugier einen Teil der Angst zu besiegen. Vorsichtig wagte ich einen winzigen Schritt nach vorn, um die Gestalt besser mustern zu können. Obwohl die Temperaturen sicher um den Gefrierpunkt lagen, trug sie nur eine dünne Baumwollhose und ein schiefgeknöpftes, großkariertes Jackett. Durch den V-Ausschnitt sah ich den Schimmer eines roten T-Shirts. Die Hose war für einen viel kleineren Mann geschneidert worden, knapp zwei Handbreit des Beines blieben unbedeckt. Auch Strümpfe suchte ich vergebens; die nackten Füße steckten in lehmverschmierten, ausgetretenen Halbschuhen ohne Schnürsenkel. Das war alles. Kein Mantel, kein Hut oder

Schal, keine Handschuhe. Und dennoch saß der Fremde dort einfach seelenruhig auf dem Holzstapel, als genieße er gerade eine milde Augustnacht. Nicht einmal das kleinste Zittern war zu bemerken. Ich war mir nicht sicher, ob er überhaupt blinzelte. Gespenstisch. Jeder normale Mensch hätte sich doch in diesem Aufzug binnen Minuten eine Lungenentzündung holen müssen. »Engel frieren nicht«, hörte ich wieder Megans belehrende Stimme in meinem Kopf. Doch was war an diesem Typ schon engelhaft, fragte ich mich. Etwa die eingelaufene Sommerhose? Oder gar die verformten, farblosen Schuhe, bei denen die ungebundenen Lederzungen wie bei einem Paar hechelnder Schoßhündchen heraushingen? Typischer konnte ein Penner doch gar nicht mehr aussehen. Mir war der Anblick recht vertraut. Als ich ein Jahr zuvor mit meinen Eltern einen Trip zur Ostküste gemacht hatte, waren wir nicht wenigen von diesen zerlumpten, torkelnden Gestalten begegnet. Meist waren sie betrunken oder schnorrten Geld, um sich schnellstmöglichst wieder in diesen Zustand zu versetzen. Schmutzstarrende, oft blutende Männer und Frauen mit glasigen Augen. Menschliches Treibgut. – Der Besitzer jener wild zusammengewürfelten Klamotten schien eigentlich ein weiteres 'Mitglied' dieses 'Clubs' zu sein. Aber dieser erste Eindruck täuschte. Das Gesicht des Fremden erzählte eine ganz andere Geschichte, es war nicht, wie erwartet, vom Alkohol aufgequollen, mit geplatzten Äderchen und von einer unnatürlich roten Färbung – vom Wein verbrannt, hatte es mein Pa einmal genannt –, im Gegenteil. Der Fremde war hager und bleich, seine dunklen Augen lagen tief in den Höhlen, sein schwarzgraues Haar war weder schmutzig noch verfilzt, sondern recht ordentlich und äußerst kurz geschnitten; fast schon so, wie es einige von diesen verrückten 'Nazi-Freaks' trugen. Aber eben nur fast. Und ein widerlich zerzauster 'Hobo-Bart' fehlte ihm auch; er war beinahe glattrasiert. Nun, nicht ganz. Vielleicht mochten seit der letzten Rasur zwei oder drei Tage vergangen sein. Pa sah immer ähnlich aus, wenn er sich nach einem langen Wochenende montags morgens wieder in Schale zu werfen versuchte.

Noch bevor mir ein halbwegs geistreicher Satz eingefallen war, mit dem ich ihn ansprechen konnte, hob der Fremde seinen Kopf eine Winzigkeit und blickte mich nun direkt an. Während dieser kurzen, unmerklichen Bewegung geschah etwas beinahe Erschreckendes mit seinen Augen. Es war mir, als starrten mich plötzlich nicht ein, sondern viele, hunderte Augenpaare an. Die dunklen Höhlen ähnelten nun mehr Fenstern zum All; hinter der Finsternis verbargen sich unzählige Sterne und Galaxien. Und ein altes, unbegreifliches Wissen.

Noch immer war kein Wort gefallen. Ich fühlte mich seltsam leicht; mein Kopf war mit einem Mal so leer wie eine Bierdose auf einem Veteranentreffen. »Sie sind sehr geschickt«, hörte ich wieder Megans Stimme. »Engel oder Dämonen treten nie so auf, wie man sie sich vielleicht vorstellt. Keine Heiligenscheine, Hörner oder Pferdefüße. Meist sehen sie so aus, wie der nette Nachbar von nebenan.« – Oder wie ein bleicher Penner auf einem Holzstapel, dachte ich.

»Ich rollte mich zusammen unter Eschen,
Barg mein Gesicht dort wo ein Eichendach
Sich über mir ausbreitet, warf das Joch
Der alten Menschenweisen von mir ab«,[1)]

sagte der Mann plötzlich. Falls es überhaupt möglich war, so starrte ich ihn nun noch entgeisteter an. Die seltsamen Worte hallten wie dunkle Musik in meinen Ohren wider. Doch eigentlich war es kaum verwunderlich, mein Gegenüber war schließlich niemand, von dem man ein beiläufiges »'n schönen Abend auch« erwartet hätte. Verzweifelt suchte ich nach einer irgendwie passenden Entgegnung. Die finster glitzernden Höhlen, die mich unentwegt fixierten, ließen in meinem Kopf jedoch keinen klaren Gedanken entstehen.

»Äh, hallo«, brachte ich schließlich stockend heraus, »ist … ist Ihnen nicht kalt, einfach hier so rumzusitzen?«

---

1) Ezra Pound: »La Fraisne«,

Der Fremde zuckte mit keiner Wimper. »Nicht mehr in Flammen stehe ich«,[2] antwortete er fast direkt auf meine Frage. Er hatte eine ruhige, tiefe Stimme, die eher zu einem Mann mit dem dreifachen Umfang seines Körpers gepaßt hätte.

Er fuhr fort:

»Hab meine Tränen in ein Ulmenblatt gehüllt
Und unter einem Stein vergraben.
Und Menschen nennen mich verrückt weil ich verwarf
Der Menschen alt – vergeblichen Gehaben
Und von der Torheit bin ich abgerückt,
Weil meine Braut
Ein Teich im Walde ist.«[3]

Ich verstand jedes Wort und begriff doch überhaupt nichts. Es hätte kaum rätselhafter klingen können, wenn er in einer fremden Sprache zu mir gesprochen hätte. 'Engelsgeflüster', sagte Megan von irgendwo. Da ich die dunklen Höhlen nicht länger ertragen konnte, senkte ich meinen Blick zu Boden.

»Wer bist du?« fragte ich vor Kälte und Erregung gleichermaßen zitternd.

Erstmals zeigte der Fremde eine Regung. Langsam richtete sich sein gebeugter Oberkörper auf, die Arme strafften sich wie dünne Stahlkabel. Bis in die Fingerspitzen.

»Ich, ja ich, bin der, der die Straßen kennt, – Die durch den Luftraum gehn und deren Wind mein Leib ist«,[4] hörte ich ihn sagen. Jetzt wußte ich todsicher, daß ich einem Engel gegenüberstand. Ich schaute wieder in diese unergründlichen Augen. Was mochten sie schon alles gesehen haben, den Himmel oder die Hölle? Oder etwa gar beides? Eine letzte Frage mußte ich ihm einfach noch stellen. Nervös trat ich von einem Bein aufs andere; meine zu Fäusten geballten Hände spannten das Taschenfutter fast bis zum Zerreißen.

---

2) Ezra Pound: »Threnos«
3) Ezra Pound: »La Fraisne«
4) Ezra Pound: »De Aegypto«

»Bist … du etwa … der … der Weihnachtsmann?« Es gelang mir kaum mehr als ein Flüstern. Nie im Leben hätte ich es für möglich gehalten, jemanden jemals etwas derart Dämliches zu fragen. Meine Freunde hätten sich bekugelt vor Lachen, und meine Eltern wären mit mir auf dem schnellsten Weg zum Psychiater gerannt (was sie später dann auch taten). Natürlich war es verrückt, geradezu 'mega-blöd', aber ich war ja auch nie zuvor diesem … dem Weihnachtsmann begegnet.

Der Unbekannte blieb stumm, nur ein geheimnisvolles Lächeln umspielte seine Lippen. Mir war dies Antwort genug. Megan hatte recht gehabt: Santa Claus war keineswegs ein dicker, rotwangiger Alter mit einem weißen Rauschebart. Das, aber nur das, war nichts als ein Ammenmärchen.

Ich konnte mein Glück, diese wunderbare Fügung des Schicksals kaum fassen. Von allen Menschen war ich dazu auserkoren worden, mit dem leibhaftigen Weihnachtsmann zusammenzutreffen. Jeder andere Junge meines Alters hätte sicher die Gelegenheit beim Schopf gepackt, um dem heiligen Mann nun eine unendliche Geschenkliste vorzuplappern. Endlich einmal saß man nicht bloß auf dem Schoß eines gelangweilten Kaufhaushampelmanns mit angeklebten Wattehaaren, sondern begegnete IHM persönlich.

Mein Wunsch fiel allerdings eher bescheiden aus.

Ich streckte ihm meine Hand entgegen und sagte: »Komm, ich möchte, daß du jemanden besuchst, der nicht an dich glaubt.«

Santa Claus' Lächeln wurde eine Spur breiter. Bereitwillig ergriff er meinen Arm und folgte mir den Weg hinauf.

Nach der zweiten Kurve bog ich – anders als sonst – links ab. Onkel Bobs Haus lag knapp zwei Meilen von unserem entfernt in einer weitgezogenen Wiesensenke hinter dem Bach. Das Tageslicht wurde nun immer grauer, und einige Male bewahrte mich der feste Griff Santa Claus' davor, über einen plötzlich auftauchenden Stein zu stolpern.

Ich ging den Weg schon am Tage nur äußerst ungern, nun aber – zusammen mit meinem neuen Freund – machte mir selbst die herannahende Nacht keine Angst. Während wir schweigend nebeneinander hergingen, durchfuhren mich stattdessen kleine, erregende Stromstöße. Ungeduldig brannte ich darauf zu sehen, wie Onkel Bob auf den unerwarteten Besuch reagieren würde. Gerade er, der nicht einmal an den Wetterbericht im Fernsehen glaubte, geschweige denn an Gott oder den Teufel, sollte an diesem Abend eine Erfahrung machen, die er sein Leben lang nicht vergessen würde.

Schon seit ich denken konnte, hatte ich seinen Spott, seinen Hohn, seine 'ungeschminkten Wahrheiten' ertragen müssen. Jeden noch so kleinen kindlichen Traum ließ er vor meinen Augen zerplatzen. Was immer mir meine Eltern auch erzählten, für ihn war alles nur 'dummes Gewäsch'. Ich wuchs als ein verwirrtes Kind auf, dem ständig gepredigt wurde, wie sehr es von den Erwachsenen belogen wurde. Für mich existierten kein Sandmann, keine Zahnfee, keine Kobolde, keine schlafenden Prinzessinnen, kein Osterhase und schon gar kein Weihnachtsmann. Nichts und niemand war meinem Onkel heilig. Wenn er mir wieder einmal aufs neue eine Fantasie zerstört hatte, entschuldigte er sich jedesmal damit, daß er dies nur zu 'meinem Besten' täte. Ich müßte lernen, daß es nun einmal nichts Märchenhaftes in der Welt gäbe. Je schneller ich das verstünde, umso besser würde ich mich später darin zurechtfinden können. Selbst als ich noch fünf war, glaubte ich ihm nicht. Sein hämisches Grinsen verriet ihn immer. Er war ein Sadist, dem es einen Heidenspaß bereitete, unschuldige Kinder zu desillusionieren. Ich haßte ihn. Ungezählte durchweinte Nächte gingen auf sein Konto.

Doch nun war meine Stunde gekommen — oder besser — die von Santa Claus. Auf dem letzten Wegstück zum Haus sprudelten die Worte einfach nur so aus mir heraus. Viel zu lange schon hatte ich sie zurückgehalten, selbst meiner Mutter gegenüber hatte ich nur vage Andeutungen gemacht. Es war, als öffnete ich eine in mir verborgene Jauchegrube; jedes gehässige Wort meines Onkels, jede gotteslästerliche

Bemerkung wurde von mir ans Tageslicht gezerrt. Mein Begleiter hörte stumm zu; nur ab und an huschte wieder jenes seltsame Lächeln über sein Gesicht.

Das Erdgeschoß war dunkel, doch im ersten Stock brannte noch ein schwaches Licht. Onkel Bob ging für gewöhnlich schon sehr früh zu Bett und schlief oft im trüben Schein einer alten Petroleumlampe ein. Vor was sollte ihn das Licht wohl beschützen?

Eigentlich wollte ich nun laut polternd die Treppe hinaufstürmen, die Tür zum Schlafzimmer aufreißen und rufen: »Rate mal, Onkel, wen ich mit zu Besuch gebracht habe!!«

Doch Santa Claus hatte einen anderen Plan. Grinsend legte er den Zeigefinger auf seine Lippen, umfaßte dann mit beiden Armen fest meine Schultern und huschte Sekunden später wie eine Katze durch die Eingangstür. Wie angewurzelt blieb ich draußen stehen. Nun gut, der Weihnachtsmann bestand also darauf, die Sache in die eigene Hand zu nehmen. Schließlich tat er das ja immer. Ich schluckte meine Enttäuschung herunter und wartete vor dem Haus. Nun würde es eine wirkliche Überraschung werden, dachte ich.

Lange Zeit über blieb alles still; erst nach halben Ewigkeiten vernahm ich leise Schritte auf der Treppe. Was hatte Santa Claus nur so lange im Erdgeschoß gemacht, fragte ich mich verwundert. Mit angehaltenem Atem lauschte ich auf einen Ruf, einen Schrei, irgendetwas, das zeigte, wie knapp Onkel Bob einem Herzschlag entgangen war. Aber nichts geschah! Unwirkliche Stille umfing mich. Ich starrte so angestrengt auf das schwefelgelbe Rechteck über mir, daß meine Augen zu tränen begannen. Eisige Kälte kroch vom Boden her in meine Glieder. Warum nur zeigte sich Santa Claus nicht?

Ich wollte gerade nachsehen, was passiert war, als sich die Tür erneut öffnete. Die vom trüben Licht des Fensters beleuchtete Gestalt wirkte jetzt tatsächlich wie der Weihnachtsmann. Mein Begleiter mußte sich im Haus umgezogen haben, denn nun war Santa Claus plötzlich von Kopf bis Fuß in Rot gekleidet. Seine typische Berufstracht. Der

Stoff konnte nur aus feiner Seide oder Samt sein, da er geheimnisvoll glänzte. 'Rotes Engelhaar', hätte Megan wohl dazu gesagt.

Verwirrt lief ich auf meinen Freund zu. »Was hat Onkel Bob gesagt? Warum war es so leise? Hat er sich erschreckt? Hast du dem Mistkerl eine Scheißangst eingejagt? Glaubt er nun an dich? Was ... was hat er gesagt?« Auch Santa Claus' grinsendes Gesicht glänzte feucht. »Blutrot«, antwortete er. »Und färbt sich dann die Walstatt drunter blutrot, – Dann heult hellauf mein Herz in wildem Jubel. – Bah! Kein Wein so stark wie das Blutrot!«[5]

Ohne mich weiter zu beachten, stapfte er vom Haus weg in die Finsternis. Schon als ich ihn nicht mehr sehen konnte, hörte ich noch seine letzten Worte: »Wie gern seh ich die Sonne aufgehn – blutrot.«[6]

Dann war er vollends verschwunden.

Niemand, weder meine Eltern noch die vielen Psychiater haben je erfahren, was in jener Nacht tatsächlich geschehen ist. Manche haben sogar behauptet, *ich* hätte meinen Onkel getötet. Aber ich habe nur geschwiegen. Bis heute. Viele Jahre sind seitdem vergangen. Zweiunddreißig lange Jahre. Ich habe eisern geschwiegen. Trotz der oft schmerzhaften Behandlungen. Doch es hat sich gelohnt. Ich bin frei, und ich weiß, was man von mir erwartet. Santa Claus ist in mir; seine tiefe Stimme erfüllt meine Gedanken.

Heute ist der Tag vor Weihnachten. Heiligabend. Ich trage nur ein dünnes Hemd, aber ich friere nicht.

»Ich, ja ich bin der, der die Straßen kennt, – Die durch den Luftraum gehn und deren Wind mein Leib ist.«[7]

Schon bald werden mich die Sünder wärmen. Mit ihrem ganz besondren Wein.

---

5) Ezra Pound: »Sestina: Altaforte«
6) Ezra Pound: »Sestina: Altaforte«
7) Ezra Pound: »De Aegypto«

Martin Schiefelbusch

Weihnachtsabend

Schon den ganzen Morgen waren graue Wolken über die Stadt hinweggezogen. Gegen elf begann es zu regnen, und es wurde so dunkel, daß manche Ladenbesitzer Schaufensterbeleuchtungen und Neonreklamen einschalteten. Es gab nur wenige Passanten, die einen Blick auf die Auslagen warfen, meist gestört von denen, die dicht vor den Häusern entlangliefen, um sich vor dem Regen zu schützen. Ein Mann mit einem rot-weißen Weihnachtsmannkostüm eilte auf das Parkhaus zu.

Heinrich Niebauer überlegte, wie viele verregnete Heiligabende er schon erlebt hatte, während er am Fenster stand, einen Befund diktierte und dabei auf die Straße hinuntersah. Vor 16 Jahren, kurz nach Kathrins Geburt, waren so viele feuchtwarme Schauer niedergegangen, daß er schon vor Silvester das erste Schneeglöckchen gesehen hatte.

Er merkte, daß er sich verzettelt hatte, kehrte an den Tisch zurück und ließ seine Arzthelferin den letzten Satz wiederholen.

Noch fünf Patienten an diesem Tag, vermutlich alles harmlose Fälle. Eigentlich wäre er lieber zu Hause geblieben, aber die Praxis ging nicht besonders gut, so daß er sich den Wünschen einiger Patienten gebeugt hatte und doch gekommen war. Immerhin war es gelungen, alle so früh zu bestellen, daß er ohne Probleme zum Mittagessen heimkehren konnte. Kathrin würde ihm danach beim Schmücken des Baumes helfen. Voller Vorfreude dachte er an diese Arbeit.

Niebauer liebte seine Tochter. Er war froh darüber, daß er sie nicht mit harter Hand hatte erziehen müssen, und stolz darauf, daß ihr Verhältnis noch immer frei von den Spannungen war, von denen er bei anderen Familien so oft hörte.

Das Telefon unterbrach ihn wenig später mitten bei einer Untersuchung. Schon das Klingeln kam ihm hektisch und aufdringlich vor, als ob der Charakter des Anrufers eine Wirkung auf das Gerät hätte. Richtig vermutet: Es war seine Frau.

»Heinrich, ich wollte nur fragen, wann du kommst.«

»Ich bin bei einer Untersuchung«, erwiderte er mißbilligend. Er hatte angeordnet, nicht gestört zu werden, aber wie so oft hatte Hildegard es geschafft, mit irgendeiner Ausrede an dieser Hürde vorbeizukommen. Er unterdrückte seine Frage, was es diesmal gewesen war.

»Jaja, entschuldige, aber ich habe auch zu tun. Deine Mutter wünscht, daß du ihr das Mittel für die Galle mitbringst.«

»Ist gut.« Er machte sich eine Notiz.

»Wann kommst du denn nun?«

»Gegen halb eins etwa.«

»Also, wenn es später wird, fangen wir ohne dich an. Sonst kommen wir heute zu gar nichts mehr. – Ach, Heinrich, bring doch noch etwas Paprika oder Tomaten mit. Falls du noch was bekommst.«

»Ja.«

»Für einen Salat.« Im Hintergrund konnte er einen Schlager aus dem Radio in der Küche hören. »Du konntest es ja gestern mal wieder nicht über dich bringen einzukaufen.«

»Aber wie auch? Woher sollte ich das denn wissen?«

»Ich habe dir extra einen Zettel hingelegt, daß du noch etwas Gemüse mitbringst. Aber nun kommst du ja eh nicht mehr drumrum, denn du wirst ja wohl nicht erwarten, daß ich …«

Er war versucht zu fragen, wo sie denn den Zettel hingelegt haben wollte, aber gerade noch rechtzeitig entsann er sich des Patienten auf der Liege. Zwecklos zu streiten. Zwecklos, sich über den Zustand seiner Ehe aufzuregen. Seit gut einem Jahr, seit sein Kollege ihn sitzengelassen hatte und die Praxis nicht mehr so gut lief, ließ Hildegard keine Gelegenheit aus, ihm mehr oder minder unterschwellig zu vermitteln, daß sie ihn für einen Versager hielt. Ihre Neigung, Dinge zu verdrehen und aus dem Nichts einen Streit zu entfachen, hatte sich in dieser Zeit wahrlich perfektioniert. Seine Versuche, daran etwas zu ändern, waren fehlgeschlagen. Mittlerweile fehlte ihm sowohl der Mut als auch das rechte Interesse, etwas zu unternehmen, das ihre Ehe retten könnte.

Nicht ganz unschuldig daran war die Tatsache, daß er kürzlich beim Notdienst Karin Christiansen kennengelernt hatte, eine geschiedene Internistin mit einem Kind. Ohne daß er diese Frau nun liebte, fühlte er sich deutlich wohler als zuvor und ertrug Hildegards Launen nun mit einem gewissen Gleichmut.

Er seufzte und kehrte zu seinem Patienten zurück.

Kathrin rief an, als er gegen Ende der Sprechstunde einige Berichte las. Es wurde allmählich Zeit aufzubrechen.

»Na, hast du schon mit dem Baum angefangen?«

»Nee, keine Zeit. Du, Paps, ich hab für meine Party übermorgen noch zwei Leute eingeladen. Jetzt weiß ich nicht, ob es reicht, was wir an Getränken dahaben.«

»Bringen denn deine Gäste ... Freunde nichts mit?«

»Naja, ich hab ihnen gesagt, sie sollten lieber was zu essen machen, weil das leichter zu transportieren ist.«

»Stimmt.«

Sie besprachen, was er mitbringen könnte.

Niebauer war es zunächst nicht sonderlich recht gewesen, daß Kathrin am zweiten Weihnachtstag einige Freunde aus ihrer Schulklasse einladen wollte. Aber er hatte sich überreden lassen, einen Abend auf die gewohnte Feiertagsruhe zu verzichten, damit die Kinder ihren Spaß haben konnten. Kathrin hatte ihm erklärt, daß manche von ihnen zu Hause Schwierigkeiten hätten und ihnen etwas Abwechslung guttäte. Sie war ein vernünftiges Mädchen; während Hildegard die schlimmsten Befürchtungen hegte, vertraute er darauf, daß die Ereignisse im Partykeller den vereinbarten Rahmen einhalten würden.

»Bist du denn schon neugierig auf deine Geschenke?« fragte er schließlich.

»Ach ... geht so. Bis heute abend halt ich's schon aus. — Ich könnte ja dann jetzt schon mal mit dem Baum anfangen.«

»Ja ... wenn du willst. Ich bin bald da.«

Sie legten auf. Wie die Zeit verging! Niebauer erinnerte sich noch sehr gut daran, wie sie früher vor Weihnachten und Geburtstagen kaum einschlafen konnte vor Aufregung und meist schon morgens vor der Schule alles hatte auspacken wollen. Es kam ihm vor wie gestern.

Er ließ die Berichte liegen, unterschrieb noch einige Briefe und Rezepte, dann machte er sich fertig zum Gehen.

Die Bescherung fand nach dem Kirchgang am frühen Abend statt. Niebauer war froh, daß sie ohne Streitereien oder Anspielungen seiner Frau vorüberging. Er hätte die festliche Atmosphäre genießen können; doch es schien ihm fast, als warte er unbewußt darauf, daß etwas passierte, was ihm die Laune verdarb. Er hatte Kopfschmerzen und ging ein paar Minuten an die frische Luft, bevor er den Wein für das Abendessen aus dem Keller holte.

Im Weihnachtszimmer war der Tisch mit dem festlichen Geschirr gedeckt. Zwei rote Kerzen umrahmten in Kristallhaltern rechts und links eine große Platte, die als Untersetzer für den Braten dienen sollte. Drumherum standen Schüsseln mit Gemüse und ein Korb Brot. Der nicht durch Geschirr und Besteck bedeckte Teil des Tisches war mit Tannenzweigen und aus Goldfolie ausgeschnittenen Sternen bedeckt. Neben Niebauers Platz befand sich ein Beistelltisch mit den Getränken. In der Tür zur Terrasse stand der Baum, um ihn herum ein Wirrwar aus ausgepackten Geschenken und Verpackungen aller Art. Seine Kerzen erwärmten das Wohnzimmer zusätzlich.

Hildegard brachte den in Blätterteig verborgenen Braten herein und setzte sich. Kathrin folgte mit der Salatschüssel.

Heinrichs Mutter, mit ihren bald 80 Jahren leicht schwerhörig und gelegentlich etwas verwirrt, bestand darauf, ein Gebet zu sprechen und fuhr anschließend fort, die Gemütlichkeit dieses Familienfestes zu loben, während Niebauer den Wein öffnete und den Braten aufschnitt. Klassische Musik in gedämpfter Lautstärke rundete die festliche Atmosphäre ab.

Hildegard Niebauer übernahm das Verteilen und legte sich zuletzt eins der kleineren Fleischstücke auf – wegen ihrer Linie . Sie trug eins ihrer neueren Kleider, hochgeschlossen, aber figurbetont, in gedeckten Blautönen. Wie immer aß sie mit wohlabgemessenen Bewegungen, während sie mit der alten Dame mit leicht erhobener Stimme ein Gespräch über das Bratenrezept führte. Ihre Art zu essen erinnerte Niebauer jedesmal an ein Ballett. Der simple Akt der Nahrungsaufnahme war bei ihr zu einer komplizierten Inszenierung geworden.

Heinrich selbst hatte zwar sein Alltagssakko gegen ein etwas feineres getauscht, Hemd und Krawatte jedoch nicht gewechselt. Er war hungrig, und obwohl er seinen Magen etwas schonen mußte, war er als erster fertig. Er nippte an seinem Wein.

Kathrin saß rechts neben ihm. Sie hatte ihre neue bunte Seidenbluse an – ein Geschenk von der großzügigen Oma. Ihr rotbraunes, mittellanges Haar war im Nacken locker zusammengebunden. So sah man einige übercremte Pubertätspickel am Ohrläppchen.

Sie musterte ihren Vater kurz. »Huhu! Bist du noch da?«

»Oh ... jaja«, schrak er auf. Er murmelte, daß er nur etwas nachgedacht habe und räusperte sich. »Schmeckt's dir?«

»Ja, toll. Aber wir haben ja auch ganz schön dafür gearbeitet.« Sie lächelte dabei und sah ihre Mutter an, die ihnen beiden noch ein Stück reichte.

Es war verblüffend, wie sich Hildegard und Kathrin manchmal ähnelten. Die Geste eben erinnerte Niebauer an frühere Tage mit seiner Frau. Ihre Frisuren waren fast gleich, auch im Gesicht war die Abstammung deutlich zu erkennen. Hinzu kam, daß Kathrin gerade einen Wachstumsschub durchmachte und dabei war, ihre Mutter zu überholen. Gut, daß die Ähnlichkeit nur äußerlich ist, dachte er unwillkürlich.

»Fährst du dann deine Mutter noch nach Hause?«

Er brummte Zustimmung. »Es wird ja wohl nicht zu spät werden.«

»Heinrich!« Hildegards Stimme klang vorwurfsvoll. Aber sie verzichtete darauf, mehr zu sagen.

»Ja … ich kann mir natürlich auch eine Taxe nehmen«, erwiderte die alte Dame. »Aber nach Hause muß ich, schließlich habe ich mich morgen früh verabredet mit …«

»Ja, ist schon gut. Natürlich bring ich dich heim.« Er goß sich Wein nach. Einen Moment sah es so aus, als wollte Hildegard ihn an seinen Magen erinnern, doch sie schwieg.

Mit der Zeit wurde das Gespräch etwas lebhafter, auch die Weißt-du-noch-Geschichten von früheren Festen fehlten nicht, die die Großmutter immer wieder veranlaßten, Parallelen zu ihrem eigenen Leben zu ziehen.

»Sag einmal, Kind«, setzte sie schließlich an, »gefallen dir denn deine Geschenke?«

Niebauer hob die Augen von seinem Teller und merkte, daß seine Frau ihn beobachtete.

»Och … bisher schon«, erwiderte Kathrin. Sie klang zufrieden, ließ aber den Satz in der Luft hängen, als wollte sie noch etwas sagen.

»Wir hatten ja eigentlich noch was ganz anderes vorgehabt«, sagte Hildegard beiläufig.

Heinrich wußte, was jetzt kam. Er mußte sich beherrschen, seiner Frau nicht ins Wort zu fallen. Sie hatten ihrer Tochter eine Geige schenken wollen. Nachdem sie schon eine ganze Weile Unterricht gehabt hatte, war sie vor einigen Wochen in das Schulorchester eingetreten. Da ihr Interesse an der Musik von mehr als kurzlebiger Dauer zu sein schien, hatten ihre Eltern beschlossen, ihr ein eigenes Instrument zu kaufen. Kathrin schien merklich enttäuscht, als ihre Mutter erklärte, daß daraus vorerst nichts würde. »Heinrich meinte, daß so ein teures Geschenk vielleicht doch noch nicht das Richtige wäre«, schloß Hildegard.

Niebauer erschrak. »Das stimmt doch überhaupt nicht!« Er sah zu Kathrin herüber und entdeckte den Ausdruck unangenehmer Überraschung in ihren Augen. Er griff nach ihrem Unterarm. »Wart's ab. Natürlich weiß ich, daß es dir ernst ist.«

Tatsache war, daß er einfach das Geld für ein solches Geschenk zur Zeit nicht einfach irgendwo hernehmen konnte. Schlimm genug. Aber ihre finanzielle Situation war nicht das, was hier und heute diskutiert werden sollte.

»Das stimmt gar nicht, und das weißt du genau.« Er sprach so leise, daß seine Mutter nichts verstehen konnte und ohne seine Frau dabei anzusehen. Seine Stimme vibrierte leicht vor unterdrückter Wut.

Danach kehrte Schweigen ein, bis die Großmutter, die die Turbulenzen nicht ganz mitbekommen hatte, anfing, mit Kathrin über ein völlig anderes Thema zu sprechen.

Nach dem Essen verteilte sich die Festgesellschaft in verschiedene Zimmer. Die Kerzen im Wohnzimmer waren erloschen, der Papierberg beiseite geräumt.

Niebauer hörte Musik aus Kathrins Zimmer im Obergeschoß, während er im Arbeitszimmer saß. Er vermied es, sich zu seiner Mutter vor den Fernseher zu setzen, weil er nicht zu irgendwelchen familiären Problemen ausgefragt werden wollte. Statt dessen verbrachte er ziemlich viel Zeit damit, eine Glückwunschkarte zur silbernen Hochzeit eines Kollegen zu schreiben. Viel Zeit hauptsächlich deshalb, weil er sich nicht konzentrieren konnte.

Kathrin kam gerade herunter, als er wieder auf den Flur trat. Er hatte den Wunsch, ihr etwas Zärtliches zu sagen, aber sie war verschwunden, bevor ihm das Richtige einfiel.

Hildegard räumte die Küche auf. Er brachte ihr die Karte zum Unterschreiben. Sie nickte nur.

»Wie kommst du eigentlich dazu zu behaupten, ich wollte nicht, daß Kathrin eine Geige bekommt?« begann er.

»Wieso denn?«

»Du weißt ganz genau, daß das nicht stimmt! Mal abgesehen davon, daß es völlig überflüssig war, das Thema überhaupt anzuschneiden!«

»Hast du nicht immer gesagt, du fändest es besser, wenn sie sich eine leiht?«

»Das war … mein Gott, im Sommer!«

»Ach ja«, erinnerte sie sich in einem so harmlos freundlichen Ton, als gehe es darum, sich für eine winzige Aufmerksamkeit zu bedanken.

»Jetzt tu doch nicht so! Ich habe noch letzte Woche zu dir gesagt: Natürlich soll sie eine bekommen, aber im Augenblick ist es einfach nicht drin!« Seine anfängliche Furcht vor dieser Auseinandersetzung war nun verflogen. »Du weißt ganz genau, daß ich der letzte bin, der ihr den Spaß an sowas verderben wollte!«

»Ja, ja, natürlich. Aber ich kenne deine Abrechnungen ja nicht …« Sie ließ den Satz absichtlich in der Luft hängen.

Heinrich war so überrascht, daß eine Pause entstand. »Willst du damit … Phantastisch! Du kannst ja meine Abrechnungen jederzeit kontrollieren, wenn es dich befriedigt. Aber darum geht es dir wohl gar nicht. Du legst es ja nur darauf an, mich als Trottel und Versager hinzustellen, der an allem Schuld ist! Vor meiner eigenen Familie! Aber paß auf! Ich glaube nicht, daß Kathrin darauf so einfach reinfällt!« Er verstummte. Die lang unterdrückte Wut überwältige ihn und nahm ihm förmlich den Atem.

Hildegard reagierte nicht. Sie beendete die Diskussion, indem sie sich abwandte und den dröhnenden Geschirrspüler einschaltete.

»Du bist widerlich«, zischte er gegen den Krach. Er hatte noch nie jemanden ernsthaft geschlagen, doch diesmal war seine Erregung so groß, daß er ausholte. Auch das schien sie nicht zur Kenntnis zu nehmen.

Irritiert ließ er seine Hand sinken und verließ fluchtartig die Küche.

Die nächsten Stunden verbrachte Niebauer in seinem Arbeitszimmer, in die Nacht starrend, Kathrins Musik über sich.

Scheidung. Wie oft hatte er schon darüber nachgedacht? Jedesmal nach Szenen wie dieser fragte er sich, was es noch für einen Sinn hatte, seine Zeit mit einem Menschen zu verbringen, der auf ihn herabsah? Mit dem ihn nichts mehr verband außer Haß, bestenfalls Gleichgültigkeit und ein paar äußeren Zwängen! Der nicht mehr mit sich reden ließ!

Wie meistens schoben sich auch diesmal andere Gedanken dazwischen. Er dachte daran, wie er seinen Haushalt selbst würde organisieren müssen. Welche Belastungen während und nach einem Prozeß auf ihn zukommen würden. Mehrere seiner Patienten hatten Scheidungen erlebt. Ihre Berichte waren ihm sehr geläufig.

Er hatte auch genug von den sogenannten Scheidungskindern gehört und gelesen. Die Vorstellung, Kathrin solchen Strapazen auszusetzen, erschreckte ihn. Ganz zu schweigen von seiner Angst, sie zu verlieren oder sie nur noch im Rahmen einer gerichtlich festgesetzten Besuchszeit sehen zu können.

Diesmal hatten jene Gedanken jedoch eine andere Wirkung auf ihn als sonst. Als hätte Hildegards letzte Attacke ausgerechnet an Weihnachten irgendein Gefäß in ihm zum Überlaufen gebracht, war ihm nun klar, daß er etwas tun mußte.

Er sollte mit seiner Tochter sprechen. Der Zustand ihrer Ehe konnte ihr ohnehin nicht ganz verborgen geblieben sein. Er mußte mit ihr sprechen, bevor seine Frau sie irgendwie beeinflussen konnte. Wenn er mal so überlegte, war es doch durchaus möglich, daß Kathrin lieber bei ihm bleiben würde … wenn es mal soweit wäre. Er mußte auch mit einem Anwalt reden, oder zumindest mit jemandem, der sich auf dem Gebiet auskannte.

Es war zehn Uhr durch, als er zum Telefon griff. Er wählte die Nummer des ärztlichen Notdienstes und hoffte, daß Karin Christiansen dort war. Ihm war eingefallen, wie sie darüber gesprochen hatten, daß sie dieses Jahr den unerfreulichen Heiligabenddienst übernehmen würde, weil ihre Tochter ohnehin zu ihren Großeltern fuhr. Sie war der einzige vernünftige Mensch, den er heute noch erreichen konnte, und er hatte das Gefühl, noch etwas Nützliches, Aufbauendes in die Wege leiten zu müssen.

Er hatte Glück. »Ja, ich bin's. Haben Sie zu tun?«

»Herr Kollege, welche Überraschung! Sind Sie denn nicht beim Feiern?«

»Eh ... es geht so. Für heute sind wir eigentlich fertig ... Ich warte nur noch darauf, meine Mutter nach Hause zu fahren. Aber wir hatten einen schönen Tag in der ... Familie.« Kaum war dies heraus, fragte er sich, was ihn dazu brachte, ohne jede Notwendigkeit solche Lügen zu erzählen.

»Ach ja ... es ist schon seltsam. Heute morgen habe ich den Baum gemacht wie immer, als ob Claudia da wäre. Jetzt sitze ich hier ... das erste Mal seit einer Ewigkeit, daß ich an Weihnachten allein bin ... abgesehen von den Patienten.«

»Ja, ja ... dieses Mal hat mir meine Tochter mit dem Baum geholfen. Auch ein neues Gefühl für mich ...« Er räusperte sich. »Und wie geht's bei Ihrem Dienst? Viel zu tun?«

»Bisher ziemlich ruhig. Einmal mußte ich raus, aber das war nicht dramatisch. Manche Leute rufen auch einfach an, um sich mal zu unterhalten. – Sie können ja vorbeikommen, wenn Sie Ihre Tour gemacht haben. Vielleicht retten Sie mich vor dem Einschlafen.«

Obwohl er wußte, daß sie oft solche spontanen Einfälle hatte, überraschte ihn dieser Vorschlag. Er lehnte zunächst ab, wie er überhaupt überraschende Angebote meistens ablehnte, besann sich dann jedoch eines Besseren. »Das heißt, ich weiß nicht ... ich bin jetzt schon recht müde ... aber ich hatte mich ohnehin gefragt ...«

»Was denn?«

»Ich hätte mich gerne einmal mit Ihnen ... privat getroffen. Ich wollte Sie gern mal ein paar Sachen fragen«, schob er schnell nach.

Jetzt war es an ihr, überrascht zu sein. Doch sie fand gleich wieder zu ihrer neckischen Art zurück. »Was ist denn so interessant an mir?«

»Sie könnten mir etwas von Ihrer ... Scheidung erzählen.«

»Scheidung? Sie Ärmster, wollen Sie etwa ...?«

»Ja ... ich denke daran«, bestätigte er.

Dann begann er zu berichten, zuerst zögernd, dann immer flüssiger und zusammenhängender. Ihre Reaktion signalisierte ihm, daß sie entgegen seinen Befürchtungen durchaus Anteil an seinen Schilderungen nahm und machte ihm weiter Mut. Er redete sich seine Sorgen förmlich von der Seele. Er dachte nicht darüber nach, wie wenig er seine Kollegin eigentlich kannte und daß es keinen rationalen Grund gab, ihr soviel Vertrauen zu schenken.

Er hatte gar nicht gemerkt, wieviel Zeit vergangen war, als sie einen Patienten bekam und Schluß machen mußte. »Ich kann mir denken, wie Ihnen zumute ist«, schloß sie. »Versuchen Sie, sich irgendeinen Ausgleich zu schaffen. Etwas, das Sie ablenkt und Ihnen Spaß macht. Dann schaffen Sie das auch.«

Sie verabredeten sich für nächste Woche. Niebauer war erleichtert, geradezu euphorisch gestimmt. Zum ersten Mal kam ihm der Gedanke, Karin zu heiraten, ein Gedanke, der von seiner Vernunft sofort als absurd zurückgewiesen wurde, der ihm aber trotzdem Vergnügen bereitete. Er stand auf und schritt, erfüllt von Tatendrang und Energie, in seinem nur von der Straßenlaterne erleuchteten Zimmer hin und her.

Plötzlich flammte die fahlgelbe Deckenbeleuchtung auf. Hildegard betrat das Zimmer. Er blieb vor ihr stehen, die Hände auf dem Rücken verschränkt, und grinste, immer noch in Gedanken, bis er ihren eisigen Blick bemerkte.

»Wer ist diese Frau?« Ihre Stimme klang gefährlich ruhig.

»Eine Kollegin.« Er war zusammengezuckt, mehr aus Überraschung denn aus Schuldgefühl. Dann fiel ihm der Zweitapparat auf dem Flur ein.

»So!« Es klang herausfordernd. »Ich will gar nicht wissen,

wie lange du diese Kollegin«, sie dehnte das Wort und verzog abwertend das Gesicht, »schon kennst oder was du sonst noch alles mit ihr treibst. Bitte! Laß dich doch scheiden! Meinst du, ich würde dir irgendwelche Steine in den Weg legen? Ha!« Sie lachte verächtlich. »Ich glaube, das lohnt sich nicht.«

»Hast du alles mitgehört?« unterbrach er.

»Was denkst du denn? Jetzt weiß ich immerhin, woran ich bin. Ich tyrannisiere dich also. Ist ja kaum zu glauben. Wie bist du nur darauf gekommen?«

Alles hatte sie mitgehört. All seine Worte, die Eingeständnisse seiner gespaltenen Gefühle, Dinge, die er noch nie sonst irgendwo ausgesprochen hatte. Auch Karins aufmunternde Bemerkungen hatte sie mitbekommen, gleich nebenan in einer Ecke des Flurs, vermutlich schon dort mit einer Mischung aus Lust und Schadenfreude. Jetzt stand sie hier und sah ihn an wie ein Stück Dreck.

»Das machst du nie wieder!« verlangte er mit gepreßter Stimme.

»Los, schlag mich doch!« flüsterte sie und hob aufmunternd die Hände.

Da schlug er zu. Seine Faust zielte auf ihren Unterleib; sie wich aus, doch mit der anderen Hand traf er sie in die Seite, erst rechts, dann links; sie versuchte, seine Arme festzuhalten, verlor das Gleichgewicht, stürzte gegen den Schreibtischstuhl und fiel dann zu Boden. Ihr Kopf prallte gegen eine Rolle des Stuhls.

Niebauer stützte sich auf eine Ecke des Tisches und starrte auf sie herab. Sein Gewaltausbruch hatte ihn völlig überrascht. Er fühlte sich unwohl. Im ersten Moment wollte er ihr aufhelfen.

»Hast du dich verletzt?« fragte er schließlich.

Hildegard sah ihn nicht an. Ihre zunächst schmerzverzerrten Züge normalisierten sich, während sie sich langsam aufrichtete und ihren Körper abtastete. Dann stand sie mühsam auf und schob ihr Kleid zurecht.

»Es bleibt dabei«, sagte sie mit ruhiger Stimme. »Laß dich

ruhig scheiden. Aber ich warne dich. Anwälte sind teuer. Ganz zu schweigen von meinem Anteil. Mal sehen, was diese Frau sagt, wenn du erstmal ohne all das hier dastehst.« Sie machte eine Bewegung, die das Haus einschließen sollte. Er wollte etwas einwenden, hielt jedoch inne.

»Und was Kathrin angeht, mach dir keine Hoffnungen. Glaubst du, als Alleinstehender mit schlechtgehender Praxis hättest du auch nur den Hauch einer Chance? Sie bleibt bei mir. Und sie wird mit mir kommen, wenn ich hier wegziehe.«

Sie wandte ihm den Rücken zu und verließ das Zimmer, bevor er etwas erwidern konnte.

Gegen Mitternacht kehrte Niebauer zurück. Es war aufgeklart und merklich kühler geworden. Der letzte Regen war auf dem Boden gefroren und machte die Straßen glatt.

Sein Magen krampfte sich zusammen, als er langsam durch den menschenleeren Vorort fuhr. Ihm war klargeworden, daß Hildegard vermutlich Recht hatte, was Kathrin anging. Bei Karin Christiansen hatten die Dinge anders gelegen. Ihre Verhältnisse waren gesichert gewesen. Und sie war die Mutter. Was dagegen sollte er in die Waagschale werfen? Erst recht, wenn er Hildegard auszahlen mußte.

Das Neubaugebiet, in dem sie wohnten, zog sich vom Rand des alten Dorfes einen Berghang hinunter. Er fuhr noch langsamer, als er von der Hauptstraße abbog. Nach dem letzten Bauernhof war die Straße erst provisorisch befestigt, die meisten Grundstücke noch nicht bebaut.

Niebauer hatte die Bergkuppe fast erreicht, als er eine Gestalt die Straße hinuntergehen sah. Im Lichtkegel einer Laterne erkannte er den Mantel seiner Frau. Als sie schon wieder halb im Dunkel verschwunden war, sah sie sich einmal kurz um, ging jedoch weiter.

Es war seine Frau. Was machte sie nur jetzt auf der Straße? Niebauer bremste, denn er wollte ihr nicht begegnen. Sie konnte beim Arzt gewesen sein, um sich ihre Prellungen attestieren zu lassen. Im Ort gab es einen Kollegen, der auch nachts erreichbar war. Niebauer wußte, was er von ihm zu halten hatte. Oder sie hat hier einen Liebhaber, durchzuckte es ihn. Dann … natürlich, dann käme ihr eine von ihm beantragte Scheidung gerade recht. Er wäre der Sündenbock, und sie könnte mit Kathrin und dem Geld …

Er löschte das Licht seines Wagens. Die Gestalt auf der Straße tauchte im Lichtkegel der nächsten Laterne auf, vielleicht zweihundert Meter von ihm entfernt. Noch einmal so weit lag ihr Haus schemenhaft im Dunkel. Eine Gartenlampe an der Garage, die er angelassen hatte, warf ein schwaches Licht.

Er registrierte kaum, was er als nächstes tat. Es war, als sei er eine Marionette, die zwar eigene Gedanken hatte, aber unerbittlich geführt wurde. Es ist Wahnsinn, was du tust, dachte er. Du bist verrückt.

Ein Blick rundum: Die Umgebung war noch immer menschenleer, bis auf die Frau dort unten und ihn. Es waren auch keine erleuchteten Fenster mehr zu sehen; nur einige Weihnachtsbäume und die wenigen Straßenlampen erhellten die Felder. Die mahnende Stimme in ihm protestierte immer noch, erfolglos gegen die Erkenntnis, daß die Umstände nicht viel günstiger sein konnten.

Er trat leicht aufs Gas und fuhr langsam bis an die Straßenecke. Dort kuppelte er aus.

Der Mercedes rollte an, beschleunigte ganz von allein. Er mußte überhaupt nichts mehr tun.

Die Frau erschien im Licht der letzten Laterne vor ihrem Haus. Er lenkte den Wagen ein Stück in ihre Richtung. Da drehte sie sich plötzlich um.

Im Schein der Lampe erkannte Niebauer das überraschte Gesicht seiner Tochter.

Karr & Wehner

Merry Xmas, Gonzo!

Die Sache mit der Krücke war reiner Bluff. Gonzo hatte den Bahnhofspenner eine ganze Weile beobachtet, wie er in dem nasskalten Wind an der Umfassung des U-Bahn-Niederganges auf der Bahnhofsplatte hockte. Kam einer vorbei, der nach Geld oder Mitleid aussah, stocherte der Alte mit der Metallstange hilflos über den glatten Granit und kam und kam nicht in die Höhe.

Der Tragegurt der schweren Videokamera zerrte an Gonzos Schulter. Der Himmel über den Plexiglaskuppeln des Bahnhofsvorplatzes war grau, Schnee lag in der Luft.

Gonzo lief die Nase. Den Schnupfen hatte er sich beim Dreh für das Heiligabendfeature des Regionalmagazins geholt. Der Schnösel aus der Redaktion, für den sie Gonzo angeheuert hatten, weil alle festangestellten Kameraleute schon längst auf Mallorca ihren Weihnachtsurlaub abrissen, lag seit gestern mit 39 Fieber flach. Das Ergebnis von drei Tagen Rumgerenne im saukalten Wind bei den Junkies und Alkis auf dem Burgplatz und im Altenessener Einkaufszentrum für ein Zehn-Minuten-Ding, das *Wenn wir feiern!* heißen sollte. Sendung heute, am Heiligabend, kurz vor acht im Regionalfenster. Der Redakteur, der die Sache zu Ende bringen mußte, hatte Gonzo vor zwei Stunden aus dem Bett geklingelt und noch eine Minute Bahnhofspenner verlangt: »So richtig elend, du weißt schon!«

Gonzo machte die Suzie drehfertig und pirschte sich an den Penner heran. Prompt schoß ihm die Krücke vor die Füße. Der Typ steckte in einem speckigen alten Mantel, hatte sich seit drei Tagen nicht rasiert und nur noch zwei Zähne im Mund. Gonzo blieb stehen.

»Ich brauch Hilfe, Chef, sehn Se dat nich?«

Gonzo holte die Flasche Weinbrand heraus. »Ich hätte 'nen Job für dich.«

Der Penner stierte auf die Flasche. Mit der Zunge fuhr er sich über die Lippen. Dann erst schien er die Suzie zu entdecken. »Bist du 'n Perverser? Die Stricher sind da vorne bei den Polennutten.« Seine Hand wischte in einer hektischen Geste hin zur Bahnhofshalle, wo eine Frau schon seit zehn Minuten vor dem Fahrplan stand. Sie trug eine dicke schwarze Lederjacke mit einem babyrosa Halstuch, rote Leggings und einen Minirock aus verwaschenem Jeansstoff. Gonzo hatte schon überlegt, ob er sie nach dem Dreh nicht mitnehmen sollte. Weihnachten war schließlich das Fest der Liebe, und er hatte noch ein paar hundert Mark übrig.

Der Berber fuhr sich mit den dreckigen Fingerspitzen über das strähnige Haar und wischte sich mit dem Handrücken über den Mund. Sein Blick klebte an der Weinbrandflasche. Gonzo erklärte ihm, was er haben wollte. Der Penner rappelte sich ganz fix und ganz ohne Krücke hoch. Gonzo setzte die Suzie an und zog die Schärfe nach. »Also, los geht's!«

Der Berber schlurfte durch die Bahnhofshalle an den beiden Strichern neben dem Fahrkartenautomaten vorbei. Vor dem Supermarkt mit dem Weihnachtsflitter im Fenster blieb er stehen und glotzte durchs Schaufenster. Das Bild von der abgerissenen Gestalt vor der Plastiktanne mit den Leuchtkugeln war ganz brauchbar.

Auf dem Rückweg zum Ausgang machte der Berber an einem Abfallkorb Halt. Er kramte einen angebissenen Hamburger heraus und stopfte ihn sich in den Mund. Der Typ war ein Naturtalent. Gonzo schwenkte über die herumhastenden letzten Weihnachtseinkäufer. Die Marmorfassade der Bank glänzte im Schein der Glühbirnengirlande. Der Penner tapste mit seiner Krücke an dem lebensgroßen Pappweihnachtsmann des Buchladens und der Frau am Fahrplan vorbei zu seinem Platz zurück. Gonzo blieb mit der Kamera bei der Frau und zoomte ihr Gesicht heran. Die Augen waren wie zwei blaue Glanzsteine, die Backenknochen hochgezogen, die Haut fast weiß. Die blutrot geschminkten Lippen leicht geöffnet über dem babyrosa Halstuch im Ausschnitt der Lederjacke. Gonzo war sich jetzt sicher, daß er sie mitnehmen würde.

Auf einmal versperrte ein Kerl in schwarzer Lederjacke und Barett die Sicht: Sicherheitsdienst im Auftrag der Bundesbahn. Der Sheriff langte der Frau in die Jackentasche, sie stieß ihn zurück und schrie etwas auf polnisch. Gonzo behielt sie im Ausschnitt. Das Band lief weiter. Der Sheriff versetzte der Frau einen Schlag vor die Schulter, sie taumelte an die Wand und trat nach dem Mann. Der holte mit der rechten Hand aus, aber sie tauchte unter seiner Bewegung weg, so daß er nur ihr Halstuch zu fassen bekam. Die Frau rannte durch den Südausgang davon. Der Sheriff blieb mit dem babyrosa Halstuch in der Hand zurück.

»Gorny, die Sau!« knurrte der Penner auf einmal hinter Gonzo. »Der kassiert von jedem hier Standgeld.«

Gonzo setzte die Suzie ab. Der Sheriff stand vor dem Fahrplan und redete in sein Walkie-talkie. Gonzo zog die Nase hoch und spuckte aus. Dann drückte er dem Penner den Weinbrand in die Hand. »Starker Auftritt, Alter.«

Der Penner starrte die Flasche ein paar Sekunden glücklich an, dann kramte er einen Bleistiftstummel aus der Manteltasche und malte zwei dicke Striche oben und unten aufs Etikett. »Auffen Millimeter!« nuschelte er. »So 'n guten Stoff mußte dir einteilen.« Der Berber schraubte die Flasche auf und setzte sie an. Als er sie wieder herunternahm, war der Weinbrandpegel exakt bis zum ersten Strich gesunken. »Die reicht glatt drei Stunden!«

»Na dann, frohes Fest!« sagte Gonzo.

Sie stand drüben an der Bushaltestelle vor den handgemalten Schildern für die Verbindung nach Warschau. Gonzo sah sie, als er die Suzie in den Kombi lud. Er holte die Kassette mit dem Berber heraus, legte ein Leerband ein und schob einen frischen Akku in den Schacht. Allzeit bereit.

»Gonschorek Vi-deo-produk-tion?«

Sie war herübergekommen und las die Aufschrift auf dem Kombi. Ihr polnischer Akzent hörte sich grauenhaft an. Ihre Lederjacke fiel scheinbar zufällig auseinander. Darunter hatte sie nur ein Hemd an. Durch den Stoff zeichneten sich große dunkle Brustwarzen ab. Gonzo schluckte. Sie zeigte mit dem Finger auf die Schrift am Wagen und dann auf Gonzo. »Gonschorek?«

»Und wenn?«

Sie tippte sich an die Brust. »Dana.«

Gonzo zog die Nase hoch. Es war jetzt kurz nach zwei. Um drei sollte er das Band im Studio abliefern. »Wieviel?« fragte er.

Dana drängte sich an ihn, ihre Hand schob sich zwischen Gonzos Beine. »Starker Mann. Hundert.«

»Njet.«

»Fünfzig?«

»Steig ein.«

Im Wagen bediente sie sich sofort von den Zigaretten, die der junge Schnösel auf der Ablage vergessen hatte. Der Rauch stach Gonzo in der Nase. Er fuhr unter der Bahnhofsbrücke hindurch, bog nach links ab und kam an den Verschiebebahnhof. Von hier aus waren es nicht mal vier Minuten bis zu dem großen Zeitungshaus, in dessen Innenhof das Studio lag. Gonzo kippte den Sitz nach hinten. Dana warf einen Blick auf die Kamera in ihrer Halterung.

»Video?«

»Video«, bestätigte Gonzo und holte seine Brieftasche heraus. Die vier Hunderter, die er sich vorhin zu Hause eingesteckt hatte, erinnerten ihn daran, daß er noch für die Feiertage einkaufen mußte. Er drückte ihr einen Fünfziger in die Hand.

»Dziekuje.«

»Wohl knapp bei Kasse, Mädchen?« Er machte seine Hose auf. Ihr Blick hing immer noch an der Videokamera, während sie mit der Hand Gonzo massierte. Schließlich sah sie auf Gonzo herunter, ließ ihn los und kramte in ihrer Handtasche. Gonzo schloß die Augen und kämpfte gegen den

Niesreiz, der ihm in der Nase kribbelte. Dana ließ mit dem Kondom auf sich warten, und als Gonzo die Augen wieder aufmachte, sah er gerade noch, wie sie das Reizgas auf sein Gesicht richtete. Gonzo warf sich zur Seite, so daß die Ladung an ihm vorbeiging. Dana hatte sich ein Taschentuch vors Gesicht gepreßt und zerrte an Gonzos Windjacke. Gonzo warf sich gegen die Tür. Verriegelt. Das Reizgas fraß sich in seine Lungen. Dana hing halb über ihm und kam endlich an seine Brieftasche. Gonzo bäumte sich auf. Sie verpaßte ihm das restliche Gas. Er versuchte auszuweichen und knallte mit dem Kopf gegen den Seitenholm. Sterne tanzten vor seinen Augen. »Luder!« keuchte er und versuchte, sie an ihrer Lederjacke festzuhalten.

Dana riß die Geldscheine aus der Brieftasche und fluchte keuchend auf polnisch. Genau wie Gonzo bekam sie kaum noch Luft. Dann schaffte sie es, die Tür auf ihrer Seite aufzumachen. Sie fiel fast aus dem Wagen, kniete ein paar Sekunden keuchend und würgend neben dem Kotflügel und kam torkelnd auf die Beine.

Gonzo schnappte nach Luft und kroch aus dem Wagen. Dana lief gerade los. Gonzo stolperte über seine Hose, die ihm in den Knien hing. Er wollte sich festhalten, bekam dann aber ein paar Koordinationsprobleme und ging zu Boden.

»Dich krieg ich noch, du Luder!« Trotz der tränenden Augen bekam er das Bild einigermaßen scharf. Er sah Dana am Ladeschuppen vorbei zur Straßenkreuzung rennen. Ein dunkler BMW konnte ihr gerade noch mit quietschenden Reifen ausweichen.

Gonzo zog sich an der Stoßstange hoch, arbeitete sich über den Kühlergrill zur Motorhaube vor und lehnte sich schließlich benommen an den Wagen. Nach einer Weile raffte er seine Hose hoch. Dann ging er um den Wagen herum, riß Türen und Heckklappe auf und wartete, daß das Gas aus dem Innenraum abzog.

Im Studio roch es nach Spekulatius und Glühwein. Weihnachten flimmerte gnadenlos über die Bildschirmwand mit den 27 Kabelprogrammen. Herbert saß am Mischpult und sah sich einen Porno an, in dem eine Blondine mit angeklebten Engelsflügeln einen Weihnachtsmann vernaschte. Herbert war hier schon so lange Redakteur, wie Gonzo denken konnte. Früher war er angeblich mal einer von den ganz großen Sportreportern gewesen, bis sie ihm die Kungelei mit den Vereinsbossen ans Zeug geflickt hatten. Seitdem verdiente er sein Gnadenbrot hier unten im Keller bei Wochenend- und Feiertagsdiensten und mit Jobs, die kein anderer machen wollte. Gonzo warf ihm die Kassette mit dem Penner auf den Tisch. »Frohes Fest und ab dafür.«

Herbert schob das Band in einen freien Rekorder und nuckelte an seinem Glühwein. »Mach erst mal deine Hose zu!« Die Bilder von dem Bahnhofspenner flitzten über den Schirm. »Gekauft.«

Gonzo war schon an der Tür. »Schönes Fest dann noch!« Herbert prostete ihm mit seinem Glühwein zu.

Auf der Bahnhofsplatte standen ein Notarzt- und zwei Streifenwagen. Ein Trupp vom Sicherheitsdienst lungerte mit ein paar BGS-Leuten im Eingangsbereich herum. Aus den Polizeiwagen quäkte der Sprechfunk. Gonzo lenkte den Kombi auf die Platte und klappte die Sonnenblende mit dem Presseschild herunter. In Rekordtempo hatte er die Suzie herausgeholt und auf die Schulter genommen. Er lief durch die Halle. Die Geschäfte waren zu. Ein paar Farbige hockten auf den Stufen, die zur Galerie hinaufführten. Vor der Treppe zum Bahnhofsklo trieben sich Polizisten und Sicherheitsleute herum. Ein Arzt im weißen Kittel kam mit seinen beiden Notfallkoffern langsam die Treppe herauf, als Gonzo mit der Suzie hinunter kletterte. Das Band lief schon, obwohl das Licht grausam war. Wahrscheinlich wieder nur ein toter Fixer. Nummer 34 in Gonzos Sammlung.

Eine dicke schwarze Hand legte sich auf das Objektiv der Suzie. »Drehverbot!« Hauptkommissar Hassenkamp drückte die Kamera herunter. Der Kripomann hatte dunkle Ringe unter den Augen. »Ach du bist das, Gonzo.«

»Haben sie dir die Feiertagsbereitschaft angehängt?«

»Die anderen haben alle Familie.«

»Fixer?« fragte Gonzo mit Blick auf die Toiletten.

Hassenkamp schüttelte den Kopf. »Einer von den Sicherheitsleuten. Erschlagen auf dem Männerklo.« Er gähnte, dann grinste er Gonzo an. »Ich hab dir doch schon Mal gesagt: Wer zu spät kommt, den bestraft das Leben.«

»Ich weiß gar nicht, wovon du redest.«

»Du hast doch gegen zwei hier oben mit einem Penner rumgemacht«, sagte Hassenkamp. »Jedenfalls erzählen das die Männer vom Sicherheitsdienst. Fünf nach zwei ist der Typ da unten erschlagen worden. Seine Uhr ist beim Sturz zu Bruch gegangen. Wer weiß, wie viele neben dem gepisst haben, ohne uns Bescheid zu sagen.«

»Scheiße«, seufzte Gonzo.

»Was hast du hier gedreht?«

»Weihnachtskitsch fürs Regionalfenster heut Abend.«

»Ich will das Band.«

»Liegt im Studio.«

»Wird nachher gleich beschlagnahmt.«

»Tu, was du nicht lassen kannst.«

Hassenkamp zeigte ihm eine Karteikarte mit einem Polaroid von Dana und den Eintragungen für das Hausverbot am Bahnhof. »Schon mal gesehen?«

»Wieso?«

»Sie ist kurz vor zwei mit dem Toten aneinandergeraten. Sieht so aus, als hätte sie ihm das Ding verpaßt.«

Gonzo hob die Suzie. »Kann ich erstmal was sehen?«

»Ausnahmsweise. Viel Blut. Gefällt dir bestimmt.«

Gonzo schob sich an ein paar aufgeregten Sicherheitsleuten vorbei in das Männerklo. In den Putzmittelgeruch mischte sich der Gestank von Urin und Erbrochenem. Hier drin war das Licht erstklassig. Gonzo sah im Okular zuerst die verdrehten Beine des Mannes auf dem Boden auftauchen, schwenkte behutsam über seinen Unterkörper nach oben, bis er den Kopf und das Gesicht voll im Bild hatte. Es war der Sicherheitsmann, mit dem sich die Polin gestritten hatte. Gorny oder so. Sein Hinterkopf war eine blutige Masse, Glasscherben steckten in der Wunde. Glas war auch in der Blutlache, die sich rund um den Kopf auf den Kacheln ausgebreitet hatte. Reste einer Flasche, wie man an dem gezackten Halsstück erkennen konnte. Die Spurentechniker hatten schon ihre Nummerntäfelchen aufgestellt, unter anderem auch bei dem babyrosa Halstuch, das halb unter der Leiche lag. Gonzo zoomte den Kopf des Toten heran. Echtes Tatortvideo. Das waren immerhin schon mal achthundert Mark von Herbert mit seinem Regionalfenster. Gonzo beendete die Einstellung auf dem Etikett der Weinbrandflasche, mit der der Sicherheitsmann erschlagen worden war. Es lag blutverschmiert halb in der Pinkelrinne, hinten klebten noch große Glasstücke dran, und deutlich waren die beiden dicken Bleistiftstriche am oberen und unteren Rand zu sehen. Gonzo setzte die Kamera ab. »Raus!« pfiff ihn einer der Spurentechniker an.

Draußen auf der Treppe palaverten die Kollegen des Toten mit hektischen Gesten herum.

»Das war das Polackenluder!« keifte ein dicker Wachmann, dem das Barett halb in den Nacken gerutscht war. »Gorny hat Punkt fünf vor zwei per Funk gemeldet, daß sie sich wieder vorne an ihrem Platz rumgetrieben hat, obwohl sie Hausverbot hatte.«

»Dana«, sagte eine andere. »Dana irgendwas. Rotes Tuch. War ihr Markenzeichen. Die Fahndung läuft schon, hab ich gehört.«

»Die soll sich bloß noch mal hier blicken lassen!« Ein Schlagstock klatschte in die geöffnete Hand. »Holger und Thilo haben schon die Fixer vom Vorplatz scharfgemacht, daß wir für einen guten Tip ordentlich was springen lassen.«

Gonzo sah sich nach dem Penner mit der Krücke um. Keine Spur. Er machte ein paar Schnittbilder von den Sicherheitsleuten. Zwei Angestellte der Gerichtsmedizin trugen den Toten in einer Blechwanne vorbei. Die Kollegen nahmen die Barette ab.

Gonzo schleppte die Suzie in die erste Etage in sein Loft im Hinterhof des Altbaus an der Altenessener Straße. Draußen waren die Straßen leer. Hinter den Fenstern strebten die Familienkräche ihrem ersten weihnachtlichen Höhepunkt zu. Gonzo hatte Kopfschmerzen, sein Hals brannte von dem Reizgas, und das einzige, was diesen gottverdammten Tag noch halbwegs retten konnte, war ein halbe Flasche Wodka.

Sie hockte vor seiner Tür. Zuerst sah er nur ihre Lederjacke, dann das dunkle Haar. Sie war eingeschlafen. Als er sie an der Schulter rüttelte, fuhr sie auf. Angst war in ihren Augen.

»Bitte«, stammelte sie und kam hektisch hoch. »Du mir helfen. Polizei ...«

Gonzo setzte die Suzie ab und streckte die Hand aus. Sie verstand nicht sofort. Erst als Gonzo Zeige- und Mittelfinger aneinander rieb, holte sie seine vierhundert Mark aus der Lederjacke. Gonzo steckte das Geld ein. »Wie hast du mich überhaupt gefunden?«

Sie deutete auf das Türschild. »Gonschorek Videoproduktion Telefonbuch ... Bitte, Polizei mich sucht.«

»Weil du den Sheriff erschlagen hast!«

»Aber nein.«

»Aber klar.«

»Du müssen Polizei sagen, daß ich mit dir gewesen.«

Gonzo schob den Schlüssel ins Schloß und stieß die Tür auf. »Das muß ich mir aber stark überlegen.«

Sie blieb vor der Tür stehen. Tränen liefen ihr über die Wangen. »Bitte«, schniefte sie.

»Ich denke, der Gorny hat euch erpreßt.« Gonzo machte eine Handbewegung, daß sie hereinkommen sollte. Sie schloß die Tür und lehnte sich daran. Ihre Augen huschten durch den Loft, über Gonzos Videoausstattung an der Fensterwand und den chaotischen Privatbereich rund um den Kühlschrank auf der anderen Seite des Raumes.

»Gorny hat immer gleich Hausverbot gemacht«, murmelte sie. »Wer bei ihm wollte stehen, muß bezahlen. Fünfzig Mark jeden Tag.«

»Die Penner auch?« Gonzo packte die Kamera in ihre Halterung, erneuerte die Akkus und steckte die gebrauchten in das Ladegerät. »Der Krücken-Willi, hat der auch bezahlt?«

Sie nickte. »Zehn Mark vielleicht. Immer nur für Schicht von Gorny. Wenn andere Männer Schicht, dann die auch bezahlen müssen.«

»Schönes Geschäft.« Gonzo grinste und klopfte auf den Lederpuff neben dem Bett. »Setz dich erstmal, Mädchen.«

Sie kam zögernd. »Du Polizei sagen, daß ich mit dir, wenn Gorny tot?«

»Handtasche!« verlangte Gonzo.

Sie reichte sie ihm mit zusammengekniffenen Lippen und zog die Nase hoch. Die Tränen hatten ihr Make-up verschmiert.

»Hör auf zu heulen.« Gonzo leerte die Handtasche auf dem Boden aus, fischte die zweite Reizgasdose aus dem ganzen Durcheinander von Pillen, Tampons, Kondomen, Schminkzeug und Kleingeld. Zwischendrin lag auch ihr Paß. Gonzo schloß ihn mit dem Gas in seinem Stahlschrank ein.

»Bitte, Gonschorek«, flüsterte sie.

»Alles zu seiner Zeit«, sagte Gonzo.

Dana war im Bad. Gonzo hörte die Dusche rauschen. Seit einer Viertelstunde schon. Er lag auf dem Bett und angelte nach der Fernbedienung für den Fernseher neben dem Schreibtisch. Kurz vor acht. Im Regionalfenster lief *Wenn wir feiern!*

Er sah die Bilder von den Junkies und Strichern, die er mit dem jungen Schnösel gemacht hatte, und mittendrin die Szene mit dem Krückenpenner. Herbert schwafelte im Kommentar etwas von Außenseitern der Wohlstandsgesellschaft und Opfern der Wirtschaftskrise, die man beim gemütlichen Feiern nicht vergessen sollte. Dana tauchte auf, wie sie mit Gorny stritt und davonrannte, während der Sicherheitsmann mit ihrem Halstuch in der Hand stehenblieb. Gonzo kniff die Lippen zusammen und schaltete den Apparat aus.

Dana kam aus dem Bad. Sie hatte sich in Gonzos Bademantel gewickelt. Vor dem Bett ließ sie ihn fallen und kroch zu Gonzo unter die Decke. Sie lächelte sogar ein bißchen, als sie ihn ansah.

Das Telefon klingelte. Gonzo schnappte sich das Gerät.

»Warum hast du nicht gesagt, daß du die Polin mitgedreht hast?« wollte Hassenkamp wissen. »Das war doch heute Nachmittag, wo sie den Gorny mit ihrem Halstuch stehengelassen hat, oder?«

»Hab ich glatt vergessen«, murmelte Gonzo. »Was macht die Fahndung?«

»Erstmal abgeblasen. Als Frau hätte die den wohl kaum auf dem Männerklo erschlagen, oder was meinst du?«

»Du bist der Bulle.«

»Ich will dich so schnell wie möglich hier sehen. Du machst eine Aussage, ist das klar?«

»Nicht so hastig«, widersprach Gonzo. »Ich hab grad Bescherung. Sagen wir nach den Feiertagen, okay?«

Gonzo legte auf. Dana hatte ihn ängstlich beobachtet. »Die Polizei!« erklärte Gonzo und hielt den Apparat hoch.

»Du ihnen sagen, daß wir ...«

»Aber sicher!« beruhigte sie Gonzo. »Aber erst Mittwoch.« Er strich ihr über die Wange. »Ich denke, du bleibst so lange hier, ja?«

»Ja«, entgegnete sie leise und sah ihn lange an. »Viele Danke.«

Er lehnte sich zurück. Sie rückte näher an ihn heran. Ihre Hände waren geschickt. Gonzo fühlte sich gut in seiner Rolle als Weihnachtsmann. Er zog Dana über sich. »Übrigens«, sagte er, »du kannst Gonzo zu mir sagen.«

Jan Eik

Weihnachtsüberraschung

Die Ostsee zu Weihnachten war ein Reinfall. Im Ort sah es aus, als hätte es sich nicht bis hierher herumgesprochen, daß irgendwann eine Wende stattgefunden hatte. Die weiße Farbe blätterte noch immer narbig von den Hauswänden, in den ehemaligen Betriebs- und Gewerkschaftsheimen gähnten gardinenlose Fensterhöhlen, und auf der verlassenen Strandpromenade wehte der böige Seewind den Unrat in die Dünen.

Als ihnen die ältere Frau mit den dicken Brillengläsern den Preis für das Hotelzimmer mit dem unebenen Fußboden und der abgewetzten Auslegware nannte, wußten sie, daß zumindest die Nachricht von der Währungsunion bis in den hohen Norden vorgedrungen war: Hundertfünfunddreißig Mark. Mit Frühstück. Und mit Seeblick. Das war Doreens Bedingung gewesen. Wenn schon Ostsee, dann mit Seeblick.

Arnfried hatte zugestimmt, obwohl ihn der Blick aus dem Erkerfenster auf die bleigraue Wasserfläche deprimierte. Außerdem störte ihn der schale Mief, der in den Polstermöbeln und in den grauen Stores nistete. Die Betten wirkten wenig vertrauenerweckend; die Handtücher fühlten sich an wie extrahartes Toilettenpapier.

Weit draußen auf See blinkte ein einsames Licht. Arnfried wandte sich ab.

Doreen rief: »Nicht umdrehen! Weihnachtsüberraschung.«

Na gut, dachte er. Wahrscheinlich war es das einzige, was ihnen hier blieb: miteinander ins Bett zu gehen, und das drei Tage und Nächte lang. Immer noch besser, als ein trübes Weihnachtsfest in Einsamkeit zu verbringen. Er haßte Feiertage. Vielleicht hatte sich Doreen was Besonderes an

Unterwäsche einfallen lassen, und es würde alles viel schöner werden, als er es erwartete.

Als er sich umdrehen durfte, stand sie neben dem Bett, auf das er seinen Schlafanzug geworfen hatte. Sie trug den gleichen dunkelgrauen Pullover wie auf der Fahrt und dazu Jeans.

»Wo ist die Überraschung?« fragte er verblüfft.

»Später. Willst du nicht weiter auspacken?«

»Ich will jetzt ganz was anderes«, sagte er und ging auf sie zu. Sie lachte und blies ihm eine Qualmwolke ins Gesicht. Natürlich rauchte sie schon wieder. Das hatte ihn von Anfang an gestört. Frauen, die rauchen, schmecken beim Küssen nach allem Möglichen. Nach Ölsardinen beispielsweise. Oder nach Geranien wie Doreen. Arnfried verabscheute den Geruch von Geranien. Seine Mutter hatte damit jeden Sommer die Balkonkästen bepflanzt.

Also verzichtete er darauf, Doreen zu umarmen, und warf sich rücklings auf das ächzende Bett.

»Nix is!« Doreen zog ihn hoch. »Ich habe Hunger.«

Auch das wurde beinahe eine Pleite. Anscheinend gab es in dem ganzen Nest kein Restaurant, das am Heiligabend geöffnet hatte. Verdrossen stapften sie den Strand entlang in Richtung auf die Lichter des nächsten Ortes. Dort fanden sie nach einigem Suchen einen Italiener, der sich das Weihnachtsgeschäft nicht entgehen lassen wollte.

Sie blieben die einzigen Gäste. Der Kellner servierte wortlos Suppe, Salat und Lasagne und überließ es Arnfried, Rotwein nachzuschenken. Den Geräuschen nach, die aus der Küche drangen, tranken sie dort härtere Sachen. Arnfried mußte laut rufen, um eine zweite Flasche zu bestellen. Die Wärme des Weins taute ihn allmählich auf, und er verfluchte die Idee dieser plötzlichen Ostseereise nicht mehr ganz so heftig. Doreen war schon okay, besser als manche andere, die er kannte. Ein bißchen burschikos vielleicht, aber dafür offen und ohne Komplikationen. Mit ihr konnte man reden, sie hörte zu. Und wenn sie was sagte, war es nicht das übliche Stroh. Sie hatte in Rostock gearbeitet, bis die Treuhand die Bude abwickelte und Doreen gerade noch eine erstaunlich hohe Abfindung kassieren konnte. Sie war anspruchslos und sprach gerne von der Summe auf ihrem Konto, die für eine Existenzgründung ausgereicht hätte, wie Arnfried fand. Doreen wollte davon nichts wissen. Sie bezog Arbeitslosengeld und jobte schwarz in irgendeiner alternativen Druckerei im Prenzlauer Berg.

»Soviel Geld habe ich noch nie gekriegt«, sagte sie albern. »Und alles in West!«

Arnfried griff unter dem Tisch nach ihrem Knie. Doreen quiekte, und er küßte sie. Der Knoblauch im Salat, von dem sie beide gegessen hatten, verdrängte den Geranienduft.

Auf dem Rückweg schien es ihm, als sei es wärmer geworden. Doreen kuschelte sich an ihn und sog genießerisch an ihrer Zigarette. Der Wind blies den Rauch an Arnfried vorbei.

»Hast du eigentlich ein Weihnachtsgeschenk für mich?« wollte sie wissen.

Arnfried war unangenehm berührt. Sie hatten sich spontan zu dieser Reise entschlossen, als Doreen ihn mittags angerufen hatte: »Was machst du über die Feiertage?«

»Scheiß Feiertage!« hatte er geantwortet. Übereinstimmend stellten sie fest, daß sie in der Stadt weder Verwandte noch Bekannte besaßen, mit denen es sich lohnte, Weihnachten zu verbringen, und daß es das beste wäre, einfach irgendwohin abzuhauen. An die Ostsee beispielsweise. Eine Stunde später hatte er Doreen an der Ecke Immanuelkirchstraße abgeholt.

»Wußtest du, daß Kafkas Braut hier gewohnt hat?« hatte sie als Erstes gefragt. Dann wollte sie zu einem Geldautomaten.

Ihm war Kafkas Braut, wer immer die sein mochte, ziemlich egal gewesen. Aus Gewohnheit machte er einen langen Hals, als Doreen ihre Geheimzahl eintippte. Keine Sekunde hatte er an ein Weihnachtsgeschenk gedacht.

»Ich zahle das Zimmer«, sagte er und spürte im gleichen Augenblick, daß das keine gute Antwort war.

Sie rückte ein Stück von ihm ab und murmelte: »Ich meinte nur irgendeine Kleinigkeit …«

»Hast du denn was für mich?«

Sie schwieg. Anscheinend war sie doch nicht so unkompliziert, wie er gehofft hatte. Irgendwie hatte er kein Glück mit Frauen.

Die Strandpromenade lag verödet. Hinter einem der Dachfenster im Hotel leuchteten Kerzen an einem Weihnachtsbaum. Wahrscheinlich wohnte dort die halbblinde Frau, die ihnen die Schlüssel für das Zimmer und die Haustür ausgehändigt und sich nach der gewünschten Frühstückszeit erkundigt hatte.

Aus dem Zimmer wehte ihnen abgestandene Kühle entgegen. Er half Doreen aus dem Anorak und faßte von hinten sanft um ihre Brüste. »Nun sei nicht sauer«, sagte er. »Vielleicht hat der Weihnachtsmann doch noch was für dich im Sack …«

Sie trat ihn so heftig, daß er aufschrie.

»Das ist das einzige, woran du denkst, wie?«

Er hielt es für besser zu verschweigen, daß er im Augenblick tatsächlich an nichts anderes denken wollte. Wozu waren sie schließlich hierhergefahren? Und was blieb ihnen sonst in diesem tristen Nest, in dem sie Mühe haben würden, sich anständig zu ernähren.

Er tappte über den unebenen Fußboden zum Erker und ließ sich in den Sessel fallen. Von der See sah man nur einen unregelmäßigen hellen Streifen, der verschwand, als er die Stehlampe einschaltete. Hinter ihm zog sich Doreen aus. Er bemühte sich, nicht in ihre Richtung zu blicken. Als er es schließlich doch tat, traute er seinen Augen nicht. Sie hatte die Strumpfhose ausgezogen und war gerade dabei, eine hellgraue lange Unterhose von beträchtlichem Ausmaß überzustreifen. Darüber trug sie ein ausgeblichenes T-Shirt mit einem grellfarbenen Papagei auf der Brust.

»Hast du diese Reizwäsche extra für mich ausgesucht?«

Doreen trat unbefangen in den Lichtschein. »Es ist kalt hier, findest du nicht auch?«

Arnfried hatte das Gefühl, zu einem Eiszapfen zu erstarren, doch er schwieg und starrte sie nur an.

Sie hielt schon wieder eine Zigarette in der Hand und suchte nach ihrem Feuerzeug.

»Geht es nicht mal fünf Minuten, ohne zu rauchen?« Er vermochte den Zorn in seiner Stimme kaum zu unterdrücken.

Sie lächelte überlegen. »Mein Gott, dir bedeutet eben die Bumserei sehr viel und mir das Nikotin.«

Sie hatte ihr Feuerzeug auf dem Nachttisch entdeckt und stand mit dem Rücken zu ihm, während sie die Zigarette anzündete. Er riß sie so heftig an der Schulter herum, daß ihr das glimmende Stäbchen aus der Hand fiel. Haßerfüllt trat er auf die Glut.

Für einen Augenblick glaubte er, Doreen würde ihn schlagen, doch sie sagte erstaunlich gelassen: »Weshalb regst du dich auf? Heute und morgen geht es sowieso noch nicht. Wenn du artig bist, hast du vielleicht am zweiten Feiertag Glück ...«

Der hämische Unterton, das triumphierende Blitzen in ihren Augen, ihr ganzer lächerlicher Aufzug und dazu seine eigene Ohnmacht trieben Arnfried das Blut in den Kopf. Vergessen war alles, was ihn bisher davon abgehalten hatte, ihr mitten ins Gesicht zu schlagen. Sechs Monate hatte er in Rummelsburg verbüßt, und er hatte sich geschworen, daß es dazu nie wieder kommen würde. Jedenfalls nicht so, daß man es ihm hinterher beweisen konnte.

Von seiner Handkante getroffen, taumelte Doreen gegen das Bett. Er hielt sie an ihrem Papageienhemd fest und roch den Geranienduft. In diesem Augenblick traf ihn ihr Knie mit einer Wucht und Präzision, die ihm den Atem und jeden klaren Gedanken raubte. Er umklammerte ihren Hals. Der reißende Schmerz stieg ihm bis ins Hirn.

Als er wieder zu sich kam, noch immer vornübergebeugt von dem nur langsam abklingendem Schmerz, lag Doreen vor ihm auf dem Bett. Ein Blutstrom floß aus ihrer Nase über seinen Schlafanzug auf das Bettzeug. Arnfried schleppte sich zur Waschnische, nahm eins der bretharten Handtücher und wußte gleichzeitig, daß es zwecklos sein würde, irgend etwas wegzuwischen. Er ging zurück zum Bett und griff nach Doreens Handgelenk.

Nichts. Nicht die kleinste Regung. Er ließ die Hand los, und der Arm fiel flach auf das Bettuch.

Eine ganze Weile stand er reglos und stierte auf den Frauenkörper. Der Papagei, mit offenem Schnabel, schien ihn auszulachen. Arnfried warf das Handtuch über Kopf und Brust der Frau und wankte zum Sessel.

Als seine Finger das ausgefranste Kunstleder der Armlehne berührten, durchfuhr ihn ein heißer Schreck. Er durfte keine Fingerabdrücke hinterlassen!

Er blieb lange sitzen, breitbeinig, weil das den Schmerz in seinen Hoden ein wenig linderte, die Hände auf den Knien, und versuchte messerscharf zu überlegen. Gab es eine Chance, hier wegzukommen, ohne daß man ihn sofort festnahm?

Je länger er darüber nachdachte, um so sicherer schien er sich der Antwort. In Berlin würde niemand Doreen vermissen, außer vielleicht jemand in dieser Druckerei. Aber auch dort wußten sie nichts von der Ostseereise. Kein Mensch ahnte, daß er, Arnfried Sänger, mit dieser Frau in ausgerechnet diesem Strandhotel abgestiegen war. Und niemand außer dieser fehlsichtigen Alten hatte sie beide zusammen gesehen. Der Anmeldezettel lag noch unausgefüllt vor ihm auf dem Tisch: *Fremdenmeldeblock (Geltungsbereich Bayern).* Wie so was wohl hierherkam? Er knüllte das Papier zusammen und schob es in die Tasche. Wenn er hier ungeschoren verschwinden wollte, gab es noch viel zu tun.

Er streifte seine schwarzen Lederhandschuhe über und begann mit einem Papiertaschentuch sorgfältig alle Stellen abzuwischen, die er möglicherweise berührt haben konnte. Vom Lichtschalter angefangen über den Wasserhahn bis zur Schranktür, hinter der sein Jackett hing. Darunter stand Doreens Reisetasche. Sie hatte ihr Waschzeug und ein paar Kleidungsstücke ausgepackt. Hastig stopfte er alles in die

Segeltuchtasche zurück. Auch das Nachthemd, das auf dem unbenutzten Bett lag. Er riß die Tür des Nachtschranks auf, das Schubfach. Nichts.

Er durfte nichts übersehen. Nicht die Zigaretten und das Feuerzeug. Ihre Schuhe. Auch die Hausschuhe nicht, die sie trug. Er ging um das Bett herum. Ihre Füße waren locker auf den Boden aufgesetzt, als hätte sie sich nur für einen Augenblick hingelegt, und sie ließen sich so leicht bewegen wie bei einer Puppe.

Wenn er alle Spuren verwischen wollte, mußte er sie entkleiden. Zumindest mußte dieses auffällige Papageienhemd verschwinden. Er schlug das Handtuch auf, ohne ihr Gesicht zu entblößen, und zerriß das Hemd mit einem Ruck. Dann zerrte er seinen Schlafanzug unter dem Handtuch hervor. Das Blut darauf war geronnen. Vorsichtig rollte er den Pyjama in das Hemd ein.

Aufatmend sank er in den Sessel. Als er den Blick hob, leuchteten ihm aus dem Halbdunkel des Raums ihre Unterschenkel in obszöner Nacktheit entgegen. Ihm blieb nichts anderes übrig, als den erstaunlich schweren Körper, dessen Kälte er durch die Handschuhe zu spüren glaubte, auf das Bett zu ziehen, bis der vom Handtuch bedeckte Kopf auf dem Kissen lag. Erleichtert warf er die andere Bettdecke darüber. Jetzt sah alles ganz harmlos aus.

Am Garderobenhaken hingen ihr Anorak und das Umhängetäschchen. Er legte eins der steifen Handtücher auf den Tisch und schüttete den Tascheninhalt darauf aus. Abgesehen von ihrer Geldbörse mit den vierhundert Mark aus dem Automaten und der EC-Karte war nichts von Wert darin. Der Rest würde in einem Müllcontainer verschwinden. Und der Ausweis im Ofen seiner Hinterhofbehausung. Zusammen mit dem Papageienhemd und dem Pyjama.

Allmählich wurde es Zeit, von hier zu verschwinden. Doch wenn er jetzt, mitten in der Nacht, mit dem Auto startete und über die menschenleeren Straßen der Insel fuhr, würde er viel eher auffallen als in den Morgenstunden, wenn die eine oder andere Familie zu einem Weihnachtsbesuch aufbrach. Die Alte hatte ihm geraten, das Auto auf dem Parkplatz an der Kirche abzustellen, und das hatte er auch getan. Dort standen mindestens zwanzig oder dreißig Pkw, da fiel ein Berliner Wartburg nicht auf.

Ruhelos ging er einige Male im Zimmer auf und ab, bis ihm zum Bewußtsein kam, daß man ihn vom Strand aus beobachten konnte. Es war ihm unheimlich, im Dunkeln zu sitzen. Er schob den Sessel vom Fenster weg, legte die Füße auf den Tisch und dachte nach.

Das Geräusch lauter Männerstimmen auf der Strandpromenade riß ihn aus einem Alptraum. Der anklagende Blick des italienischen Kellners war auf Doreen gerichtet, und Arnfried wußte, wo der Fehler in seinem Plan lag. Der Kellner würde sich an Doreen erinnern, und natürlich auch an ihren Begleiter.

Ein paar Minuten lang saß er wie gelähmt, bis ihm eine Lösung einfiel.

Er erhob sich, trat an das Bett und fuhr mit der behandschuhten Hand über die Decke, bis er sicher war, wo sich ihr Gesicht befand. Ihn schauderte vor dem, was er vorhatte. Aber wenn er frei bleiben wollte, mußte er verhindern, daß jemand sie wiedererkennen konnte.

Sein Blick fiel auf den Nachtschrank. Mit Mühe hob er ihn hoch, lauschte einen Augenblick und stieß mit der Kante zu.

Eine halbe Stunde später schloß er mit zitternder Hand das Zimmer hinter sich ab und griff nach den beiden Taschen. Zu seinem Schreck vernahm er unten im Haus Geräusche. Der Heizkörper auf dem Treppenabsatz knackte. Wahrscheinlich setzte im Keller jemand die Heizung in Gang.

Er wartete, bis sich sein Atem beruhigt hatte. Ein Zurück gab es jetzt nicht mehr. Stufe für Stufe schlich er die schwach erleuchtete Treppe hinunter und gelangte ungesehen aus dem Haus.

Die Straßen waren wie ausgestorben. Erst als er sich der Brücke zum Festland näherte, kamen ihm zwei Fahrzeuge entgegen. Einen vor ihm fahrenden Trabant wagte er so lange nicht zu überholen, bis der abbog. Er hatte es nicht eilig. Und niemand sollte sich seine Nummer merken. Überhaupt erschien es ihm günstiger, einen Umweg zu fahren und sich Berlin aus einer anderen Richtung zu nähern.

Er hatte genügend Zeit, noch einmal gründlich nachzudenken, ob er keinen Fehler gemacht hatte. Er wiegte sich in vollkommener Sicherheit, bis ihm ein Artikel aus einer Wochenzeitung einfiel, in dem berichtet worden war, daß man einen Täter anhand eines einzelnen Haars identifiziert hatte. In der Haarwurzel, so hatte es geheißen, sei der genetische Fingerabdruck eines jeden Individuums gespeichert.

Er versuchte sich damit zu beruhigen, daß er sich in dem Zimmer nicht gekämmt hatte. Plötzlich sah er vor sich, wie er auf dem Bett gelegen hatte, auf dem jetzt ihr Körper …

Er blickte auf die Uhr. Kurz nach neun. Wenn die Alte mit dem Frühstück ungeduldig geworden war, hatte man Doreen vielleicht schon gefunden. Die Kriminalpolizei würde anrücken, aus Stralsund vermutlich, möglicherweise sogar aus der Landeshauptstadt. Über die Feiertage ging das da oben wahrscheinlich nicht sonderlich schnell. Bis zur Obduktion würden ein paar Tage vergehen.

Ihn durchfuhr ein so siedenheißer Schock, daß er beinahe das Lenkrad verrissen hätte. Die Obduktion. Sie würden die Lasagne in ihrem Magen finden und davon auf den einzigen Italiener im weiten Umkreis schließen, der am Heiligabend geöffnet hatte. Und der würde seine einzigen Gäste minutiös beschreiben. Dazu ein Haar im Bett oder im Sessel …

Das war alles Unsinn. Er war kein auffälliger Typ. Seine Personenbeschreibung traf auf Zehntausende Männer zu. Und selbst die genaueste Erinnerung eines Kellners würde Doreens Gesichtszüge nicht wieder herstellen können. Die mochten zehnmal ein Haar von ihm finden – zuerst mußten sie mal den dazugehörenden Menschen aufspüren.

Arnfried hatte sich einigermaßen beruhigt, als er den Wagen vor seiner Haustür parkte. Aus Vorsicht nahm er nur seine eigene Reisetasche aus dem Kofferraum.

Im Hof war es still. So leise wie möglich tappte er nach oben. Es roch nach Rotkohl und Gänsebraten; hinter der Tür seiner Nachbarin toste Kindergeschrei. Auch aus dem oberen Stockwerk drang ein Geräusch an sein Ohr, als bewege sich jemand im Trepppenhaus. Eilig schloß Arnfried seine Tür auf und schob die Tasche in den Flur.

Es gelang ihm nicht, die Tür zu schließen. Irgendein Widerstand verhinderte das. Ein Widerstand, der sich als der Fuß eines Mannes entpuppte, der just in diesem Augenblick auf den Klingelknopf drückte.

»Herr Sänger?« fragte er, und bevor er noch seinen Ausweis herausgenestelt hatte, wußte Arnfried, wen er vor sich hatte. Dabei war das gar nicht möglich. So schnell konnten die nicht mal mit einem Hubschrauber sein, selbst wenn sein Name auf dem Anmeldezettel gestanden hätte, den er doch unausgefüllt in seiner Hosentasche …

Scheiße! Wenn die auf die Idee kamen, ihn zu filzen …

»Sie kommen von einer Reise zurück, Herr Sänger?«

Es war das beste, kein Wort zu sagen und einen Anwalt zu verlangen. Aber hätte er damit nicht etwas zugegeben?

»Ich habe bei Freunden übernachtet«, sagte er leichthin. »Ist das neuerdings wieder meldepflichtig?«

»In Ahlbeck?«

»Wieso denn Ahlbeck? In Reinickendorf.«

Er war jetzt ganz wach und ganz cool. Die sollten ihm erstmal was beweisen!

Wortlos fischte der Mann zwei dünne Bogen aus seiner Tasche und entfaltete sie. Ein Fax zeigte eine aufgeklappte Karte mit einem handgemalten Weihnachtsbaum, neben dem ein Stapel Papier lag. *Für ARNI von DOREEN* stand darunter.

Arnfried atmete tief. »Das muß 'ne Verwechslung sein«, erklärte er. »Mich nennt alle Welt Friedo.«

Der Mann blätterte ungerührt zu dem zweiten Fax um. Auf dem sonst leeren Blatt war eine Visitenkarte abgebildet.

Arnfried Sänger. Dazu die Adresse. Das 'A' war von einem dunklen Fleck überdeckt.

»Davon hatte die junge Dame zweihundert Stück unter dem Kopfkissen«, sagte der Mann. »Sollte wohl 'ne Weihnachtsüberraschung werden.«

Eva Weickart

Mir zuliebe

»Ach, Kind! Kannst du denn wirklich nicht kommen?«

Wie Katja diesen Tonfall haßte! Mit dem hatte ihre Mutter sie fast ihr ganzes Leben lang in Schach gehalten. Und selbst am Telefon büßte diese Mischung aus wohlmeinender Erpressung und autoritärer Mütterlichkeit selten etwas von ihrer Wirkung ein. Katja Pattberg zog die Augenbrauen hoch und atmete tief durch. Du bist eine selbstbewußte junge Frau von achtundzwanzig Jahren, redete sie sich gut zu. Du hast einen Beruf, den du liebst, eine Wohnung für dich allein und auch sonst kannst du nicht klagen ... »Nein, Mutter! Es geht wirklich nicht!« sagte sie so beherrscht wie möglich. Katja stand abrupt auf, ging ohne Rücksicht auf die Telefonschnur fünf Schritte ans Fenster und schaute grimmig auf den betongrauen Vorplatz des Präsidiums hinunter. Der Platz paßte zur Farbe des Himmels und zu ihrer Stimmung. Seit das Einwohnermeldeamt aus dem Erdgeschoß ausgezogen war, war der Platz zu allem Übel auch noch meistens menschenleer.

»Ach, Katja, bitte! Mir zuliebe!« quengelte die Stimme am anderen Ende der Leitung.

»Aber, Mama! Ich hab' dir doch schon letzte Woche gesagt, daß es nicht geht!« sagte Katja, nun doch langsam zornig. »Wie oft soll ich es dir denn noch sagen? Es geht nicht!« Beinahe hätte sie es geschafft, die von Amts wegen geringelte Telefonschnur für immer glattzuziehen. Seit einer Woche rief ihre Mutter ständig an. Ob zu Hause oder im Dienst. Die Kassette in ihrem Anrufbeantworter daheim war bereits ein Lehrstück mütterlicher Beharrlichkeit. Und die Kollegen im Dienst grinsten schon, sobald ihr Telefon klingelte. So konnte das nicht weitergehen ...

»Aber Kind! Ich habe mich doch schon so auf Weihnachten gefreut. Vater auch!« flötete ihre Mutter plötzlich in den höchsten Tönen.

Katjas Nackenhaare kräuselten sich beim Wort Vater. Vater! Gemeint war der Mann, der ihre Mutter vor knapp neunundzwanzig Jahren fahrlässig geschwängert hatte und aus dieser einmaligen, rein biologischen Angelegenheit nicht nur Herrschaftsrechte ableitete, sondern auch das Recht auf lebenslanges Muffeln. Der und sich freuen! Dieser Mensch wußte allenfalls, wie man Freude schreibt, nicht aber, wie man sie empfindet. Ihr gegenüber schon gar nicht. »Das glaubst du ja wohl selber nicht, daß Vater sich freut«, platzte es aus Katja heraus. »Das wäre ja das erste Mal, daß er sich über meine Anwesenheit freut. Ja, wenn Weihnachten und Ostern auf einen Tag fallen ... dann vielleicht ...«

»Doch er freut sich ganz bestimmt! Es ist doch Weihnachten! Und du warst schon so lange nicht mehr zu Hause. Das ganze muß doch mal ein Ende haben mit eurer Streiterei. Das macht mich noch ganz krank. Sei doch nicht so! Er ist doch dein Vater!« beharrte ihre Mutter. »Also, versuch doch deinen Dienst zu verlegen. Ja? Mir zuliebe? Wenigstens dieses Jahr möchte ich dir deine Geschenke nicht erst Tage nach der Bescherung geben!«

»Schöne Bescherung!« knurrte Katja. Letztes Jahr hatte sie am zweiten Weihnachtsfeiertag unter strengster Bewachung durch ihren Vater die Geschenke ausgepackt und sich geschworen, nie wieder etwas von ihm anzunehmen. Ihre Mutter war herumgeflattert wie ein aufgescheuchtes Huhn und hatte vom vielen Friedenstiften nur Kopfschmerzen gekriegt. »Versteh doch, Mama! Es geht wirklich nicht! Der Dienstplan steht fest, und ich habe eben über Weihnachten Dienst. Und dir zuliebe wird kein Kollege mit mir tauschen. Da kann man eben nichts machen.« Katja grinste boshaft. 'Da kann man nichts machen!' war der Standardspruch ihres Vaters, wenn er wie üblich alle guten Argumente vom Tisch wischte.

»Nichts machen!« schnaubte es entrüstet am anderen Ende der Leitung. »Letztes und vorletztes Jahr hattest du auch

Dienst. Und Ostern auch. Pfingsten warst du dann im Urlaub«, zählte die Mutter Katjas familiäre Negativbilanz auf. »Nie denkst du an mich!«

Und wenn es nach mir ginge, hätte ich bis Weihnachten 2045 durchgängig Dienst, dachte Katja. Laut sagte sie: »Das ist nun mal so bei der Kripo. Die meisten Kollegen haben Familie, und wir Ledigen müssen eben an solchen hohen Fest- und Feiertagen besonders ran. Wir können uns überhaupt nicht dagegen wehren.« Katja hatte wie im Jahr zuvor nicht den leisesten Versuch einer Gegenwehr gegen den Dienstplan gestartet. Ihr konnte das nur recht sein. Eine bessere Ausrede – oder sollte sie besser sagen, Alibi? – konnte sie sich gar nicht wünschen. Pflichterfüllung hatte man in ihrer Familie doch immer ganz groß geschrieben …

»Du hast auch eine Familie!« sagte die Mutter spitz.

»Nicht schon wieder diese Diskussion, Mutter!« Katja war knapp davor, die Beherrschung zu verlieren. »Dieses Kapitel ist ein für alle mal zwischen uns erledigt. Vater kann mir gestohlen bleiben und ich ihm. Und nur weil du Weihnachten sentimental wirst, soll ich gute Miene zum bösen Spiel machen und mir seine dauernden Beleidigungen anhören. Oder mir wieder vorrechnen lassen, wieviel ihn die Geschenke für mich gekostet haben und daß ich sie eigentlich gar nicht verdient hätte.« Sie funkelte das Fahndungsplakat an der gegenüberliegenden Wand an, als hätte der Gesuchte ihr persönlich etwas getan.

»Vater meint das nicht so, Kind. Du kennst ihn doch. Was soll ich denn bloß machen? Ich hab doch nur dich! Komm doch am Heiligen Abend auf einen Sprung vorbei. Es ist ja nicht weit zu uns vom Präsidium aus. Ich koche uns auch was Schönes. Rotkohl magst du doch so gern. Mit Äpfeln. Und Nelken. Oder wenigstens zum Kaffee am ersten Feiertag. Ich hab extra viel Lebkuchen gebacken für dich. Ist es denn zuviel verlangt, daß ich mein einziges Kind Weihnachten sehen möchte? Du kannst doch nicht dauernd im Dienst sein«, redete sich die Mutter in Rage.

»Bin ich aber! Die ganzen Feiertage über. Heiligabend und

die zwei Weihnachtsfeiertage. Silvester auch. Verbrecher halten sich nämlich nicht an Feiertage!« übertrieb sie ihre Situation. »Gerade an Feiertagen gibt es die meisten Delikte in Familien. Da sitzen sich die Leute auf der Pelle und haben unendlich viel Zeit, sich gegenseitig die Köpfe einzuschlagen«, schob sie genüßlich hinterher. Sie spürte regelrecht, wie ihrer Mutter ein Schauer über den Rücken lief. Die heilige Familie! Am Weihnachtsabend unterm Christbaum! Die perfekte Idylle!

»Du hättest doch einen anderen Beruf lernen sollen. Einen, der auch geregelte Arbeitszeit kennt und Feiertage respektiert«, meckerte ihre Mutter.

»Arzthelferin oder Friseuse meinst du wohl!« schnitt Katja ihr das Wort ab und trat ungeduldig von einem Bein aufs andere. Sie hatte zur Kripo gewollt, seit sie denken konnte, und hatte sich gegen alle familiären Widerstände durchgesetzt. Ihre Mutter hatte jahrelang nur die Hände gerungen und »Ach, Kind!« gemurmelt, wenn die Rede darauf kam. Ihr Erzeuger hatte mehr Worte gefunden, wenn auch nur höhnische. Für ihn waren Kripobeamte Männer. Und Frauen allenfalls Politessen. Mit denen führte er seit Jahren einen erbitterten Kleinkrieg um jedes Strafmandat. Vor zwei Jahren am Geburtstag ihrer Mutter hatte Katja ihm einmal ganz ruhig erklären wollen, daß die Strafmandate von städtischen Angestellten verhängt werden und nicht von Polizistinnen. Genauso gut hätte sie eine Straßenlaterne zum Polka tanzen überreden können. Wenn er wüßte, daß sie seit kurzer Zeit im Mainzer Polizeipräsidium im K/11 Kapitalverbrechen – früher K/1 Delikte gegen das Leben – saß und von Brandstiftung bis Mord alles miterleben durfte, was Menschen einander so antaten, hätte er wohl seinen endgültigen Zusammenbruch genommen. Ihrer Mutter hatte sie es unvorsichtigerweise gesagt und sich dann anhören dürfen, daß ausgerechnet die Frau, die sie unter Schmerzen geboren hatte, nun aus lauter Sorge um das seelische Wohl ihres Kindes nachts kein Auge mehr zutun würde. »Du Mutter, ich muß jetzt Schluß machen. Ich kann im Dienst nicht so lange Privatgespräche führen«, würgte Katja das Gespräch ab.

Nach ein paar Höflichkeitsfloskeln und Beteuerungen, sich sobald wie möglich wieder zu melden, gelang es ihr tatsächlich, den Hörer aufzulegen. Sie ließ sich auf ihren Schreibtischstuhl fallen und legte die Füße hoch. Der Kollege von nebenan stand grinsend im Türrahmen und streckte ihr eine Tasse Kaffee entgegen.

»Deine Mutter mal wieder?« fragte er, als er ihr den Becher reichte.

Katja nahm einen großen Schluck Kaffee. »Wer sonst?« antwortete sie matt. »Sie nervt mich seit Tagen mit Weihnachten. Als ob ich nichts Besseres zu tun hätte, als ausgerechnet Weihnachten in den Schoß der lieben Familie zu kriechen.«

»Und? Hast du was Besseres zu tun?«

»Hier an diesem Schreibtisch sitzen, während alle anderen sich zu Hause um die Christbäume scharen und Stille Nacht singen. Das ist momentan meine Vorstellung von Glück«, schwärmte Katja, jäh unterbrochen vom Klingeln des Telefons.

»Pattberg. K/11.«

»Ich bin es noch mal, Katja!«

Katja schnitt eine Grimasse und scheuchte mit einer Handbewegung ihren Kollegen aus dem Zimmer.

»Hast du es dir noch einmal überlegt?« fragte ihre Mutter.

»Was soll ich mir in den vielleicht gerade verstrichenen fünf Sekunden seit unserem letzten Gespräch überlegt haben?«

»Ob du am Heiligen Abend kommst, meine ich doch!«

»Nein! Das habe ich doch schon hunderttausendmal gesagt. Ich muß arbeiten! Die Kriminellen kennen eben keine geregelte Arbeitszeit! Wenn du sie alle überreden kannst, die Feiertage über friedlich zu sein, komme ich auch nach Hause. Versprochen!«

»So kannst du nicht mit mir reden, Kind! Ich bin schließlich deine Mutter! Sag mir doch: was muß ich tun, um dich Weihnachten zu Gesicht zu kriegen?«

»Nichts, Mama!« sagte Katja tonlos.

»Muß ich etwa kriminell werden, nur um meine Tochter sehen zu können?«

»Mach was du willst, Mama! Aber hör auf, mich dauernd anzurufen. Ich muß hier auch mal arbeiten!«

»Ja, für Verbrecher hast du Zeit. Sogar Weihnachten! Aber für deine eigene Mutter …«

Den Rest des Satzes hörte Katja nicht mehr, weil sie einfach aufgelegt hatte.

Die paar Diensthabenden hatten sich am Heiligen Abend beim Kriminaldauerdienst versammelt und spielten Stadt Land Fluß. Anstelle von Tier, Name, Beruf hatten sie sich auf Krimititel, Krimi-Detektivinnen (respektive Detektive mit Rücksicht auf die männlichen Kollegen im Raum) und Delikte geeinigt. Wenigstens stand in diesem Zimmer kein Plastiktannenbaum, und niemand kam auf die abwegige Idee, Lieder vom Frieden auf Erden und den Menschen ein Wohlgefallen zu singen. Letztes Jahr am Heiligen Abend hatte einer der Kollegen stündlich angesagt, was er gerade zu Hause verpaßte. Mit dem Lametta am Weihnachtsbaum hatte er angefangen, und Stunden später hatte er eine Träne um die verpaßte Weihnachtsgans zerdrückt. Dieses Jahr weinte niemand. Nicht einmal die Kollegin Weber, die insgeheim mit ihrem Single-Dasein haderte und an hohen Fest- und Feiertagen durchaus anfällig für sentimentale Anwandlungen war. Katja hatte nichts mehr von ihrer Mutter gehört. Allein dafür empfand sie eine so große Dankbarkeit, daß sie sich vorgenommen hatte, ihr am zweiten Feiertag einen Versöhnungsbesuch abzustatten.

Ihr fiel partout keine Detektivin mit W ein, als das Telefon klingelte. Kollegin Weber meldete sich und schrieb in fliegender Eile mit.

»Los! Beeilung! Auf uns wartet Arbeit!« scheuchte sie Katja hoch.

Die legte nur widerstrebend den Bleistift aus der Hand. Eine Detektivin mit W, und sie wäre wieder die Schnellste in dieser Runde gewesen. Stattdessen schnappte sie sich ihre Jacke von der Rückenlehne, griff nach ihrer Tasche und rannte hinter der Kollegin her in die Tiefgarage.

Unten im Auto sagte sie plötzlich: »Warshawski. V. I. Warshawski! Von Sara Paretsky. Noch eine Minute, und ich hätte die Runde gewonnen.«

»Hoffen wir, daß wir jetzt auch 'ne Runde gewinnen!« antwortete Kollegin Weber mit leichtem Schulterzucken und fuhr los. Es war wenig los auf der Straße. Die Ampel an der Kreuzung Goethestr./Barbarossaring hatte wenig zu regeln.

»Wo fahren wir eigentlich hin und was ist passiert?« fragte Katja, als sie an der Feuerwehr vorbeifuhren.

»Gonsenheim«, sagte die Kollegin. »Irgendwo Nähe Elsa-Brändström-Straße. Hat wohl eine Familienstreitigkeit gegeben. Jedenfalls sagte der Kollege vom Revier, eine Frau habe angerufen und seelenruhig mitgeteilt, sie habe gerade ihren Mann ermordet. Jedenfalls sei er tot, und sie wolle, daß die Kripo kommt. Die sind erst mal hin und haben die Sache überprüft. Es gibt tatsächlich einen Toten. Wohl mit einem ziemlichen Loch im Schädel. Und jetzt besteht die Frau darauf, daß die Kripo kommt.«

Katja schaute auf die Uhr. Es war kurz nach 20.00 Uhr. Überhaupt keine typische Zeit für Familientotschlag am Heiligen Abend. Für den großen Frust über die Geschenke war es noch zu früh, und die Kinder und Ehefrauen wurden in der Regel auch erst später verprügelt. Hinter den hellerleuchteten Fenstern links und rechts des Bismarckplatzes herrschte offensichtlich noch eitel Sonnenschein. Nur die Ampeln zeigten beharrlich rot. Am Panzerwerk überholten sie eine einsame Straßenbahn, die in Richtung Finthen unterwegs war. Na also, dachte Katja. Es gibt außer uns auch andere vernünftige Menschen, die an solchen Tagen arbeiten, und nickte dem Straßenbahnfahrer unmerklich zu. Gonsenheim! Katja schloß die Augen und dachte nach. Hier in diesem Stadtteil war sie aufgewachsen. War hier zur Schule gegangen, hatte hier ihre ersten Feten gefeiert, Liebschaften gehabt. Bis sie fünfzehn wurde, war sie gezwungenermaßen jeden Sonntag bei Wind und Wetter mit ihren Eltern durch den Gonsenheimer Wald marschiert. Ihr Vater vorneweg, sie und ihre Mutter fünf Schritte hinterher. Wie zwei mißliebige Anhängsel. Überhaupt sah Katja ihrer Mutter verdammt ähnlich. Die gleichen grünen Augen, die gleiche, etwas himmelwärts gerichtete Nase, die gleiche Straßenköterhaarfarbe, die gleiche Körpergröße. Gott sei Dank hatte sie nicht auch noch den Charakter geerbt. Diesen Hang zum Ducken, wenn ihr Vater oder ein anderer Angehöriger des männlichen Geschlechts auftauchte. Mit zwanzig war Katja endlich ausgezogen und hatte die bedrückende Atmosphäre zu Hause hinter sich gelassen. Und doch hatte sie es von Gonsenheim nur bis in die Zweizimmerwohnung in der Mainzer Neustadt geschafft, fünf Minuten Fußweg vom Präsidium entfernt.

Die Breite Straße wird auch immer schicker, dachte sie beim abendlichen Anblick der Gonsenheimer Magistrale. In diesen Geschäften hatten sie immer eingekauft. Früher!

Die Kollegin bog von der Breiten Straße nach rechts ab und achtete sorgsam auf die Vorfahrtsregeln an den folgenden Querstraßen. Hier bin ich jahrelang jeden Tag entlanggegangen, dachte Katja emotionslos.

Ein paar Querstraßen weiter fuhr die Weber wieder nach rechts. Auf dieser Straße hatte Katja ihre ersten unsicheren Versuche auf dem Fahrrad unternommen, obwohl es in ihrer Straße, der Sackgasse mit dem Wendehammer, viel sicherer gewesen wäre. Aber da hätte permanent das väterliche Auge auf ihr geruht. Und darauf konnte sie schon damals als Sechsjährige gut verzichten. Die nächste Querstraße war eine ruhige Wohnstraße. Einige Bungalows mit großen Gärten auf der rechten Seite, links kleine weiße Reihenhäuser mit handtuchgroßen Vorgärten. Am Ende der Sackgasse standen Garagen. Es war trotz der Straßenlaternen seltsam dunkel. Auch in den Häusern. Keine Menschenseele war zu sehen. Als ob sich alle verkrochen hätten, weil etwas Schreckliches passiert war.

»Das ist ja mal eine nette Wohngegend«, meldete sich die Weber und hielt vor der Garagenfront. »Für richtig nette Familien. Und hier soll eine Frau ihren Mann erschlagen haben?«

Ein Streifenwagen blockierte gleich zwei Garagenzufahrten. Rechts daneben parkte ein großer schwarzer Wagen. Zwei Männer standen wartend neben der geöffneten Heckklappe. Einer rauchte, der andere hatte beide Hände in die Taschen seines Kittels gestopft. Im Schein der Innenbeleuchtung erkannte Katja den wannenartigen Metallsarg. Sie wollte etwas sagen, bekam aber keinen Ton heraus. Sie fürchtete sich vor dem Anblick des Körpers, der bald in diesem Sarg liegen würde.

»Hier sind wir wohl richtig.« Die Weber deutete auf das letzte Haus auf der linken Seite und fuhr ihr Auto neben das der wartenden Männer.

»Willst du nicht oder kannst du nicht?« pflaumte sie Katja an, die keine Anstalten machte auszusteigen. »Es ist immer schlimm. Gerade bei netten Familien. Also komm! Bringen wir's hinter uns! Die da«, die Weber zeigte auf die beiden Männer, »warten auch nicht gern in der Kälte.«

Katja kletterte mechanisch aus dem Auto und ging langsam hinter ihrer Kollegin auf das kleine weiße Reihenhaus zu. Die Haustür war nur angelehnt. Die Weber klingelte kurz, stieß sie auf und trat in einen Windfang. Es roch intensiv nach Kohl, vermischt mit dem leicht süßlichen Geruch von Lebkuchen. Doch da war noch ein Geruch. Undefinierbar, bleischwer und flüchtig zugleich. Katja fragte sich, ob man Gewalt und Tod tatsächlich riechen kann. Sie schloß die Augen und tappte blind hinter der Kollegin in die Diele. Hier war der merkwürdige Geruch so stark, daß sie wie unter Zwang die Augen wieder öffnete. Die kleine Frau von vielleicht fünfzig Jahren, mit fast grauen, zu einer Betondauerwelle verarbeiteten Haaren, schüttelte die beiden Streifenbeamten ab, die sich rechts und links von ihr postiert hatten, und sprang erstaunlich leichtfüßig auf sie zu. Ihre kleinen grünen Augen leuchteten intensiv. Kraftvoll schob sie auch die Weber zur Seite und breitete freudestrahlend die Arme aus. »Wie schön, daß du am Heiligen Abend doch nach Hause kommst, Katja! Ich habe schon so auf dich gewartet. Vater feiert nicht mehr mit uns. Mir zuliebe!«

Andreas Schlüter

Nur eine Kleinigkeit

Aus dem Wohnzimmer quiekten die Wiener Sängerknaben. Zum zehnten Mal hintereinander jaulten sie etwas von einer stillen und heiligen Nacht, holperten sich zum zehnten Mal über den Kratzer auf der einzigen Weihnachtsplatte hinweg, wie sie auch in den vergangenen acht Jahren über diese Stelle gestolpert waren, und fingen sich rechtzeitig vor dem nächsten Refrain wieder auf, um dem Text zum Trotze mit ihrem Gequieke der Stillen Nacht den Garaus zu machen.

Peter saß ein Stockwerk höher in seinem Zimmer und schob eine Kassette in seinen Walkman. Er hatte noch satte fünfzehn Minuten Zeit, fünfzehn wertvolle Minuten, ehe Punkt sechs der Karpfen dampfend auf dem Tisch liegen würde, wie er stets am Heiligen Abend zu diesem Zeitpunkt auf dem Tisch lag, seit Peter beißen konnte.

Er stülpte sich die Kopfhörer über die Ohren, genoß es, mit den ersten rhythmischen Baßtönen den Sängerknaben zu entfliehen, und schaute aus dem Fenster auf die schwach beleuchtete, ruhige Straße. Hier und da schwebte eine Schneeflocke auf den nassen Asphalt und schmolz sofort.

Mit einem tiefen Seufzer sammelte Peter Kraft für die bevorstehenden zwei Stunden. Auf die Minute genau wußte er, was ihm bevorstand. Bis 19.00 Uhr würde er mit seinen Eltern den Karpfen bis auf die Gräten abgenagt haben, worauf seine Mutter exakt fünfzehn Minuten Zeit hatte, die Reste des Festmahls in die Küche zu transportieren, um rechtzeitig um 19 Uhr 15 zur Bescherung fertig zu sein. Wieder würde Peter das bekommen, was er sich gewünscht hatte. Schon immer hatte er bekommen, was er sich gewünscht hatte – mit kleinen Abweichungen. Das war so sicher wie der Zeitplan. Peter erinnerte sich an die CDs aus dem letztem Jahr. Auf zwei CDs waren zwar die richtigen Musikstücke, aber von den falschen Interpreten, auf der dritten der richtige Interpret mit den falschen Stücken. Im Jahr davor bekam er sein Moutainbike, sogar in den richtigen Farben; nur war der Rahmen violett und die Gabel gelb statt umgekehrt. Ein ähnliches Dilemma erlebte Peter im vergangenen Jahr mit seiner Hose: die Marke stimmte, die Farbe und der Schnitt. Genau solch eine Hose hatte er sich gewünscht – im Sommer zu seinem Geburtstag. Im Winter war sie nutzlos, im darauffolgenden Sommer out.

Es waren Kleinigkeiten, sicher. Aber gerade das störte Peter: die Penetranz seiner Eltern, ihm nicht zuzuhören und so ständig über Details hinwegzugehen, die für sie nicht wichtig waren, für ihn aber eine Bedeutung hatten. Peter blickte auf seine Armbanduhr. Noch vier Minuten bis zum Karpfen. Er schaute wieder aus dem Fenster und überlegte, welchen Fehler die neuen Turnschuhe haben könnten, die er sich gewünscht hatte.

Eine dunkle Gestalt schlenderte langsam über den Fußweg und schien, soweit Peter es erkennen konnte, dabei auf ihr Haus zu schauen. Mit schnellen Schritten verfolgte eine zweite Gestalt die erste, die diese Verfolgung offensichtlich nicht wahrnahm. Peter drückte sein Gesicht an die Fensterscheibe und preßte sich die Hände an die Schläfen, um die Sicht vor den Reflexionen der Innenbeleuchtung zu schützen. Die zweite Gestalt wechselte in den Laufschritt, war nur noch rund zwei Meter hinter der ersten, die sich jetzt erschrocken umdrehte. Zu spät. Mit einem einzigen gezielten Hieb schlug die zweite Gestalt die erste nieder. Wie ein halbgefüllter Sack knickte die erste Gestalt in sich zusammen und knallte auf den nassen Bürgersteig. Hektisch wandte der Schläger seinen Kopf zu beiden Seiten, beugte sich über die zusammengebrochene Figur, schüttelte sie einmal kräftig, ließ sie dann wieder fallen und lief davon.

Peter riß sich die Kopfhörer herunter und stürmte hinunter ins Wohnzimmer. Eine volle Minute zu früh.

»Es ist noch nicht soweit«, bestimmte sein Vater, Kurt Albers, mit ernstem Blick auf seine Uhr.

»Draußen liegt ein Mann!« schrie Peter. »Jemand hat ihn niedergeschlagen. Ich nehme jedenfalls an, daß es ein Mann ist. Wir müssen ihm helfen!«

»Der Karpfen ist gleich fertig«, antwortete sein Vater und setzte sich an die Stirnseite des festlich gedeckten Tisches.

»Hast du mich nicht verstanden?« rief Peter aufgeregt. »Draußen liegt ein Mann auf der Straße, vermutlich bewußtlos. Ich habe gesehen, wie er zu Boden geschlagen wurde. Mit einem einzigen Schlag. Wir müssen ihm doch helfen!«

»Was hast du gesehen?« Hildegard Albers stöckelte mit dem Karpfen auf einem Teller ins Wohnzimmer.

Peter wiederholte seinen Bericht. »Wir müssen raus und nach ihm sehen!« forderte er zum dritten Mal.

»Was denn, jetzt, wo der Karpfen fertig ist?« fragte seine Mutter entsetzt. »Was geht uns das an, wenn die Leute sich nicht einmal am Heiligen Abend vertragen und sich auf offener Straße prügeln? Setz dich jetzt bitte hin zum Essen.«

Peter war fassungslos. Wie konnten seine Eltern darüber hinweg gehen, daß vor ihrer Haustür ein Mensch verletzt auf der Straße lag, und stattdessen nichts als den fetten Karpfen im Kopf haben?

Peter ging in den Flur und nahm seine Jacke vom Garderobenhaken. Sofort sprang sein Vater vom Stuhl hoch, spurtete dem ungehörigen Sohnemann hinterher, riß ihm die Jacke aus der Hand und brüllte: »Verdammt noch mal, du sollst dich hinsetzen! Wenigstens zu Weihnachten kann man doch wohl mal seine Ruhe haben und im trauten Familienkreis zusammen essen! Uns gehen diese Penner da draußen nichts an. Setz dich endlich!«

Da war es wieder, dachte Peter, das Loch in der sauberen Fassade seines Vaters. Nach außen schien immer alles pikobello zu sein, nicht nur sauber, sondern rein: das perfekte Äußere des erfolgreichen Vaters in seinen maßgeschneiderten Anzügen, die stets bis auf den Millimeter exakt geschnittenen kurzen Haare und die fast schon auffällig gepflegten Fingernägel. Niemals die Haltung verlieren, immer Herr der Lage sein, lautete das Motto seines Vaters, und er verlangte es auch von den anderen Familienmitgliedern. Und wehe, nur die geringste Kleinigkeit verletzte diese Regeln! Alles hatte immer zu stimmen, so wie jetzt: Es war Weihnachten, da gehörte das Festessen pünktlich auf den Tisch, es folgte das übliche Ritual, und genauso würde er im Büro sein »Weihnachten im Kreise der Familie« auch darstellen. Da durfte einfach keine Aufregung, nichts außerhalb des Planes passiert sein – schon gar nicht wegen eines mutmaßlichen, verblutenden Penners!

Schweigend stampfte Peter wieder zur Festtafel und ließ sich wütend auf seinen Stuhl fallen. Mutter, die Jahr für Jahr, tagein, tagaus das triste Spielchen des sauberen und durchgeplanten Familienlebens mitspielte, zupfte ihr dunkelrotes Abendkleid zurecht, stakste zur HiFi-Anlage und legte den Tonarm des Plattenspielers erneut auf den Anfang der Weihnachtsplatte. Die Wiener Sängerknaben begannen zum elften Mal *Stille Nacht* zu trällern. Vater schritt herrschaftlich in seinem schwarzen Smoking ins Wohnzimmer zurück, setzte sich auf seinen Platz an der Stirnseite und eröffnete das Ritual, indem er sich ein großes Stück vom Karpfen abschnitt.

Lustlos stocherte Peter in seinem Festessen herum. Ihm gingen die beiden Gestalten auf der Straße nicht aus dem Kopf. Seine Eltern schienen das Ereignis bereits vollkommen vergessen zu haben. Vater jedenfalls machte einen zufriedenen Eindruck, verspeiste in aufrechter, vornehmer Haltung sein Mahl; Mutters Gedanken waren offensichtlich vollständig damit ausgefüllt, für die Zufriedenheit ihres Mannes zu sorgen. Immer wieder ließ sie während des Essens ihren Blick nervös über den Tisch schweifen, um festzustellen, ob noch alles so war, wie es sich gehörte.

Schweigend verspeisten sie das traditionelle Weihnachtsessen. Unmittelbar nach dem Dessert klingelte es an der Haustür. Mutter war gerade dabei, das Geschirr vom Wohnzimmer in die Küche zu tragen, Vater zündete sich seine Weihnachtszigarre an und meckerte vor sich hin: »Himmel, wer ist das denn? Hat man denn nicht einmal Weihnachten seine Ruhe!«

»Ich geh schon«, sagte Peter schnell und lief zur Haustür. Er öffnete. Vor ihm stand ein armseliger Penner. Er trug eine alte grüne Cordhose, die zu seinen ausgelatschten, braunen Wildlederboots paßte wie Pfefferminz auf Hundekot. Darüber schlabberte ein abgewetzter Parka, wie er zur Studienzeit von Peters Vater in Mode gewesen sein mochte.

Peter legte den Zeigefinger auf den spitzen Mund, schloß die Tür bis auf einen schmalen Spalt und flüsterte dem Berber zu: »Tut mir leid, Kumpel. Aber meine Eltern geben nichts, nicht mal zu Weihnachten. Geh doch mal rüber zu den Kramers. Die sind da aufgeschlossener und haben bestimmt ein paar Mark übrig.« Gerade wollte er die Tür wieder schließen, als der Penner seinen Fuß in die Türschwelle stellte. Erschrocken sah Peter zuerst auf den Fuß, dann in das Gesicht des Bettlers. Aber das bekam er nicht zu sehen. Stattdessen wedelte vor seiner Nase ein grüner Ausweis.

»Danke für den Tip, Kleiner«, sagte der Mann. »Ich werd's mir merken, wenn ich mal ein paar Mark brauche. Aber zuerst möchte ich mit deinen Eltern sprechen. Geier mein Name. Kriminalpolizei.« Er steckte den Ausweis wieder ein. Mit der rechten Hand öffnete der Kommissar die Tür und schritt selbstbewußt, ohne weiter zu fragen, an Peter vorbei in den Flur.

»Was ist denn da los, Peter?« blökte es aus dem Wohnzimmer. »Wer ist denn da?«

»Kripo, Papa!« rief Peter ins Wohnzimmer hinter dem Kommissar her, der bereits schnurstracks in die gute Stube latschte, freundlich grüßte und sofort zum Thema kam: »Entschuldigen Sie die kleine Störung. Es ist nur eine routinemäßige Befragung. Sicher eine Kleinigkeit für Sie. Draußen auf der Straße wurde vor etwa einer Stunde ein Mann erschlagen. Sie haben nicht zufällig etwas gehört oder gesehen?«

Kurt Albers kam ebenso ohne Umschweife auf den Punkt: »Nein, wir haben natürlich nichts gesehen oder gehört. Falls es Ihnen entgangen sein sollte: Wir haben nämlich Heiligabend. Und am Heiligen Abend haben wir andere

Dinge zu tun, als am Fenster zu stehen und zuzuschauen, wie sich irgendwelche Leute die Köpfe einschlagen. Stattdessen würden wir in unserer Familie liebend gern ruhig und besinnlich Weihnachten feiern, wenn es denn möglich wäre und hier nicht eifrige Kripobeamte in die gute Stube poltern würden, ohne vorher zu fragen!« Nach dieser deftigen Ansprache erwartete Kurt Albers, daß der Kommissar sich untertänigst entschuldigen und dann schleunigst verschwinden würde.

Doch der setzte sich in einen Sessel, griff in den Parka, zerrte ein Päckchen Tabak hervor und begann, sich eine Zigarette zu drehen.

»Es tut mir auch leid, daß die Täter sich die Feiertage der braven Bürger nicht rot im Kalender ankreuzen«, sagte der Kommissar fast beiläufig, da seine wesentliche Konzentration von dem Drehen der Zigarette in Anspruch genommen wurde. »Aber nun ist es eben passiert, und ich muß alle Anwohner dieser Straße befragen. Sonst heißt es noch, ich würde für Ihre Steuergelder nicht ordentlich arbeiten.«

Kurt Albers verschlug es die Sprache. Seine Frau verhinderte, daß ein peinliches Schweigen den Raum ausfüllte. Sie tippelte ins Wohnzimmer und blickte entsetzt auf den ungeladenen Besucher: »Mit den dreckigen Schuhen auf dem Wohnzimmerteppich! Junger Mann, ziehen Sie die Schuhe aus, aber sofort!«

Peters Vater hatte seine Sprache mittlerweile wiedergefunden. »Nun mach doch nicht so einen Wind, Hildegard«, sagte er. »Der Kommissar will ja sowieso gleich wieder gehen.«

»Warum ist er denn überhaupt gekommen?« wollte Hildegard Albers wissen, die in der Küche nichts mitbekommen hatte. Ihr Mann erklärte es ihr und versicherte gegenüber dem Kommissar auch im Beisein seiner Frau noch einmal ausdrücklich, daß sie nichts gesehen oder gehört hätten.

»Ich begleite Sie noch eben zur Tür«, bot er dem Kommissar am Schluß seiner Erklärungen an.

»Aber wieso?« rief Peter dazwischen. »Ich habe doch etwas gesehen!«

Der Kommissar ließ sich wieder in den Sessel fallen, suchte in seinem Parka nach einem Feuerzeug, fand es, zündete sich seine Zigarette an, inhalierte genüßlich den ersten Zug, blies den Qualm quer über den sauber abgeräumten Tisch und wandte sich an Peter: »So, so, du hast also etwas gesehen. Was denn?«

Hildegard sah Kurt hilflos an, der tötete seinen Sohn mit den Blicken. Jetzt hatten sie den Kommissar endgültig auf dem Hals, weil der Herr Sohn sein Maul nicht halten konnte über irgendeine lächerliche Lappalie! Peter erzählte dem Kommissar seine Beobachtungen.

»Warum hast du das denn deinen Eltern nicht erzählt?« fragte der Kommissar, nachdem Peter mit seinen Ausführungen fertig war.

»Hab ich ja«, antwortete Peter trotzig.

»Na, das kann doch gar nicht sein«, erklärte der Kommissar mit einem süßlichen Lächeln. »Deine ehrenwerten Eltern haben doch gerade eben offiziell vor der Polizei versichert, daß sie nichts gehört hätten. Oder, Herr Albers?«

Kurt Albers, der die ganze Zeit mit verschränkten Armen mitten im Wohnzimmer gestanden hatte, ließ sich resigniert in einen Sessel plumpsen.

»Na schön«, murmelte er. »Unser Sohn hat davon kurz erzählt. Na und? Wir wollen wenigstens Weihnachten unsere Ruhe haben, statt uns um die Schlägereien wildfremder Leute zu kümmern, auch wenn Sie dafür vielleicht wenig Verständnis haben.«

»Wildfremde Leute?« wunderte sich der Kommissar. »Ich habe doch noch keinen Namen genannt.«

»Wir kennen keine Leute, die sich die Köpfe einschlagen, schon gar nicht am Heiligabend«, antwortete Kurt Albers bestimmt.

»Sie kennen also keinen Mann namens Herbert Kran?«

Das Klirren eines Glases tönte in die nachfolgende Stille. Hildegard Albers hatte ihr Rotweinglas fallenlassen.

»Oh Gott!« hauchte sie aus einem bleich gewordenen Gesicht.

»Sie kennen ihn?« fragte der Kommissar nach.

»Ich? Äh, wieso? Nein, äh, natürlich nicht. Mein Gott, der Rotwein«, stammelte Hildegard und rannte aus dem Wohnzimmer.

»Schade«, sagte der Kommissar. »Ich dachte, die Zahl auf der Kinokarte des Opfers hätte mit diesem Haus zu tun.«

»Was für eine Kinokarte?« erkundigte sich Peter.

Kommissar Geier erklärte es ihm: »Im Portemonnaie des Toten haben wir eine Kinokarte gefunden. Vom Ufa-Kino für eine Vorstellung von vorgestern. Auf der Rückseite war handschriftlich eine Zahl notiert: 86. Und hier ist zufällig Hausnummer 86. Das ist doch merkwürdig, nicht wahr? Das Opfer notierte sich keine Adresse, sondern nur eine Zahl. Sollte es sich tatsächlich um eine Hausnummer handeln, liegt es nahe, daß ihm die Straße so gut bekannt war, daß er sie sich nicht zu merken brauchte. Nur die Hausnummer notierte er zur Sicherheit. Und zwei Tage später wird er genau vor dieser Hausnummer erschlagen.«

»Na und?« wandte Kurt Albers ein. »Was bedeutet das schon? Eine 86 kann doch alles mögliche heißen.«

»Zum Beispiel?«

»Zum Beispiel ...« platzte Kurt Albers los, stockte dann aber. Ihm fiel auch nichts Gescheites ein.

»Also«, begann der Kommissar von vorne. »Wenn es eine Hausnummer ist, dann könnte sehr gut diese Hausnummer gemeint sein. Und das bedeutet, daß er in diesem Haus jemanden kannte. Was wollte er am Heiligabend in dieser Straße mitten in Blankenese, wenn er hier niemanden kannte?«

Peter verließ das Wohnzimmer. Seine Mutter kam dafür wieder herein und begann, den Rotweinfleck aus dem Teppich zu wischen.

»Sie kannten also auch keinen Herbert Kran, Frau Albers?« fragte der Kommissar ernst. »Sie kamen ja durch Ihr Malheur noch nicht richtig dazu zu antworten.«

»Nein, kenne ich nicht«, sagte Hildegard Albers mit leiser Stimme, ohne vom Boden aufzublicken.

»War es so eine Kinokarte?« fragte Peter, der wieder im Wohnzimmer stand.

»Ja, wo hast du die denn her?« staunte der Kommissar und besah sich die Karte etwas genauer.

»Aus Mutters Portemonnaie«, erklärte Peter.

Hildegard Albers sprang auf. »Aus meinem ...!« rief sie. »Wie kommst du dazu?«

»Heute morgen sollte ich doch Kleingeld aus deinem Portemonnaie nehmen, um noch ein paar Brötchen zu holen. Da habe ich sie gesehen. Eben habe ich mich daran erinnert.«

»Wann warst du denn im Kino?« wunderte sich Kurt Albers.

»Vorgestern!« antwortete Kommissar Geier, bevor Hildegard etwas sagen konnte.

»Und wenn schon«, stammelte sie. »Warum soll ich nicht im Kino gewesen sein?«

»Aber ...« begann ihr Mann, wurde aber durch eine Handbewegung des Kommissars gestoppt. »Und Sie kannten Herbert Kran nicht?« fragte er ein weiteres Mal.

»Nein«, versicherte Hildegard. »Warum? Nur, weil ich im Kino war?«

»Allerdings!« bestätigte der Kommissar. »Haben Sie einmal beobachtet, wie die Türsteher in einem Kino die Karten abreißen?« Er wartete die Antwort nicht ab, sondern gab sie selbst. »Wenn zwei Leute, also sagen wir mal ein Pärchen, gemeinsam durch die Tür gehen, dann nimmt der Kartenabreißer beide Karten, legt sie übereinander und reißt sie gleichzeitig ab, weil es schneller geht.« Dabei fischte er die Kinokarte aus der Parkatasche und legte sie demonstrativ zur Unterstützung seiner These auf die Karte von Hildegard Albers. »Sehen Sie, Frau Albers. Exakt der gleiche Abriß. Diese beiden Karten wurden gemeinsam abgerissen.« Hildegard machte sich nicht die Mühe, sich die Demonstration des Kommissars anzuschauen. Der überging die Ignoranz und sprach weiter: »Also zumindest sind Sie so dicht mit Herbert Kran durch die Eingangstür gegangen, daß der Kartenabreißer dachte, sie gehören zusammen. Und dann notierte Herbert Kran sich Ihre Hausnummer auf seiner Karte, vermutlich, weil er Sie besuchen wollte, sich aber die Nummer nicht merken konnte, und wird zwei Tage später vor Ihrer Haustür erschlagen. Aber selbstverständlich kannten Sie ihn nicht.«

Hildegard Albers schluckte. Tränen traten in ihre Augen.

»Du warst mit einem fremden Mann im Kino?« fragte ihr Mann unerbittlich nach.

»Was geht dich das an, mit wem ich im Kino war?« schluchzte Hildegard. »Wann warst du denn mit mir das letzte Mal im Kino?«

Kurt Albers antwortete nicht. Peter nahm ihm die Aufgabe ab. »Vor neun Jahren«, sagte er. »Ich bin damals bei Oma geblieben, als sie noch lebte.«

Peter konnte sich genau erinnern, denn nur zwei Wochen später war seine Großmutter gestorben. Und von dem Moment an war es mit den gemeinsamen Abendunternehmungen seiner Eltern vorbei. Er wußte, daß seine Mutter gern ins Theater oder ins Kino ging, aber für seinen Vater kam ein Kindermädchen nicht in Frage. Dabei war es keine Frage des Preises, sondern des Prinzips. Vater wollte, vor allem für die Außenwelt, eine intakte Familie, und da paßte ein Babysitter nicht ins Bild. Später, als Peter größer war, hatte sich die Kontinuität der Langeweile dann unmerklich ins Eheleben seiner Eltern hineingefressen, wie der ruhige Strom eines Flusses ein Ufer aushöhlt: gemeinsame Unternehmungen gab es nicht mehr.

»Was spielt das jetzt für eine Rolle, wann ich mit deiner Mutter das letzte Mal im Kino war?« raunzte sein Vater Peter an. »Ich will wissen, mit wem du im Kino warst, Hildegard!«

»Mit Herbert Kran, 43 Jahre alt, geboren in Saarbrücken, seit dreizehn Jahren mit erstem Wohnsitz in Hamburg-Elmsbüttel, Besitzer eines Sportcenters in Eppendorf, ledig, gestorben vor eineinhalb Stunden hier vor Ihrer Haustür«, leierte Kommissar Geier herunter. »Wo waren Sie denn eigentlich vor zwei Tagen, wenn Sie nicht einmal wissen, daß Ihre Frau im Kino war?«

»Ich? Was spielt das für eine Rolle, wo ich war? Ich war im Büro. Ich habe öfters abends zu tun«, erklärte Kurt Albers.

»Ohne deinen Terminkalender und deine Aktentasche?« fragte Peter verblüfft. Alles würde seinem Vater passieren, aber niemals, daß er seine Geschäftsunterlagen vergaß, wenn er ins Geschäft fuhr.

»Woher willst du denn das wissen?« schnauzte sein Vater zurück.

»Ich kam gegen halb acht abends nach Hause, um mir ein paar frische Sachen zu holen. Denn vorgestern abend habe ich bei Patrick übernachtet, weil seine Eltern im Urlaub sind. Ich wollte Bescheid sagen, daß ich gehe, aber Mutter war nicht da – und du auch nicht. Ich habe noch im Arbeitszimmer nach dir gesucht. Dort lag nur dein Terminkalender auf dem Schreibtisch, und deine Aktentasche stand auf ihrem Platz links neben dem Schreibtisch.«

»Sie waren demnach zu Hause, haben Ihre Arbeitsmaterialien abgelegt, um dann wieder ins Büro zu fahren?« wunderte sich der Kommissar.

»Du warst zwischendurch zu Hause?« erkundigte sich Hildegard. »Aber du sagtest doch, du seist bis spät in der Nacht im Büro?«

Kurt Albers rieb sich nervös die Hände. »Mein Gott, ist es denn so außergewöhnlich, daß ein Mann nach der Arbeit nach Hause kommt? Es hatte sich in der Planung eben etwas geändert. Ich war abends nicht im Büro, sondern mit Geschäftspartnern essen. Vorher war ich noch zu Hause und habe mich etwas frisch gemacht.«

»Wann war das genau?« wollte der Kommissar wissen.

»Der Termin war um 19 Uhr. Ich bin wohl so gegen halb sieben aus dem Haus gegangen.«

»Und Sie haben sich nicht gewundert, daß Ihre Frau nicht daheim war? Vor fünf Minuten waren Sie doch so erstaunt, daß Ihre Frau im Kino war?« Der Kommissar richtete sich etwas auf und sah Kurt Albers direkt in die Augen. Kurt Albers wich dem Blick aus. Er nahm einen tiefen Schluck aus seinem Rotweinglas und schenkte das Glas wieder voll.

»Ich dachte, sie wäre noch einkaufen«, sagte er schließlich. »Kurz vor Weihnachten hat man ja schließlich noch einige Besorgungen zu machen.«

Peter konnte sich ein Lächeln nicht verkneifen. Als der Kommissar ihn fragend anguckte, erläuterte er seine Reaktion. Er zeigte auf den Stapel Geschenke, der unter dem Tannenbaum lag. »Eigentlich hätten wir seit ...«, Peter unterbrach sich und schaute auf die Armbanduhr, »... exakt 12 Minuten Bescherung. Aber das macht nichts. Ich kann Ihnen auch so sagen, was in den Paketen steckt. Sehen Sie, diese drei Päckchen in dem geblümten Geschenkpapier sind von meinem Vater für meine Mutter. Im ersten ist eine Flasche des teuersten Parfums, im zweiten eine Brillantkette aus der neuesten Kollektion und im dritten eine Porzellanpuppe von der Art, wie meine Mutter sie sammelt. Es ist jedes Jahr das gleiche, immer in denselben Geschäften gekauft, die schon von sich aus im November die Waren für meinen Vater reservieren.«

»Super!« grunzte Kurt Albers. »Damit hast du uns die letzte Freude für diesen Abend auch noch genommen.«

»Ach du liebe Zeit!« antwortete Peter. »Wir wissen es doch alle sowieso im Voraus. Genauso wie bei diesen Paketen, im schlichten vornehmen Grau eingewickelt. In diesem sind Papas Lieblingszigarren, die er jedes Jahr bekommt, in jenem ist ein neues Rasierwasser, und dort sind drei neue Hemden. Also wirklich, bei uns ist doch niemand noch abends unterwegs, um Weihnachtsbesorgungen zu machen. Und Lebensmittel kauft meine Mutter grundsätzlich vormittags, weil ...«

»Jetzt ist es aber genug, Peter!« ging Kurt Albers dazwischen. »Ich glaube nicht, daß den Kommissar deine tiefenpsychologische Familienanalyse sonderlich interessiert.«

»Oh doch, durchaus«, wandte der Kommissar ein. »Denn

ich frage mich nach wie vor, wieso Sie Ihre Frau nicht vermißt haben, als sie nicht zu Hause war.«

»Weil er mich nie vermißt hat in den letzten Jahren«, antwortete Hildegard mit zitternder Stimme. »Ich wette, er hat nicht einmal bemerkt, daß ich nicht da war.«

»Oder Sie haben es vermutet oder sogar gewußt, Herr Albers«, entgegnete der Kommissar.

»Was soll ich gewußt haben?« Kurt Albers versuchte, soviel Überraschung wie möglich in seine Frage zu packen.

Kommissar Geier ließ sich davon allerdings nicht beeindrucken. »Daß Ihre Frau ein Verhältnis mit Herbert Kran hatte.«

Peter sah gespannt zu seiner Mutter. Seine Mutter? Ein Verhältnis mit einem anderen Mann? Das wäre ein Schlag gegen die Familienfassade wie mit einer Abrißbirne.

Hildegard Albers vergrub ihr Gesicht in den Händen und begann zu heulen. Kurt Albers kümmerte sich nicht um die Frage des Kommissars, sondern knallte lieber seinerseits seiner Frau eine Frage ins Gesicht wie eine Ohrfeige: »Seit wann?«

»Seit zwei Jahren«, schluchzte sie.

Die Abrißbirne hatte zugeschlagen.

»Was? Du betrügst mich seit zwei Jahren?« polterte Kurt Albers los.

»Sie haben natürlich nichts gewußt, Herr Albers?« unterbrach der Kommissar.

»Natürlich nicht!« brüllte Peters Vater, erschrak selbst über seinen Gefühlsausbruch und riß sich sofort wieder zusammen. Im leisen, gemäßigten Ton fügte er an: »Was glauben Sie denn?«

»Ach, dann war das Herbert Kran, der hier öfter im Auto auf dich gewartet hat?« fragte Peter seine Mutter. »Der in dem grünen Polo?«

Hildegard starrte verdutzt ihren Sohn an. »Was für ein Mann im grünen Polo? Herbert hat mich noch nie besucht. Ich weiß auch nicht, was er heute abend hier wollte. Ich befürchte fast, er wollte Kurt zur Rede stellen. Wir hatten in letzter Zeit öfter Auseinandersetzungen deswegen. Vermutlich hat er mich deshalb auch im Kino nochmal nach meiner Hausnummer gefragt.«

»Moment, Moment«, unterbrach sie der Kommissar. »Was für ein Mann im grünen Polo?«

»Naja«, antwortete Peter. »Seit etwa einem halben Jahr tauchte hier öfter ein grüner Polo auf. Der Mann blieb immer im Wagen sitzen. Manchmal sogar fast eine Stunde lang. Und immer, wenn meine Mutter aus dem Haus ging, fuhr er los.«

»Also, Herbert war das nicht«, beteuerte Hildegard. »Ich kenne keinen Mann im grünen Polo. Ich habe auch nie einen bemerkt.«

Kommissar Geier rollte mit den Augen, stand kurz vom Sessel auf, zog seinen Parka aus, warf ihn über die Sessellehne und setzte sich wieder. »Ich habe das Gefühl, es dauert doch etwas länger«, erklärte er. »Denn der Mann im grünen Polo wird kaum der Milchmann gewesen sein, der sich nie ins Haus traute. Aus meiner Erfahrung sieht es so aus, als hätten Sie Ihre Frau beschatten lassen, Herr Albers.«

»Wie kommen Sie denn darauf?« fragte Kurt Albers unsicher nach.

»Ich habe so etwas selbst oft genug gemacht«, erklärte der Kommissar. »Ich kann Ihnen sagen: ganz schön langweilig, so eine Observation. Glauben Sie mir, stundenlang im Auto vor einem Haus zu sitzen, das macht niemand freiwillig. Wir können das ganze natürlich auch umständlich überprüfen lassen, aber irgendwann bekommen wir es raus. Oder wollen Sie nicht gleich zugeben, daß Sie Ihre Frau haben beschatten lassen?«

»Mein Gott, und wenn schon!« Kurt Albers rieb sich nervös die Hände. »Ich wollte wissen, wieso meine Frau so oft nicht zu Hause war, wenn ich unterwegs gewesen bin. Immer, wenn ich angerufen habe, weil ich irgendetwas brauchte, war sie nicht da.«

»Du hast mich beschatten lassen?« Hildegard konnte es nicht fassen.

»Na, glaubst du denn, deine lächerlichen Ausreden habe ich ernst genommen? Kosmetiksalon! Aerobic! Daß ich nicht lache. Guck dich doch mal an: Du hast doch nichts für deinen Körper getan. Rumgetrieben hast du dich mit diesem Schnösel!« Kurt Albers spürte in seiner Magengegend eine angenehme Erleichterung, ihr nach einem halben Jahr des Schweigens endlich diese Vorwürfe ins Gesicht schleudern zu können.

»Dem hat mein Körper jedenfalls gefallen!« giftete Hildegard zurück. Kurt Albers holte aus und knallte seiner Frau die flache Hand ins Gesicht. Peter zuckte erschrocken zusammen. Benommen torkelte seine Mutter drei Schritte zurück und hätte beinahe den Tannenbaum umgeworfen. Im letzten Moment konnte sie sich noch abfangen, der goldene Engel an der Spitze des Baumes wackelte wie bei einem Freudentanz.

»Jetzt ist aber Schluß, Herr Albers!« brüllte der Kommissar. »Ab jetzt reden wir Tacheles! Erstens: Seit wann haben Sie Ihre Frau beschatten lassen? Zweitens: Was wissen Sie von Herbert Kran? Drittens: Mit wem haben Sie sich vorgestern abend getroffen?«

Kurt Albers rutschte in dem Sessel in eine etwas aufrechtere Haltung, er zupfte seine Krawatte gerade und sah seitlich am Kommissar vorbei. Sein Blick fiel auf die Geschenke unterm Weihnachtsbaum, ohne daß er es wahrnahm. »Seit gut einem halben Jahr«, antwortete er schließlich auf die erste Frage. »Ich wollte wissen, was dahinter steckt. Wissen Sie, in meiner Stellung kann ich es mir nicht leisten, daß irgendwelche Eskapaden mein Ansehen beschmutzen, oder gar eine Scheidung!«

»Das darf ja wohl nicht wahr sein!« fluchte seine Frau hinter dem Kommissar. Vor Wut trat sie auf eines der Pakete, die für Kurt Albers unterm Tannenbaum bereit lagen. Peters Vermutung bestätigte sich: es waren Zigarren, die Hildegard gerade mit einem kräftigen Tritt zermalmte.

»Ich warte auf Antworten«, setzte der Kommissar nach. »Was wußten Sie alles von Herbert Kran?«

»Überhaupt nichts! Lassen Sie mich zufrieden, verdammt.« Kurt Albers gelang es, sich aus der Gefangenschaft im Sessel zu befreien. Er drängte den Kommissar beiseite, stand auf und holte sich aus dem Wohnzimmerschrank eine neue Zigarre; eine der zehn, die noch vom letzten Weihnachten übrig waren.

Geier ging ihm nach, lehnte die ihm angebotene Zigarre ab und fragte: »Sie lassen Ihre Frau ein halbes Jahr lang beschatten und wissen nichts? An Ihrer Stelle würde ich mir mein Geld zurückgeben lassen, Herr Albers.«

»Ich kann Ihnen sagen, was er erfahren hat«, schluchzte Hildegard. »Er wird erfahren haben, daß Herbert und ich einen dreiwöchigen Urlaub in die Dominikanische Republik gebucht haben. Im Januar wollten wir fliegen, wenn er heute nicht ...« Hildegards Satz ging in ein lautes Weinen über.

Kurt Albers trat nach: »Allerdings, das habe ich erfahren. Jene drei Wochen, in denen du angeblich mit Freundin Martha auf eine Schönheitsfarm fahren wolltest. Ich lache mich tot!«

»Ich wünschte, du hättest es getan!« wimmerte Hildegard ihm entgegen. »Stattdessen ist jetzt Herbert ...« Wieder endete Hildegards Rede mit einem hilflosem Glucksen.

Kommissar Geier ging der Streit der beiden Eheleute sichtbar auf die Nerven. Seufzend hakte er nach: »Und als Sie das erfahren hatten, mußten Sie handeln. Ist es nicht so, Herr Albers? Sie wollten um jeden Preis verhindern, daß aus der Reise etwas wird.«

Kurt Albers nickte. »Ich bin Generaldirektor eines der größten Ehevermittlungsinstitute Europas. Wir haben Filialen in 34 Städten allein in Deutschland. Können Sie sich vorstellen, was es für meinen Ruf bedeutet, wenn meine Frau mich wegen eines anderen Mannes verläßt? Und dann gemeinsam in den Urlaub! Womöglich wäre sie gar nicht zurückgekommen. Ein Skandal in der Firma.«

»Und dann haben Sie ein wenig nachgeholfen, daß Herbert Kran die Reise nicht antreten kann?«

»Mein Gott, der sollte doch nicht sterben. Ich habe einen

alten Freund von mir gebeten, dem Schnösel eine kleine Abreibung zu verpassen. Aber der sollte ihn doch nicht töten!«

»Du mieses Schwein!« schrie Hildegard und rannte aus dem Wohnzimmer.

Peter sah ihr traurig nach. Mehr laut gedacht als gesagt, murmelte er leise vor sich hin: »Und das hast du dich sogar fünftausend Mark kosten lassen.« Fassungslos schüttelte Peter den Kopf.

Kommissar Geier horchte auf: »Was murmelst du da? Von welchen fünftausend Mark redest du?«

»Na, unter Vaters Schreibtisch lag doch vorgestern abend eine Banderole, so eine mit denen man Geldscheine bündelt. Fünftausend Mark in Hundertern. Es ging mich ja nichts an, aber nachmittags lag die Banderole noch nicht da.«

»Ein merkwürdiger Freund«, überlegte Kommissar Geier laut. »Nicht nur, daß es für eine kleine Prügelei als Freundschaftsdienst etwas teuer ist, sondern auch, daß er es direkt vor Ihrer Haustür machte. Ihr Freund müßte doch gewußt haben, daß Sie hier wohnen?«

Hildegard betrat wieder das Wohnzimmer. Die letzten Sätze des Kommissars bekam sie gerade noch mit. »Seit wann hast du denn überhaupt Freunde?« stichelte sie.

Kommissar Geier nahm den Gedanken von Frau Albers auf. »Wie heißt denn Ihr Freund?«

»Ich weiß nicht«, antwortete Kurt Albers und ließ sich wieder in einen Sessel fallen. Er beugte sich vor und verdeckte sein Gesicht mit den Händen. »Ich habe ihn in einer Kneipe aufgetan und ihm Geld geboten, wenn er Herbert Kran eine kleine Abreibung erteilen würde. Ich gab ihm ein Foto von Herbert Kran und seine Adresse.«

Kommissar Geier ergänzte die Geschichte: »Und dieser Mann verfolgte Herbert Kran, der ausgerechnet an diesem Tag hierherkam, um Sie zur Rede zu stellen. Ihr Schläger ahnte natürlich nicht, daß er ausgerechnet vor der Tür seines Auftraggebers stehen würde. Und dann hat er auch noch eine Kleinigkeit zu stark zugeschlagen.«

»Aber ich kann doch nichts dafür«, jammerte Kurt Albers.

Er machte eine kleine Pause, um die aufsteigenden Tränen zu unterdrücken, was ihm auch gelang. Trotzdem drohte seine Stimme in ein leises Gurgeln überzugehen. »Es war doch alles ganz anders geplant. Er sollte dem Schnösel nur einen Denkzettel verpassen.«

»Ja, das war's, Herr Albers. Dann darf ich Sie bitten, mit mir zu kommen. Wenn Sie noch einen Anwalt anrufen möchten?«

»Moment!« fuhr Hildegard Albers dazwischen. »Nur noch eine Kleinigkeit.« Mit einem schnellen Schritt trat sie auf ihren Mann zu. In ihrer Hand blitzte die stählerne Klinge des Küchenmessers auf, mit dem Kurt noch zweieinhalb Stunden zuvor den festlichen Weihnachtskarpfen zerlegt hatte. Ehe Kommissar Geier reagieren konnte, stach sie zu. Kurt Albers starrte mit aufgerissenen Augen seine Frau an, faßte sich ans Herz, Blut tropfte über seine zitternden Hände. Dann kippte er vornüber und brach über dem Paket mit den neuen Oberhemden zusammen.

Peter schaute aus leeren Augen auf seinen Vater. Fassungslos wendete er den Kopf und sah, wie seine Mutter das Messer fallen ließ und weinend in die Knie sank. Hinter ihr erblickte er im Stubenschrank die goldene Wohnzimmeruhr. Er wußte selbst nicht, wieso er gerade jetzt auf die Uhr blickte. Aber er sah, daß es kurz nach zwanzig Uhr dreißig war. Und aus irgendeinem Grunde schoß ihm in diesem Augenblick in den Kopf, daß die Bescherung nun zu Ende war. Sie hatte in diesem Jahr etwas länger gedauert als sonst, aber nur eine Kleinigkeit.

Conny Lens

Schöne Feiertage

Den lege ich mir unter den Weihnachtsbaum, dachte Moni, als sie ihn so ansah. »Ihre Eltern haben 'ne Menge Knete, was?«

Patrick zuckte die Schultern. Er war vor einer Boutique stehen geblieben und sah gelangweilt ins Schaufenster.

»Und hübsch ist sie auch«, provozierte Moni ihn.

»Mensch!« Er drehte sich zu ihr um. »Das mit Julia ist längst vorbei. Da ist auch nie was Dolles gewesen.«

»So? Wo ihr sogar über Weihnachten in die Eifel wolltet. Schnee, Kaminfeuer ...« Sie ging weiter.

»Quatsch«, hörte sie Patrick hinter sich. Dann war er wieder auf gleicher Höhe. »Ein stinknormales Wochenendhaus haben ihre Eltern. Laß uns über was anderes reden.«

Es machte ihm zu schaffen, daß Julia ihn fallengelassen hatte. Julia, hinter der alle Jungs her waren.

Moni sah zur Seite. Eine Strähne seiner dunklen Haare war ihm in die Stirn gefallen. Oh Gott! Was für ein Typ! Das war ihre Chance. Wenn sie jetzt dranblieb, gehörte er ihr. Unwillkürlich fröstelte sie.

Wie selbstverständlich legte er einen Arm um sie. Moni hätte laut schreien können. »Komm, wir gehen da lang.«

Die Seitenstraße war dunkel.

»Heh, guck mal.« Vor der Auslage eines kleinen Juweliergeschäftes blieb er stehen. »Wahnsinn!«

Eine Uhr, dachte sie enttäuscht. Eine blöde Armbanduhr. Weißgold auf blauem Samt. Fünfhundertachtzig Mark. Eben hatte er noch Liebeskummer gehabt und nun ... Oh!

»Was wäre dir lieber«, fragte sie und schmiegte sich an ihn. »Ein Wochenende in der Eifel oder die Uhr?«

»Fragen stellst du.« Patrick grinste. Dann nahm er ihren Kopf zwischen seine Hände und küßte sie.

Da stand es für sie fest.

Bloß 'ne Uhr. Aber er würde sie jeden Tag tragen. Und wenn er nach der Zeit sah, würde er an sie denken müssen.

Nur, wie sollte sie an fünfhundertachtzig Mark kommen? Was sie durch Nachhilfe verdient hatte, war für Weihnachtsgeschenke draufgegangen. Und überhaupt, soviel Geld …

»Dann werde ich sie eben klauen.«

An Heiligabend herrschte Hochbetrieb in der Stadt. Eilig wurden letzte Geschenke gekauft. Die Fußgängerzone brodelte.

Fast 'ne Stunde lang beobachtete Moni den Juwelierladen. Frierend, von einem Fuß auf den anderen tretend. Dann schien die Gelegenheit günstig.

Sie ging über die Straße und trat ein. Wohlige Wärme schlug ihr entgegen. Außer ihr war nur eine dicke Frau im Laden, die gerade ihr Wechselgeld einsteckte. Und der Inhaber. Ein alter, runzliger Mann.

»Schöne Feiertage, wünsche ich Ihnen.« Der Juwelier hielt der Dicken die Tür auf und wandte sich an Moni. »Was kann ich für Sie tun, mein Fräulein?«

Moni sah sich unschlüssig um. »Ich suche ein Geschenk für meinen Vater. So etwas vielleicht.« Sie zeigte auf den obersten Vitrinenschrank.

»Ein Brieföffner aus Sterlingsilber. Ich hole ihn mal herunter.« Eifrig zog er eine Leiter heran und stieg hinauf.

Ohne ihn aus den Augen zu lassen, schob Moni sich an das Schaufenster. Streckte langsam ihre Hand aus, fühlte das kalte Metall an den Fingerspitzen und … Mit leisem Klirren verschwand die Uhr in ihrer Manteltasche.

»Äh, ich hab's mir anders überlegt«, sagte sie.

»Schade.« Wieselflink war der Alte von der Leiter, legte den Brieföffner auf den Ladentisch und kam zur Tür.

Moni lächelte. »Wiedersehen.«

»Moment.« Er packte ihr Handgelenk und zog es aus der Tasche. »Du glaubst wohl, ich bin blind, Mädchen.«

»Was soll das?« Sie versuchte ein empörtes Gesicht.

Mit einem triumphierenden Grinsen hielt er die Uhr hoch. »So. Dann komm mal mit, du kleine Schlampe.« Seine dünnen Spinnenfinger umkrallten ihren Arm.

»Heh! Laß mich los, Alter!«

Unbeirrt zerrte er sie am Ladentisch vorbei auf eine dunkle Tür im Hintergrund zu. »Ich werde dir zeigen, was ich mit kleinen diebischen Mädchen mache.«

»Du sollst mich loslassen, verdammt!« Ihre freie Hand ruderte durch die Luft.

Und dann sah sie den Brieföffner. Genau vor ihr. Zweimal stieß sie zu. Der Alte schnappte nach Luft, griff ins Leere und sackte lautlos zu Boden

Niemand achtete auf sie, als sie auf die Straße trat.

Patrick! Er mußte ihr helfen. Wie, wußte sie selbst nicht, aber ... Er war der Einzige, der jetzt ...

Irgendwie fand sie eine Telefonzelle. Die ersten Münzen klimperten auf den Boden, so zitterten ihre Hände.

»Ja, Bader«, meldete sich seine dunkle Stimme.

»Patrick! Du mußt mir helfen. Ich bin am Domplatz, in dem Cafe an der Ecke. Bitte, komm sofort. Es ist wichtig.«

»Moment«, kam es aus dem Hörer. »Ich glaube, du willst meinen Bruder sprechen.«

»Wie? Ach so. Ja, natürlich. Kann ich ihn haben?«

»Geht nicht. Er ist nicht da.«

Moni schloß die Augen. »Wann kommt er denn wieder?«

»Ich denke, nach Weihnachten.«

»Wa ... was?«

»Sie sind heute früh in die Eifel gefahren. Julia und er.«

Der Hörer fiel ihr fast aus der Hand.

»Heh! Hallo! Ist irgendwas?«

Sie schluckte. »Nein, da ... danke.«

»Na dann«, sagte die Stimme. »Schöne Feiertage.«

Über die Autoren

Leo P. Ard besitzt einen Paß auf den Namen **Jürgen Pomorin** und ist angeblich 1953 geboren. Er kann sich nicht entscheiden, ob er lieber in Bochum, Hamburg, Berlin oder Son Carrio/Mallorca lebt. Wenn er nicht zwischen diesen Orten hin- und herpendelt, schreibt er Drehbücher und Kriminalromane. Zusammen mit Reinhard Junge schrieb er *Bonner Roulette, Das Ekel von Datteln, Das Ekel schlägt zurück, Die Waffen des Ekels, Meine Niere, deine Niere,* zusammen mit Michael Illner *Gemischtes Doppel* und *Flotter Dreier*. Seine satirische Ader tobte er in *Die Miteßzentrale* aus (alles bei GRAFIT erschienen).

Karl-Heinz Diesmann, 1956 in Ahlen/Westfalen geboren, lebt seit 1980 in Bochum; arbeitet in einem Kfz-Sachverständigenbüro, wo er Texte korrigiert und redigiert.

Eigene Texte in Zeitschriften und Anthologien. Von 1989 bis 1991 Redakteur der in Essen erscheinenden Literaturzeitschrift *jeder art* (immer noch empfehlenswert: die Doppelnummer 5/6 zum Thema 'Mord und Totschlag'). Auf sein Konto beim GRAFIT Verlag gehen: ein mörderisch ehrgeiziger Schauspieler (in: *Good bye, Brunhilde*), ein mörderischer Grabungsfund (Gemüse-Krimis), eine mörderisch verkorkste Bergmannsfamilie (Geburtstags-Krimis), ein Geheimnis von nationaler Bedeutung (Sport-Krimis). Und natürlich ein Rentierdetektiv.

Jan Eik, 1940 im Berliner Osten geboren, hat es bis heute dort ausgehalten. Erfahrungen mit dem real existierenden Gesellschaftssystem und seinen Spätfolgen sammelte er in drei Jahrzehnten als technischer Assistent, Fernstudent, Ingenieur und Diplom-Ingenieur, bevor er sich 1987 endgültig entschloß, freiberuflicher Krimi-Autor und Publizist zu werden; Gründungsmitglied der Sektion Kriminalliteratur im Schriftstellerverband der DDR.

Neben Reportagen, Erzählungen, Fernsehszenarien und

Jazzkommentaren schrieb Eik u. a. die Komödie *Freitagabend oder Ehe der Spaß ein Ende hat* (Uraufführung 1984), über 20 Kriminalhörspiele (u. a. *Der letzte Anruf*, 1990; *Heimkehr*, 1991; *Jerry Cotton: Born in Bärenstein*, 1992) und den Report über ein nicht stattgefundenes Honecker-Attentat: *Tod eines Ofensetzers* (1990). Mit *Das verlorene Gesicht* beteiligte er sich an der Anthologie *Good bye, Brunhilde* (GRAFIT, 1992) und mit *Zum ewigen Angedenken* an *Der Mörder ist immer der Gärtner* (GRAFIT, 1993).

Kriminalromane: *Das lange Wochenende* (1975); *Poesie ist kein Beweis* (1986, 1991 auch in Schwedisch); *Der siebente Winter* (1989; 1990 als bester DDR-Krimi mit dem Handschellen-Preis der Sektion Kriminaliteratur ausgezeichnet); *Dann eben Mord* (1990); *Wer nicht stirbt zur rechten Zeit* (1991).

Uwe Erichsen, geboren 1936, Elektrikerlehre, Fachabitur und Ingenieurschule, Verkäufer im Außendienst, verlor irgendwann die Lust an richtiger Arbeit und fing an, Romane zu schreiben. Seit 1974 unzählige Jerry Cotton, Western, Agententhriller, Fortsetzungsromane und Stories für Zeitschriften. Unter eigenem Namen u. a.: *Todesfalle Nizza* (2. Preis im Wettbewerb um den besten deutschen Kriminalroman 1977), *Das Weiße im Auge des Feindes, Was heißt denn hier Freundschaft, Ein Eisen im Feuer, Die Katze.* In den letzten Jahren hauptsächlich Film- und Fernseharbeiten: 'Die Katze', 'Der Fahnder', 'Tatort', 'Auf Achse' u. a.

Jan Flieger, Jahrgang 1941, lebt in Leipzig und ist Pressesprecher des dortigen Fernmeldeamtes.

Flieger veröffentlichte bisher drei Krinalromane: *Tatort Teufelsauge* (1988); *Ein tödliches Ultimatum* (1989); *Der Sog* (120.000 Exemplare); *Die Hölle hat keine Hintertür* (Kriminalerzz., 1987); *Alles umsonst* (Fernsehkrimi beim DFF, 1988); außerdem Short-Stories in verschiedenen Krimi-Anthologien, z. B. *Rhabarber mag ich am liebsten* in: *Good bye, Brunhilde* (GRAFIT, 1992), *Glockengeläut* in: *Der Mörder ist immer der Gärtner* (GRAFIT, 1993) und *Todesfahrt* in: Heyne Krimi

Jahresband 1992; Kurzgeschichten in Anthologien in Frankreich, Schweden, Norwegen und Dänemark.

Jörn Ingwersen, am 28.8.1957 mit der Nase im Wind auf Sylt geboren, wuchs erstaunlich unbeschadet inmitten fischbrötchenkauender Touristenmassen auf. Schlug sich dann lange Jahre als Musiker und Taxifahrer in Hamburg durch, schrieb für Zeitschriften und an der Uni Hamburg über amerikanische Kriminalromane, arbeitet heute als Übersetzer derselben. Die erste eigene Erzählung *Stein und Bein* erschien im Heyne-Krimi-Jahresband 1992. Seit einigen Monaten sieht man den Autor meist auf den Knien vor seiner kleinen Tochter hocken, in dem verzweifelten Versuch, ihr das Wort »Papa« zu entlocken.

H. P. Karr & Walter Wehner, geboren 1955 in Saalfeld/ Thüringen und 1949 in Werdohl/Westfalen, trafen sich beim Autorenwettbewerb NRW 1986, wo sie mit den zweiten Preisen in der Sparte »Dramatische Szene« (Karr) und »Lyrik« (Wehner) ausgezeichnet wurden. Logischerweise war das Ergebnis ihrer Zusammenarbeit dann erstklassig: »Walter Serner Preis« 1988 für die beste Kriminalstory und weitere Auszeichnungen. Seitdem schrieben beide zahlreiche Radiokrimis (zuletzt *Strasse frei*, WDR/BR 1992, *Siebzehn gewinnt* RB 1992, *Berberstar* ORB 1993) und veröffentlichten den Storyband *Berbersommer* (A 4 Verlag).

Edith Kneifl, Dr. phil, geboren 1.1.1954 in Wels (Oberösterreich), Glauser-Preisträgerin 1992, lebte längere Zeit in Griechenland und in den USA, arbeitet zur Zeit als freie Schriftstellerin und Psychoanalytikerin in Wien.

Zwei Kriminalromane: *Zwischen zwei Nächten*, Wiener Frauenverlag 1991, *In der Stille des Tages*, Heyne, München 1993.

Georg R. Kristan: »Irgendwann schreiben wir Kriminalromane!« stellte R. fest, kaum, daß sie sich gefunden hatten.

Georg, geboren 1927, schaffte ein paar »Karrieresprünge«. Abitur in Gütersloh, Journalist, Polizist, Jurist, Ministerialdirektor in Bonn. Nach Ministerwechsel »Ruhestand« – endlich Krimi-Time. Renate, geboren 1935, Fotografin mit Gesellenbrief, jung gefreit, bekam Sohn und Tochter, jobbte auch als Klinikfotografin, leitete Antistreß-Kurse und ist das alles entscheidende R (Punkt). Von Georg R. Kristan – Pseudonym für Georg und Renate Cordts – gibt's 10 Kriminalromane, Kurzgeschichten u. a.

Jaroslav Kutak wurde 1956 geboren, brachte es an der Berliner Humboldt-Universität zu akademischen Ehren (Diplom-Germanist), arbeitete als Presse- und Fernsehjournalist und ist derzeit als Autor, Publizist und Übersetzer tätig.

Der böhmische Autor schreibt »romantische Thriller«, wie er zu sagen pflegt. In tchechischer Sprache sind bereits folgende Romane erschienen: *Das Stipendium* (1992), *Ausrufpreis des Todes* (1992), *Der Brunnen zu Hornbach* (1993), *Der Fünffingertod* (1993). In der Krimizeitschrift *Maska* erscheint derzeit in Fortsetzungen sein Roman *Das Strafgebiet.*

In deutscher Sprache veröffentlichte Kutak Krimigeschichten in den GRAFIT-Krimibänden *Good bye, Brunhilde* und *Der Mörder zieht die Turnschuh an.*

-ky ist das Pseudonym von Dr. **Horst Bosetzky**, der am 1.2.1938 in Berlin geboren wurde. Als Professor für Soziologie in Berlin sind von ihm diverse wissenschaftliche Publikationen (u. a. *Mensch und Organisation,* zus. mit P. Heinrich) erschienen.

Seit 1971 veröffentlichte er zahlreiche (zum Teil verfilmte) Kriminalromane (u. a. *Einer von uns beiden; Stör die feinen Leute nicht; Kein Reihenhaus für Robin Hood; Feuer für den Großen Drachen*), Jugendromane (u. a. *Heißt du wirklich Hasan Schmidt?*), Bürokratie-Satiren (u. a. *Ich glaub', mich tritt ein Schimmel!*), Fernsehspiele (u. a. für die Serien *Detektivbüro Roth, Ein Fall für zwei* und *SOKO 5113*), Hörspiele und Kurzgeschichten.

1980 erhielt er den Preis für den besten deutschsprachigen Kriminalroman, 1988 den *Prix Mystère de la Critique* für den besten ausländischen Kriminalroman in französischer Sprache, 1992 den *Ehrenglauser* für sein Gesamtwerk und seine Verdienste um den deutschsprachigen Kriminalroman.

Conny Lens wurde am 10.3.1951 in Essen geboren. Nach Volkshochschule und kaufmännischer Lehre arbeitete er als Angestellter, zuletzt im Bereich EDV und Organisation. Neben seiner Berufstätigkeit schrieb er Romane, Stories, Lyrik, Songs und Kabarett-Texte. 1986 gründete er den Hitzbleck-Verlag, in dem seine ersten Kriminalromane erschienen. Wandte sich seitdem hauptsächlich diesem Genre zu. Conny Lens lebt als freier Schriftsteller in Datteln.

Romane: *Roter Fingerhut* (1986), *Kobermann* (1986), *Die Lesbe* (1987), *Die Sonnenbrillenfrau* (1990), *Ottos Hobby* (1990), *Herzchen Neukölln* (1991), *Casablanca ist weit* (1991), *Die Hand am Drücker* (1991), *Herzchen Neukölln II* (1991), *Silvi und Mokka* (1992).

Hörspiele: *Alexandra* (1990), *Zug um Zug* (1991), *Dreißigtausend* (1991), *Ostwind* (1992).

Kurz-Hörspiele: *Der Tod des Schwiegervaters* (1991), *Angst?* (1991).

Drehbuch: *Cagney* (1991).

Karen Meyer, geboren im Jahr des Kennedy-Mordes in Neuss am Rhein. Nach der Schule Flucht vor der rheinischen Mischung aus Frohsinn, Klüngel und Katholizismus gen Süden zum Studium nach Tübingen. Journalistische Fingerübungen. Zweite Flucht, diesmal vor Kehrwochenmentalität, pittoresken Idyllen und einstürzenden Theoriegebäuden nach Berlin. Arbeit als Ausstellungsmacherin, Autorin und Redakteurin im Bereich Sach- und Fachbuch. Wachsende kriminelle Neigungen. Dritte Flucht gerade vollzogen. Ziel: Lübeck.

Bert Ostberg, 1949 in Berlin geboren, wurde schon »Ossi« gerufen, als seinesgleichen noch »Zoni« hieß. Nie ergriff er seinen Traumberuf Schauspieler, war dafür aber kurzzeitig Marinefunker, Chorsänger, Gitarrist und Ökonomiestudent. Nach 15 Jahren Festanstellungen als Journalist bei Rundfunk und Fernsehen der DDR, schlägt er sich nun mit wachsendem Vergnügen als freier Autor für Wissenschafts-, Gesundheits- und Kirchensendungen durch. *Der Verlierer* ist seine erste Kriminalgeschichte.

Martin Schiefelbusch, geboren Ende 1970 in Kassel, aufgewachsen ebenfalls dort. Verbrachte eine unterhaltsame Schulzeit in einem konventionellen Gymnasium. Begann an einem langweiligen Abend des Jahres 1984 eine Kurzgeschichte zu schreiben, die immer länger wurde und sich schließlich zu einem Roman entwickelte. In der Folgezeit entstanden verschiedene ausgewachsene Krimis sowie kleinere Werke. Seit 1991 Studentendasein als angehender Geograph in Berlin.

Andreas Schlüter kam in Hamburg 1958 ganz knapp nach dem Rock 'n Roll zur Welt und wird wie dieser nicht richtig älter; machte eine anständige kaufmännische Lehre in einem Versandhaus, das er gar nicht gut fand. Zog folglich aus, die Welt zu verändern. Natürlich vergeblich. Hat sie also lieber wieder interpretiert: in vielen kleinen Beiträgen für Zeitungen und Zeitschriften und fürs Fernsehen. Das macht er heute noch in Hamburg und der angeblichen Hauptstadt, unter dem schützenden Dach des merkwürdigerweise immer noch nicht berühmten Jorunalistenbüros SIGNUM. Und nun die erste Kriminalgeschichte.

Niklaus Schmid, 1942 in Duisburg geboren. Mit achtzehn mal beim Zirkus reingerochen, mit dreißig aus seinem Job als technisch-kaufmännischer Leiter in einer Wohnwagenfirma ausgestiegen und vier Jahre durch Indien, Afrika und

Südamerika gereist; auf den Seychellen mit dem Schreiben angefangen.

Auf den Balearen einige Jahre als Journalist für lokale Zeitungen gearbeitet, danach hauptsächlich Kurzgeschichten, Reiseberichte und Hörspiele geschrieben.

Schmid, Autor der Reisebücher *Balearen* und *Formentera* sowie eines Jugendbuchs, des Krimis *Die Wettreise* und der Krimistories *Italienische Maßarbeit* (in: *Geburtstags-Krimis*)und *Notsignale* (in: *Sport-Krimis*), lebt seit 1978 auf Formentera und ebenso gern — aber zeitlich etwas weniger — in Duisburg.

Eva Weickart, geboren zwölf Tage vor Weihnachten 1957 im Sauerland, lebt schon viele Heilige Abende lang in Mainz. Ist Magistra der Geschichtswissenschaft, verdient aber ihre Brötchen u.a. als Frauenbeauftragte an der FH Wiesbaden und als Dramaturgin und Regisseurin in der freien Theaterszene. Gelegentliches Pseudonym: Esther Weiland. Veröffentlichte unter diesem Peudonym zusammen mit Christina Werner zwei feministische Kriminalsatiren und allein unter bürgerlichem Namen einige Krimi-Kurzgeschichten.

Arthur Gordon Wolf, Jahrgang 1962, Träumer, Realist, Skeptiker, Idealist, »ernährt« sich von Büchern, Filmen, Bildern, schreibt Rezensionen, aber auch Short-Stories und Novellen, ist dabei immer auf der Suche nach Bizarrem, Unheimlichem, Erschreckendem, wechselt ständig zwischen den Genres SF, Fantasy, Crime und Horror, hadert mit dem Problem, daß viele seiner »Kurz«-Geschichten (für Anthologien) zu lang werden, arbeitet an einem ersten Roman und verdient seine Brötchen — nein, nicht mit Schreiben, eher mit Schreien — als Lehrer.

Diverse Veröffentlichungen in SF-, Krimi-, Fantasy-Anthologien; Kurzhörspiel beim SDR.